书梦重温

江家明 著

GUANGXI NORMAL UNIVERSITY PRESS
广西师范大学出版社
· 桂林 ·

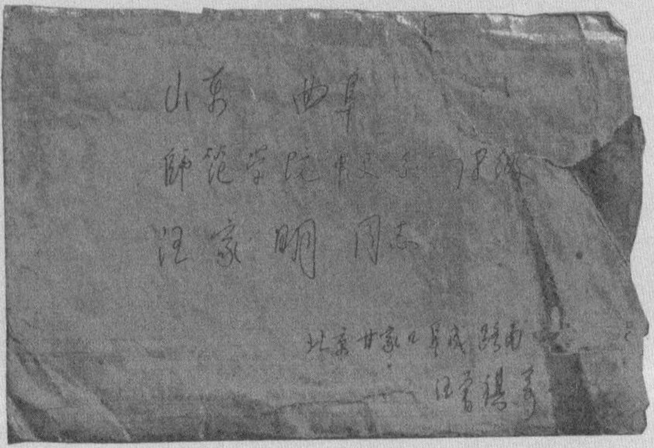
山东 曲阜
師范学院中文系
汪家明同志
北京甘家口阜成路南
汪曾祺寄

目录

曾祺先生，又见到您了！

读大学时，有位老师教导说：不要研究别人，要让别人研究你。意思是说，不要弄评论，而要搞创作。对此我心悦诚服。但毕业须有一篇论文，最初我想写托尔斯泰，却在浩如烟海的资料面前知难而退；转而决定写《汪曾祺论》。

因为我极爱汪曾祺的小说。1980 年年底，在《北京文艺》读到一篇名为《受戒》的小说，作者是从未听说过的“汪曾祺”（只是从小说末尾的“写四十三年前的一个梦”猜想是一位上年纪的人）。这篇小说令我非常激动，我逢人便说：“读了《受戒》没有？一篇杰作！”我还断言：一百年后出这个时代的短篇小说选，肯定不会漏掉这篇……除了喜欢，还有取巧的想法：他的作品不多，有关他的评论也不过七八篇，做论文时，看资料这条就省心多了。资料少，也是困难，只好冒昧给汪曾祺写信，冒昧请《北京文艺》转交。

作为一名四年级大学生，我在信中说了一些大话：

“您是一个真正的艺术家。我认为中国批评界对您注意很不够。”

“您的作品……将是一个文学流派的开山。也就是说，您的作品以其独特的艺术性必将在当代文学中占有可靠的地位并产生巨大影响。”“您这一派和其他派最大的区别在于：跳出政治概念化的圈子，彻底返回生活，从生活这一角度又重新反映了政治和时代。”

“您的作品不仅是时代的，而且是人性的。”

“我认为，现有的评论您的作品的文章大都用静止的眼光就作品论作品的方式来评论，故不能令人满意。我想用辩证的、发展的眼光，把您同过去和当代作品做以比较，指出其地位和前景——顺便说一句，中国的评论界多年来存在这一缺陷，故该肯定的不敢肯定，该否定的未能否定，眼光显得短浅。”

不久，居然得到了汪曾祺的亲笔回信：

“你对我的作品推崇过甚，愧不敢当。不过你所用的方法——从历史的角度评价一个作者，我是赞成的。只有从现代文学史和比较文学史的角度来衡量，才能测出一个作家的分量，否则评论文章就是一杆无星称，一个没有砝码的天平。一般评论家不是不知道这种方法，但是他们缺乏胆识。他们不敢对活人进行论断，甚至对死人也不敢直言。只有等某个领导人说了一句什么话，他们才找到保险系数最大的口径，在此口径中‘做文章’。所以现在的评论大都缺乏科学性和鲜明性，淡而无味，像一瓶跑了气的啤酒……”

“你的论文，我提不出建议，只是希望写得客观一些，准确一些，而且要留有余地（如拟发表，尤其不能说得过头）。”

“预祝你写出一篇出色的，漂亮的，有才华的论文！”

“你也姓汪，这很好。我大概还有一点宗族观念。不过，你的论文如发表，会让人以为同姓人捧场，则殊为不利也！一笑。”

信中还说，他有一本小说集快出来了，到时寄给我，以便我写论文时参考。

信写在“北京文艺稿纸”上，钢笔字，字体老辣流畅，一丝不苟而又风流倜傥；内容热情诚恳，又有些矜持。

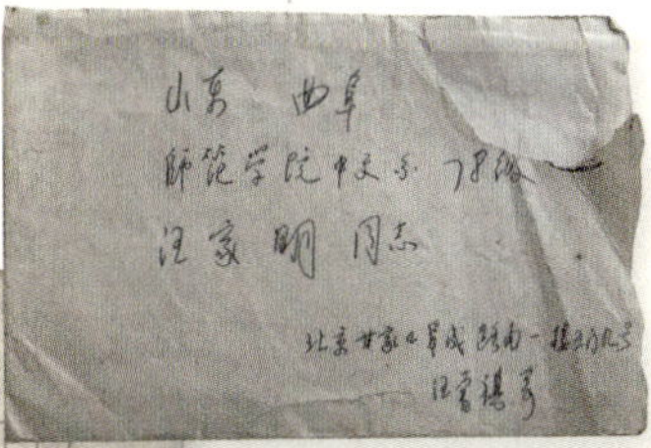

信封

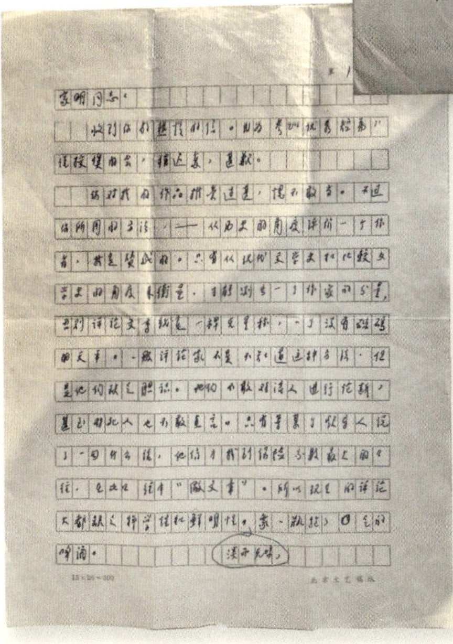

汪曾祺 1982 年 3 月 27 日给我的信

汪曾祺

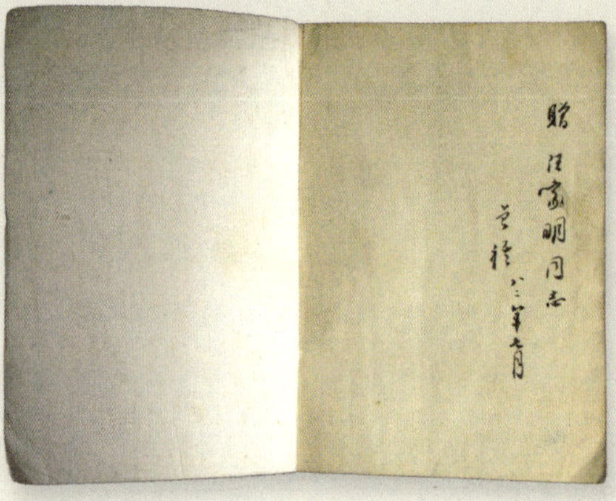

汪曾祺的题赠

我的论文用了四个月时间方做完。寄去，他无异议；交上，老师满意。学校将其编入《优秀毕业论文选》,《当代作家评论》杂志留下准备发表。他的赠书是在我们即将毕业离校之际才收到的，这就是北京出版社出版的《汪曾祺短篇小说选》。前衬页上有汪先生的毛笔字:“赠汪家明同志，曾祺，八二年七月。”

从此这本书成为我的枕边书，偶尔翻检，总有所得。我渐认识到，在这寥寥数篇小文后面，是他一生的曲折阅历，其情重千金。以他的诗人气质和敏锐洞察力，是能把秋天的每一片树叶写成长诗的，而他只写了千百分之一。我感到我的论文有许多地方需要深化，但我无心去做此事——说到底，我的论文算什么？作品本身将流传下去，不同年代的不同人将有不同的评论，而每一个时代的评论都有它的道理……

不久，我调到一家杂志社工作，适逢其会，竟有机会与汪曾祺见面了。

那是 1984 年深秋的一个下午，我来到一处不知能否称之为北京郊区的地方（蒲黄榆），那儿有几幢高楼，他住在其中一幢的十二层。和我一同走出电梯的是位抱孩子的年轻女子，我向她打听，她答：跟我来。门开了，年轻女子说："爸，有人找您。"于是一位瘦小的老人握住我的手，不问一词，将我拉入门厅，走向一室。那手是温热有力的。我笑着说：

"汪老师，您知道我是谁吗？我是山东来的，汪家明。"

"哦，你好，你好！"他不曾丝毫犹豫，回身更紧地握着我的手，同时说，"《当代作家评论》前几天刚来人，谈到你的论文……"

房间很小，一床、一桌、一椅、一橱，再加两只沙发，已经满了。书桌和床上有几张墨迹未干的写意花鸟，都是寥寥数笔，全无背景——他正在作画。我看他。奇怪的是，现在怎么也记不确他当时的衣着如何，连谈话内容也大多忘却了。只记得他比照片上要显老些，但更柔和，更慈祥，是地道的南方好老头儿。他的小孙女一会儿跑来扑在他膝上喊爷爷，他抱起孩子跟她说话。一句话还没说完，女孩儿又挣着下地跑开了。我只是记得我当时的心情，快乐而又惶惑：我原只想见见他，并未打算与他长谈。这无目的地占用他的时间，使我不安。终于，年轻女子喊他吃饭了，于是我告辞。他送我，刚走几步，小孙女带了哭腔跌跌撞撞跑过来：爷爷爷爷……他躬身抱起她，说，爷爷不走，爷爷不走……目送我上电梯。外面天已微黑，晚秋的风十分浓稠，晒了一天的路边落叶散出一股略苦的香味。不知为什么，这傍晚，这风，这味道，以及汪曾祺抱着小孙女的形象，都交汇着，形成难忘的记忆。我的心特别地柔和，特别宁静。

能记得的谈话是这些：当我问及他的创作时，他说，打算写一个有关汉武帝的小说，每天读《汉书》。正在写司马迁，很困难。难就难在难以深入那时人的精神里去，两千年前的人怎样对话，怎样动作，怎样想问题，都要写得恰到好处。不一定那时就是这样，但要让人觉得就是这样。

我问：您曾对有人评论您的小说人物的民族性格感到满意？

答：不是满意，是对从这个角度评论感兴趣。

临走时我问他，有什么长远打算？他说，没什么打算。但总还要写一点。我的作品不会成什么大气候。现在强调文学与时代同步，我同步不了。而且，总的来说，我写得很少……

出门后我想，是的，汪曾祺的作品很少，但也很少有人能像他那样，篇篇珠玉，绝无鱼目。也很少有人能像他那样，凭那一本薄薄小书（当时只有那本《汪曾祺短篇小说选》出版），在文学界赢得普遍的尊敬。况且，少，也有时代原因，这是中国那一辈作家共同的悲剧。他的大器，只能晚成。

此后与汪曾祺就算认识了，但交往不多。最后一次见他是1993 年 5 月 17 日——之所以记这么清楚，是山东画报出版社终于获准成立，我进京接受培训，顺便去看他，向他约稿。那天天气有些阴沉，屋里昏暗。见我来，两位西藏的年轻访者（一男一女）起身道别离去。我们坐在小桌前喝茶说话，我注意到墙上挂的高尔基像镜框上有些灰尘，似乎许久没擦拭了。他告诉我，有关汉武帝的长篇早已停笔——断断续续，前后构思写作好几年，有次居民楼停电，点蜡烛，不慎碰倒，烧了部分草稿，终于决定放弃。我感到他有些疲惫，很快告辞，路上想，找他的人太多了，而他是个好老头儿，不会拒绝。

…………

转眼很多年过去，汪曾祺离世也已二十多年。我忙碌公事家事，不遑他问。近日得到一套人民文学出版社新版《汪曾祺全集》，打开之时，还真有些激动——曾祺先生，又见到您了！布面精装，皇皇十二卷，四百万字；每卷附有很多作者照片；第一卷前衬页有一枚藏书票，票面是曾祺先生的书法：万古虚空，一朝风月。很自然地，我想起老头儿当年对自己作品的评价，显然“缺乏远见”；而大学生的大话倒有点“先见之明”。不过已无法与他喝茶笑谈这桩“公案”了。

远去的《三月雪》

又到惊蛰。天气回暖，万物萌动。萧平先生去世，记得也是惊蛰前后，当时我们78级中文系同学的微信群聊中，有些帖子谈论此事。我们并非萧平曾任院长的烟台师范学院的学生，与他关联，是因为他的儿子是我们同班同学。但我在群聊中一言未发。我想写篇文章纪念他。转眼两周年了。

我心下喜欢中国现当代文学的几位作家：鲁迅、萧红、孙犁、汪曾祺、萧平。在中学教书时，给学生读《鸭的喜剧》《呼兰河传》《报纸的故事》《黄油烙饼》《海滨的孩子》《圣水宫》，学生听得入迷。后两篇是萧平的小说。《三月雪》太长了，我是布置学生课外读的。我认为这五位作家的作品，贯穿一条诗意而又朴素、善感而又内敛、语言灵动而又严谨的线，是真艺术。

其实三十年前，我就写过一篇《初冬访萧平》，发表在《作家信息报》上。当时我所在的《山东画报》设有一个专栏，介绍山东籍作家：一篇“印象记”，几幅照片，再配一篇作家新作。为此，我专程去烟台采访。查1985年11月13日日记：“上午去萧平先生家，中午在那儿吃饭。下午去矫健家。”那时古风尚在，在家招待客人。记得他家宽敞，养两只猫，还有几多盆花。窗外连绵小山，白云缓缓飘移。我请他站在阳台上，拍了几幅照片。萧平身材高大壮硕，脸和颈部的线条很有力度，不是白面书生。他的儿子曾说父亲严厉，可我并无此感。总的看，他爽朗、温厚、严谨。“印象记”请他的门生张炜写，题目是《烟台有萧平》。他给我们新作《中秋节》，写一名刚入学的女生，去看望一位教授。从他们对话中，看出他与她的母亲曾经有过特殊关系，后因某种可以想见的时代原因分开了。如今一切过去，可是创伤仍在——是他一贯的“回忆”写作手法。

采访中当然要谈《三月雪》。这篇小说发表于 1956 年《人民文学》。写的是新到任的师范大学党委书记周浩，从申请入党名单中看到一个女生，竟然是他找了好多年的烈士女儿小娟，于是回忆起那段往事。故事以女孩小娟为中心展开。烈士刘云是共产党员，又是母爱深厚的妈妈。小娟和“周叔叔”哄骗妈妈，说跟叔叔去“区上”，妈妈当真并着急的细节，把母亲与女儿的性情和感情表达得真切而自然；母亲被杀害在三月雪树下，她和周叔叔坐在墓前，以及后来周叔叔告诉她杀害母亲的坏人已经被打死，两处对小娟情感变化的描写都让人心痛。刘云在给女儿留下的笔记本里写道：“我老是在想着小娟长大了会是什么样子。这孩子聪明、善良，却有些软弱。我担心她不能在这艰苦的斗争中长大起来。谁知道等待着她的是些什么呢？

萧平。摄于1958年。他抱的孩子就是我同学，他的大儿子宋丹群。

《三月雪》初版

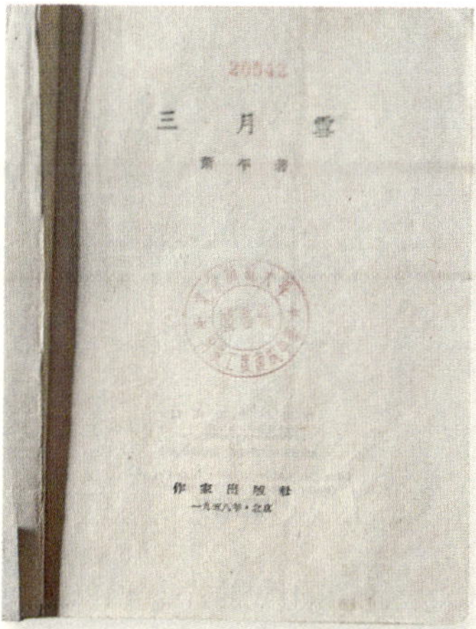

但我希望能把她教育得坚强起来，希望胜利会早日到来，让她在胜利和幸福中长大……”小说虽然描写了抗战年代一个女子的牺牲，中心内容却落在悲惨事件中强烈的母女之情，没有说教拔高，凸显人性之美。文学界普遍认为这篇小说是1956年中国文学最重要的收获。然而在“文革”中，这篇小说被批判

是宣扬“人性论”和“战争残酷论”的“毒草”，1971年还被北京大学以“糖衣裹得最厚的炮弹”为名，作为全国文科教学的反面标本。匪夷所思的是，正因此举扩大了《三月雪》的影响。当时有很多教师偷偷把整篇两万多字的小说抄在笔记本里……

1978年入校不久，我和同学发起成立文学社，同窗好友、萧平的儿子是积极分子之一。那时的活跃气氛令人难忘。我们开讨论会，办小报，弄创作。当然，也没忘把小报寄给萧平，请求指导，曾得复函。后来，我写了篇习作，名为《孤独者手记》，寄给萧平，也收到回信。我们郑重把他的信复刻在油印小报上。他的观点比较正统，强调“生活是文艺创作的源泉”。他在信中说：“我写的东西很少，大都是用直接生活素材。”可是读了他的更多作品以后，我深感内容固然囿于真实，表达却很高明，绝不老套。因其真实，所以情真意切，动人心弦。

萧平的第一篇小说《海滨的孩子》发表于1954年。他是海边长大的，在内蒙古边远的小城里，他对故乡有种深沉的思念，大海的光景和渔村的人物，活在他的心里。小说仅用半天时间，一气呵成。朴素、美妙，有诗的意境和散文的灵动。情节很简单：到姥姥家过暑假的二锁，跟表哥大虎一起，如何经历海潮的危险，并通过危险展现海的神奇和孩子内心的成长。描写是细微、风趣的：

潮水已经退完了。天蓝蓝的，太阳照在金黄的沙滩上，有点耀眼。小蟹子开始打洞了，平坦的沙滩上布满了像豌豆一样的小沙球，可是还有无数的小沙球被小蟹子从洞里扔出来。这些湿漉漉的小沙球被阳光照着，像珍珠一般在空中打个转，又落到沙滩上。一阵轻微的海风吹到海滩上，带来了海水的热乎乎的咸味。

小花一步不离地跟在姥姥背后，姥姥一转身，差点把她碰倒。姥姥生气地说："我还能做点什么，长了尾巴啦！"小花赶紧拉住姥姥的衣襟问："在哪里？在哪里？"……

《海滨的孩子》获全国少年儿童文艺创作一等奖，并被联合国教科文组织收入《亚洲当代儿童小说选》。据说，发表之前，《人民文学》编辑部曾要求萧平"加强思想性"，增加两个孩子与反革命坏分子斗争的情节，"但修改了几次都改不下去，弄得不伦不类，最后只得按第一稿的样子勉强发了"。

《玉姑山下的故事》发表于 1957 年。一个懵懂少年，对舅舅和表妹小凤所做的地下党活动有种不解和神秘感，后来舅舅被杀，青梅竹马的小凤也不知去向，直到有一天，一个八路军战士骑着马疾驰而过，等他认出是小凤，那匹红马载着她已消失在深山密林里。这小说有种"美丽的忧伤"，忧伤而又传奇。

《圣水宫》的故事是说解放初年，县委书记李群下乡检查工作，发现一座山上的古庙，住着还俗的道士一家，远离人世。女儿小英子身在山野，与自然融为一体，像个小精灵，但只知道雷公雷母，连什么是大海都不知道，还问：“大海什么样？像大牛一样吗？”李群离开时嘱咐村干部、小学校长和区里的文教委员，要把女孩子接下山来念书，“不然，那孩子会变成尼姑的”。1961 年，李群已在省委宣传部工作，因公去一个专区，参加欢送师范学校毕业生的会议，发言的毕业生代表，恰巧就是那个女孩，已经二十岁了。整篇小说，对话占了大半，小姑娘的单纯可爱，李群的认真善良，通过妙趣横生的对话表现得活灵活现，让读者不自觉面带微笑……萧平告诉我：“1962 年文艺政策稍微宽松些时，《人民文学》向我约稿。从开始写作，我的作品多半是在那儿发的，感情很深。他们约，我便写了。‘圣水宫’这个古迹是真的，就在离作家冯德英老家不远的地方，只是名字改了。脱稿后自己也知道不合当时的口味。当时讲的都是阶级斗争。可我写不出别样的东西，后来勉强在《人民文学》那期最末一篇发了，时任副主编的艾芜看了刊物说：咱们的刊物得从后往前看……”

“文革”劫难刚过，萧平写出《墓场与鲜花》，获全国优秀短篇小说奖。此后写的《寂静的黄昏》《小年夜》，对“文革”的刻画更是刻骨铭心。1988 年发表《啊，少年》，约五万字。写的是他早年在哈尔滨的生活经历，可读性、历史感、人物塑

《墓场与鲜花》

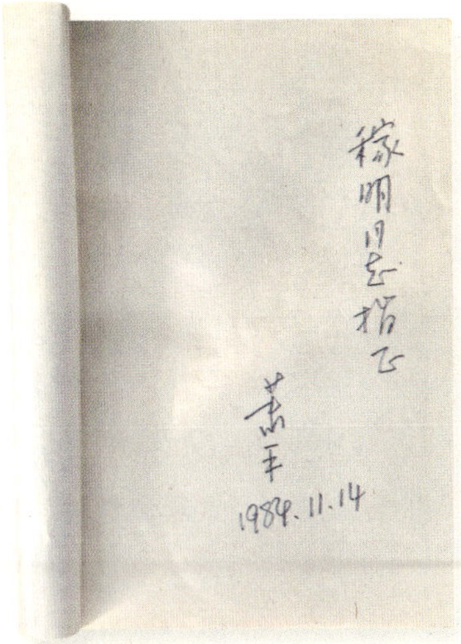

萧平的题赠

造、语言、结构都堪称完熟。这大概是萧平最长的个人作品。

萧平自称：“我不喜欢正面描写战争，我是把战争年代作为背景，写人之间的关系，特别是人之间的感情、亲情、友谊。我的许多作品都是有种感情引起的，老念念不忘、激动，然后写出来的。”写战争是这样，写“文革”也常如此。他总是在故事中留下一些空白，读者可自己联想背后的故事：政治的，历史的……小说因此富有张力。这是他追求的艺术风格，也与他的性情有关。张炜曾说老师“腹富口俭”。这位山东大汉、学院院长，平日里却内向寡言。这种刻画悲怆年代世间真情的艺术追求，使他笔下的“红色”小说，避免了虚假和生硬，而具备不会过时的人性之美和艺术之美。

1926年，萧平生于山东乳山。读了几年小学，随姨夫到哈尔滨当学徒——这是那个时代胶东年轻人进入社会的途径之一。在哈尔滨，一位神秘的同乡借给他新文学的书，有巴金和鲁迅的著作。读书改变了他的人生。十七岁回乡，做小学老师；后考入师范学院，毕业后到呼和浩特教书，其间被抽调北京进修，师从黄药眠；“文革”中第二次返乡，任职师范学院……总之，农民、学徒、革命者、大学生、教授；乡村、城市、学校；东北、内蒙、胶东——这种种身份和境遇浓缩了他的一生，也是他全部作品的底盘。在世时，他曾风光过、著名过，也曾痛苦过、坎坷过。可是如今，在芸芸众生、众声喧哗中，还有多少人记得他，记得美丽的《三月雪》？我不知道，几代人珍视的东西，是否将无声飘逝？

坐在树下长椅上的张洁

去年秋末，张洁画展在北京现代文学馆开幕，铁凝等一大帮作家到场，使之成为一次感情色彩浓厚的“为了告别的聚会”——此前，张洁已将北京的住房卖掉，在纽约哥伦比亚大学校区买了一套小小的旧公寓。在短短的致辞中，她说：“张洁就此道别了”；“我在一家很好的律师事务所留下了一份遗嘱：我死了以后，第一，不发讣告。第二，不遗体告别。第三，不开追悼会。也拜托朋友们，不要写纪念我的文章。只要心里记得，曾经有过张洁这么一个朋友也就够了……”

我自知，跟那些环绕着她，与她挽着臂、拉着手，高声或低声交谈的作家朋友相比，我不过是她的某本著作的出版者，仅有几面之交，所以只是与她打了招呼，会后悄悄离开。

转眼已是一年。初冬北京，雾霾连绵，有时我会想，张洁是否正坐在她曾说过的纽约公寓外，一棵树下的长椅子上，感受她写过的、不同方向吹过来的风？不必再忍受这污浊的、令人无可奈何的空气了。

知道张洁，始于1978年她的《从森林里来的孩子》获全国优秀短篇小说奖；但喜欢张洁，是读了1979年发表的《爱，是不能忘记的》之后。这篇小说当时曾激起那样大的社会波澜，甚至上升到道德观和人身攻击的程度。但不论是那时还是现在，我对社会舆论都不屑一顾，只是为小说中表现出的沉重、低缓、刻骨铭心而又满含诗意的情感所震撼。在很长一段时间里，我在写文章之前，都要读一读这篇小说，它总能拨动我的创作灵感之弦。其中个别段落，已能成诵。1980年8月，作为“北京文学创作丛书”的《张洁小说剧本选》出版，我买了一册，收藏至今。书前作者照片中，她穿着大衣，坐在雪后公园长椅上，按惯例膝上放着一本打开的杂志，歪头看着我们，饱满的脸上分明透着文气和淡定。那年她四十三岁。照片背面的作者手迹，正是《爱，是不能忘记的》中的一页。

由于喜欢这篇小说，我还动手做了编辑工作：把两段我认为多余的文字勾去。我很想把这意见告诉张洁，可是去信无门。二十年后，1999年3月2日，瑞典大使馆举办《汉字王国》新书发布酒会，使馆特约嘉宾中有张洁。我作为这本新书的出版者（山东画报出版社）、编辑者，与她邂逅于此。西式酒会比较随意，就是拿着酒杯走来走去，相互交谈。我没有贸然与张洁谈《爱，是不能忘记的》的修改意见，而是

张洁

《张洁小说剧本选》1980 年版
（封、扉）

我策划出版的张洁作品

谈到她的长篇散文《世界上最疼我的那个人去了》，我很喜欢。这本书记录了张洁的母亲从发病到去世八十多个日夜的事情，其中穿插母亲、张洁和张洁的女儿唐棣三代女人的故事。但出版社把它和其他作品编在一起，很不合适。我建议另出一种单行本，并增加三代人的人生照片，而且要把母亲的挂号证、病例、诊断书、药方、医疗费明细单、死亡通知书、火葬证、殡仪馆收费发票、往生位收费收据，母亲生病前后标注时间安排的月历、母亲生前养的猫的照片、母亲给外孙女唐棣（昵称“书包”）的几封信，以及唐棣的结婚照、唐棣的儿子和新生女儿的照片……所有与这本书有关的图像资料都收进来，做成一本“全纪录”，一本最直观、最真实、最有纪念意义，有社会学价值的书。张洁称赞我对图像内容的敏感，认为我的想法很有新意。她同意回家收集一下这些资料后再说。

回济南后，我立即给她写了一封信，并附上我对《爱，是不能忘记的》的修改意见，她于 4 月 3 日回信说：

谢谢你对《爱，是不能忘记的》的意见……感谢你多年来对我作品的关注。如你所说，文学现在已经不时髦了，我的书更是没有人读，我想这很正常。文学本来就是“小众”的事，像过去那些年万众一志读文学的事，可能并不正常。而且就我前些年的创作来说，也并不都是纯粹意义上的文学，比如我得奖的那些作品：《沉重的翅膀》《从森林里来的孩子》《谁生活得更美好》……这样说起来好像很没良心，可事实上社会对得奖作品的衡量标准，首先必须进入“主流”，既然“主流”，与文学的关系就不是很大了。

在这封信里我才得知，《世界上最疼我的那个人去了》出版很不顺利，先是在东北一家出版社出版，质量太差，“仅仅几页，错误就有二十多处……我只好终止合同”；后来又有一家出版社要出，她只敢签一次性合同，印了五千册。“我不是不讲效益，但效益和好书不能兼得的情况下，我更关注的是一本好书……跟你谈这些，是希望你对我有进一步的了解，如果你觉得我不好合作，不妨放弃出版的念头。”她希望我到北京与她再谈一次。

此前，我的确听说张洁是最难合作的作者之一，而且版税比较高。也是在这封信里，她告诉我，她的长篇小说《无字》第一部出版时，上海一家出版社为了蒙混读者，居然把“第一部”三个字删掉，而且文字错误多，制作粗糙，所以她宁肯放弃一万五千册的版税，果断终止合同。后来她送我的《无字》第一部，用红笔在书中做了一些改正，勒口“内容介绍”也用红笔画掉，封面用钢笔加上“第一部”字样。但我有信心让她满意，也让读者满意。6 月 3 日我和编辑室主任刘瑞琳专程到北京与张洁面谈，谈得比较深入，到动情处，她流泪了。离开时我们带走了一些照片和材料。7 月上旬张洁赴美国之前，与我们签了合同，并补了图像资料。此后由于她几次往返美国，此书拖至 2000 年底才付梓。出版不到一年就印了五次。后来拍《世界上最疼我的那个人去了》电影时，剧组人手一册我们的书，说是对进入剧情和表演极有参考价值。电影的主角是斯琴高娃。

张洁在本书的《后记》中记叙了坎坷的写作经过：母亲生病时，为了不影响唐棣在美国的学业，一直瞒着，没想到母亲的病急转直下。母亲去世后，张洁决心把这八十多天的经历写下来，因为唐棣“是妈的另一块骨肉，她有权利知道每一个细节”。可是，“在我所有的文字中，这十多万字可能是我付出最多的文字”——即将写完的一个晚上，“我并没有发出删除的指令，却在电脑里丢掉了八万多字。一年的努力眨眼之间化为一片空白。而这时，离唐棣的归期只有十一天了……我呆坐在电脑台前，一直过了三更，苦撑着自母亲去世后这个最沉重的打击。国文兄说，可能是母亲不愿意我在这些文字里跋涉，我却认为，这是上帝的意思，他要我在这些文字里再熬煎一次……”后来在一位电脑工程师的帮助下，仅从电脑中找回不成行、不成句、支离破碎的两三万字。无奈，她只好咬牙振作精神重写。奇怪的是，重新写完之后，那丢失的几万字又让另一位电脑工程师在电脑里找到……

又过了十年。我们各忙各的，音问全无。2011 年秋，我偶遇张洁的一位小朋友，才知道“张姥姥”大多时间在美国，但有电邮可通，并给我信箱地址。于是我给张洁发了一封信。此后断断续续，将近一年时间里，我们通了十几封信。她在信中说：“想起多年前的合作，真的很愉快，你们出版社是个正经的、可信赖的出版社。”这话让我高兴。我们在信里谈文学，谈绘画，谈人生，甚至谈生死。她的话朴实、真诚、有深意，给我很多启发。我说她“悲观之中带着不甘，消极之中含有力量”，她回信未置可否。她谈到喜欢陀思妥耶夫斯基、博尔赫斯、高尔斯华绥、杰克·伦敦（巧了，也都是我喜欢的），谈到她这几年的写作，谈到她的短篇《一生太长了》，谈到她喜欢法国毕沙罗的画。我提出希望看看她的画作，她说电邮照片无法反映真实效果，让我去她在北京的家，请邻居领我看她留在那里的几幅油画。毫不夸张地说，看后我很吃惊。她的画正如她的文字，优美而有力量，微妙展示了她的内心，一眼就能看出是她的作品。要知道这是很不容易的，许多画家画了一辈子也达不到这种境界。诗人、美术评论家西川说她的画是“有内心的风景”，与我同感。

那么，张洁的内心有些什么？她曾在一篇演讲里说：

再没有什么能像我的文字那样，让我从容地独立于世。我曾狂妄地说过，哪怕所有的人都讨厌我，我也会因我的文字、我的绘画，活得自由自在……

写完《无字》以后，很长时间我没有交给出版社，因为我知道，一旦把它交出去，它就再也不会回来了。不像朋友，离开之后还会回来看望我，而我却不可能再写一部同样的小说。我和它朝夕相处十二年，为它花费了许多心血，常常为了一个字放在前面还是后面而推敲很久。有个朋友说，哪个读者会注意你这个字放在前面或是后面的不同呢？我说，我在意……

朋友们说，你有饭吃、有衣穿、有房子住，事业成功，为什么不快活？我说，也许仅仅是因为一棵树……我和这棵树的关系，没有人可以理解。

再过四个月，张洁就七十九周岁了，按中国的算法八十了。跨越时空，我似乎又看到她在遥远异国坐在公园树下长椅上的模样：优雅地侧着身，眼神依然清澈而淡定。

2015 年 12 月 15 日　北京

客心洗流水，余响入霜钟
——怀念林西莉

前天上午，接到古琴演奏家邓红发来的微信，是一张有林西莉照片的瑞典文新闻图片。她说："我们的朋友林西莉走了。"我的心一紧。虽然这两年一直担心她的身体，可是今年3月15日，林西莉作品的中文译者李之义先生给我来信说："今天接到林西莉的回信。主要内容如下：听到汪家明的信息很高兴。对于他把《汉字王国》改编成适合更小的孩子阅读的版本的建议完全同意。不过我得先问一下原出版社伯尼尔出版公司是否同意，以免造成法律问题。我明天就打电话，然后告诉你结果。"我还在等她告诉结果呢，一等再等，怎么就走了呢！

我把新闻图片发给李之义先生，他翻译后发给我：

林西莉逝世，享年89岁。

瑞典汉学家、作家和摄影家林西莉逝世。《每日新闻》从其家属得到确认。林西莉被视为瑞典最杰出的中国问题专家之一，生前获得过多种荣誉，其中有奥古斯特奖。

她是9月26日那天离这个世界而去的。往事刹那间淹没了我……

我和她的缘分开始于二十多年前。先是我的作者、人民日报的李辉问我，有一本瑞典人写的关于汉字的书，已经翻译好了，是否感兴趣。很巧，我对汉字本来就有偏爱，外国人写的倒没见过。他寄来一个目录：人与人类，水与山，野生动物，家畜，车、路和船，农耕，酒和器皿，麻与丝，竹与树……光看目录就让我眼睛一亮：还没见过这样分章节研究汉字的，恨不得马上看到全稿。李辉提醒我，已经有几家出版社看过稿子，都给拒了。我说没关系。

1997年12月4日，我在日记中记下：

上午去周有光家，由徐城北、叶稚珊夫妇陪同，在周家谈话，看老照片，谈稿子。在那儿吃午饭。周已九十二岁，打字写稿；其夫人张允和，是沈从文夫人张兆和的二姐。2时许离周家，下午4时到人民日报方成家，谈《老漫画》。晚去兆龙酒店与李之义见面，同去烤鸭店见瑞典驻华大使馆文化处长阎幽磬，谈《汉字源流》一书，意向很好。

李之义时任人民画报社副总编辑，五十七岁，瑞典文专家；阎幽磬是林西莉的学生，瑞典俊小伙。他们都对翻译出版《汉字源流》这本书很卖力。李之义在瑞典进修时，偶然看到1989年出版的这本书，很喜欢；作为一种学习，业余陆陆续续把它翻译出来，并未考虑出版，翻译的状态很放松，时常有灵感。回国后，朋友李辉建议可以给出版社看看。李辉虽然是报社编辑，其实很有出版敏感。

由于有瑞典大使馆支持（这本书在瑞典得了文学领域的最高奖：奥古斯特奖。我想，大使馆把中国引进出版这本书作为一项工作吧），版权联系很顺利。李之义用半年时间把译稿又从头至尾修饰了一遍。1998年6月3日，我在日记中写道："开始看《汉字源流》。"此后差不多有半年时间都在看这部稿子。我还请山东大学学者朋友李绍明帮忙审校书稿，他是一个特别讲究语言之美、特别较真的人。《汉字王国——讲述中国人和他们的汉字的故事》这个题目是李之义后来改定的，因为李绍明觉得《汉字源流》没有特点，也太学术了，会吓跑读者。而在外国人眼里，汉字确实像一个"王国"，是一个庞然大物，有着复杂的、有趣的秩序。何况，林西莉写这本书不仅是想让西方人了解汉字，也希望他们了解中国。她是用讲述中国人的故事的方式来讲解汉字的，通俗易懂。而且她讲的都是"基本汉字"，与人的生活密切相关，大多是中国人最早使用的字、最古老的字。

1999 年开春，中文版《汉字王国》面世了。在十几个文本里（西方多国把这本书作为学习汉语的第一读本），中文版尤其引人注意，因为这是“回娘家”，林西莉也特别得意。瑞典驻华大使馆郑重其事召开一个发布会，会后有冷餐会，请各北欧国家大使和北京一些知名文化人（比如作家张洁）参加，我们请了一些媒体记者。在外国大使馆搞新书发布会，这事儿很少见，记者都挺积极。林西莉当然是主角，她从瑞典专程赶来，我们在发布会上见面了。她是一个特别爱笑的女士，金发碧眼，谈话时眼神十分专注，能看出年轻时的美丽。凌大使也是她的粉丝，对她尊敬有加。她很感激我出了这本书，也希望我收集一些中国学者的意见，转给她，她还可以修改。她告诉我，二十多岁时，她跟瑞典汉学家高本汉学过汉语，后来丈夫到瑞典驻中国大使馆工作，她跟来北京，在北京大学插班学习汉语，同时在北京古琴研究会学习古琴，只学了两年，就随丈夫回到瑞典。但她从此迷上了汉字，迷上了古琴，迷上了中国文化，迷上了中国。在瑞典，她做汉语老师，在电视台做汉语节目，组织各种汉字小组。经过她的努力，政府教育机构把汉语作为第三种语言列入了高中课程。

《汉字王国》出版后很受欢迎，中央电视台和山东电视台都对林西莉做了专访，时任国务院副总理的钱其琛写了一篇文章，赞扬这本书对中外文化交流意义巨大，发表在《参考消息》上。瑞典驻华使馆买了几百本书作为日常礼物。

林西莉

最早的中文版《汉字王国》
（山东画报出版社，1999）

在大使馆发布会上，林西莉还悄悄告诉我，她正在写第二部关于中国的书：《古琴》。说起《古琴》，她很兴奋。她有一段经历堪称奇遇。年轻时，她是欧洲古老的鲁特琴的爱好者，来中国前，她请教斯德哥尔摩音乐历史博物馆馆长：到中国是否可以学学弹琵琶？因为琵琶的样子与鲁特琴很接近。馆长写了一封信，让她路过莫斯科时去请教他的朋友，一位音乐教授。这位教授告诉她，唯一的选择应该是中国古琴，因为古琴和鲁特琴一样，是用来反思和感受心灵的乐器。她决定到中国后要学这种古老的乐器。到北京后，她打听到中央音乐学院的地址，贸然前往，在传达室，见到一位像教师的人就问，可是语言不通，问不出所以然。后来终于有一位先生用简单的德语，听明白她要学古琴，告诉她可以帮忙联系到另一个地方去学。这地方就是北京古琴研究会。过了许久，当她已经在古琴研究会学习了一段时间，才知道这位先生竟然是自己的古琴老师王迪的丈夫。古琴研究会的主要工作是到全国收集流落民间的古琴曲谱资料，然后整理研究，保存和抢救民族音乐遗产。但他们破格收了这位外国女学生，也是研究会唯一的学生。

那个年代，中国人鲜有学琴的，古琴当时的境遇远不及今天。但是老一辈琴人还在，古琴研究会集中了硕果仅存的几位大师：溥雪斋、管平湖、查阜西——他们都曾向林西莉面授琴技。王迪是管平湖的学生和助手，每次上课，管先生就坐在对面听着，不时指点一二。两年后，因丈夫工作调动，林西莉也只能回瑞典。临行，研究会赠给她一张明代古琴“鹤鸣秋月”。她特别感念这段奇遇，感念这些真诚朴实、学养深厚的老师，下决心要把自己的故事和古琴的奥妙写下来，让全世界的人都能懂得中国古琴之妙。

听了林西莉的讲述，我对她的新作充满期待。通过编辑《汉字王国》我知道，她是一位好作家，很会写，会讲故事，也很会组织资料，善于深入浅出、图文并茂地完成她所钟爱的作品。《古琴》肯定也是这样一部好书。此后几年，我们通信的主要内容就是：“《古琴》写了多少了？何时完工？能否先发给我一部分看看？”“快了，我正在抓紧写作呢！”

《汉字王国》从准备材料到写完用了十五年；《古琴》则用了八年，直到2006年才出版瑞典文版，当年又获奥古斯特奖，轰动一时。林西莉请王迪的女儿邓红去瑞典巡回演奏古琴，共四十八场，场场听众爆满。2007年10月18日，我参加法兰克福书展时顺便去斯德哥尔摩见了林西莉和《古琴》中文版的两位翻译。我们谈得高兴，倒是怠慢了林西莉请我吃的瑞典饭。《古琴》中文版2009年10月在我当时供职的三联书店出版，同样受到好评。11月16日，瑞典驻华大使馆为中文版《古琴》的出版，在大使官邸办了一场小型的新书发布会和古琴欣赏会，到会只有二十多人。大使先生主持，林西莉主讲。邓红演奏古琴，洞箫伴奏。演奏用的古琴是南京一位老先生专程携来的，据说是唐代的琴。我生平第一次坐在离演奏者仅有一米远的地方听琴，生平第一次感受到古琴的神奇。大家听得如醉如痴。我想那天听过演奏的人终生不会忘记。

同样是在新书发布会见面时，林西莉又悄悄告诉我，下一本关于中国的新书已在写作中，这本书是借助她 1961—1962 年拍摄的中国各大城市如北京、上海、武汉、广州等的几百幅照片，回忆她在中国的所见所闻。她打算用的书名是《另一个世界——中国记忆 1961—1962》。我是编《老照片》出身的，对她所说的选题有一个基本的判断：一定也是一本好书，一本有价值又可读的书。她是那种“别具只眼”的作家，悟性很强，文笔优美。这年她已经七十七岁了，我很佩服她的志气和勤奋。这本书又成为我们此后几年通信的主要话题之一。林西莉完成这本书，前后又用了八年（2006—2014

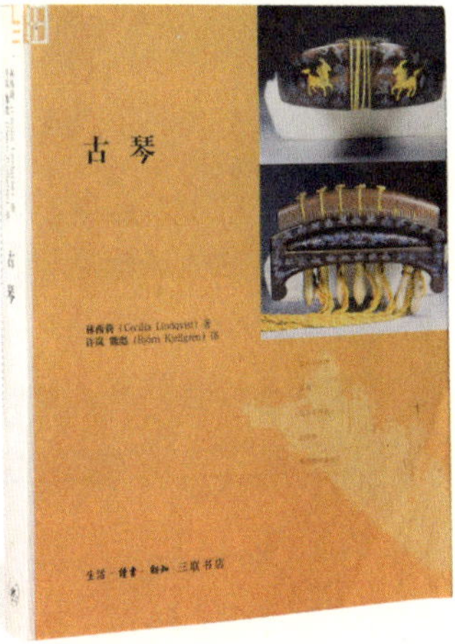

《古琴》
（三联书店，2009）

《另一个世界》
（中华书局，2016）

年）。中文版仍请李之义先生翻译，于2016年8月出版。适逢北京国际图书博览会开幕，刘延东副总理在人民大会堂向"中华图书特别贡献奖"获得者颁奖，林西莉是获奖人之一，特别受邀来北京，我们又见面了。她看上去比较疲惫，告诉我，她曾大病一场，吃错药，差点丢命。左膝盖又做了手术，打钢钉（右膝盖早就做过了）。这次是她除了在北大读书那两年在北京时间最长的一次，整整十天。她又悄悄跟我说，下一本新书《中国剪纸》已在进行中。这消息让我惊喜，因为我也是民间剪纸迷。其实几十年来她一直在收集剪纸，经常去陕北一带。我相信这本书会更有意思。

林西莉这次来北京任务很重。除了《另一个世界》首发，还有一本我根据《汉字王国》改编的《给孩子的汉字王国》首发，她要在博览会上参加两场首发活动。她是个认真的人，每场活动都要做认真的准备。首发式间歇时，她有点撑不住了，坐在走廊的简易椅上，说有点难受。我很担心，坚决带她马上回宾馆休息。要知道，她已经是八十四岁的耄耋老者了，从瑞典飞过来，时差都没倒过来呢。随后几天，有书店里的新书分享活动，签字售书，好多家媒体采访（我建议少一点采访，她却都答应下来），去大使馆座谈，到北京大学校园里做视频直播……她一直都是笑着的。看到中国读者和媒体这么热情，她是真心高兴！

这次来北京，她还带来一个重磅礼物：一盘大师演奏古琴的CD。她1962年离开北京之前，管平湖建议她找一台录音机，由研究会的琴师弹奏一些曲目，录下来后带回去。管平湖说："如果你没有什么乐曲可听，那你怎么能继续弹奏呢？"这盘珍贵的磁带她带回瑞典后没有机会听，因为生孩子、教书等等忙得不可开交，前些年发现在柜子底下，整整躺了五十多年！专业人士帮她恢复了这些琴曲，发现总计二十一首古琴曲，其中最少有十首是管平湖等几位古琴大师没有录制过的独有版本。她希望利用现代技术把这些乐曲与新版《古琴》一起发布。

连轴转的十天下来，2016年8月30日中午，我送她乘飞机离开北京回国。道别前，我跟她说，我想把她的三本书重新设计，做成一套《林西莉文集》在中国出版，如果加上《中国剪纸》就更好了。她很高兴，眼中透出期望的光。我收集了十几本已经出版的中国民间剪纸的画册和图书，告诉她，随后给她寄去。我很庆幸，她此行安全、顺利完成了所有项目，健健康康返程了，但当时哪里能想到，这竟是我们最后的告别……

记忆中她仍在我眼前，闭眼就能看到：爱吃辣，喜欢三联书店附近的小饭店——"蓬莱村""刘宅食府""小贵州"；跟我说起她的比她年轻的男朋友，像小姑娘一样，脸上浮起害羞的微红；她说曾经把中国视作洪水猛兽，可是后来不顾一切爱上了她。几十年来，中国好像是她生活的中心点，不是来中国，就是在来中国的准备中——平均每年来两次。她有一些固定的观察点，如山东、陕西，每年必去；而返回瑞典，整日做的也是关于中国的文章……现在，林西莉是去了，不会再来了。我手头所有的只是她送我的一本小册子——一本 1943 年上海中央书店印行的《浮生六记》，书的内页上写有她的名字和“1962”字样，这是她当年购于上海，作为了解中国的入门书，不知为何送给我，如今却成为唯一的纪念物。当然，她写的三部书，也是很好的纪念，是她留给全世界的纪念。

我无意间打开 2017 年新版的《古琴》，那首作为题辞的古诗赫然在目：

蜀僧抱绿绮，西下峨眉峰。
为我一挥手，如听万壑松。
客心洗流水，余响入霜钟。
不觉碧山暮，秋云暗几重。

我的眼睛湿润了。这首诗从没有像现在这样深入我的内心，让我感觉到一种震撼。也许是，逝者已归于自然，而生者是可以与大自然对话的——古琴一样心灵的对话啊。

2021 年 9 月 28 日　北京十里堡

《父亲长长的一生》：一个奇迹

新版的书

上个月,《父亲长长的一生》再版，小沫寄我一本。书出得雅致，素面精装，内页上好的胶版纸，版面设计也疏朗，拿在手里，感觉熨帖。可惜小沫没有题字。十一年前，此书初版之时，叶至善先生已住进医院，扉页题赠文字，是嘱女儿小沫代笔。当时翻看一过，匆匆写了七百字短文，刊在报上。如今叶先生过世已近十年，重读之下，心里沉甸甸的，思绪常常荡开去，一些往事恍惚在眼前。

1999年7月，我编辑的《张

家旧事》在美术馆东街的三联韬奋图书中心二楼开研讨会，多位张允和的老友与会，如张中行、黄宗江、丁聪沈峻夫妇、范用、姜德明等，叶至善、叶至美兄妹也来了。我读过叶氏三兄妹的散文集《花萼与三叶》《未必佳集》，很喜欢那些短小的、有真情实感、讲究文字的篇什。此次会上就向叶先生约稿，于第二年出版了他的散文集《舒适的旧梦》，其中的故事我已在另一篇文章《为叶先生编书》中写过了。需要补充的是，叶先生特别重视文中插图。他在来信中说："我想，图片不一定都得从属于文字，如果能作为文字的补充，岂不更好。又想，图注一向是用来说明图片的，如果是读者一看就能明白的图片，尽可以不加注。最好能把图片的注写成独立的小记，跟正文相映成趣……我希望在'旧梦'中，能给半数以上的文篇配上图。收集图片是件麻烦事……即使图片都找齐了，安排版面也挺麻烦。最好是把全部文字统统按版面的行款先排出来，然后插入图片，调动版面……"按他的要求，我们先把文字按正式出版的尺寸排出来寄去，不过十天就收到寄回的稿样，只见上面贴满了要加的图片版式，而且根据图片的位置，算准了字数，另排了位置和页码，甚至连书眉都做了一丝不苟的调整。所有改动都用细小规整的文字标明。叶先生还做了一遍彻底的校对。这年他已八十二岁，对这本不足八万字的口袋本小书，几乎倾尽全力——老一辈编辑家的认真、严谨、科学、智慧，我是切实领教了。这份稿样，我珍藏至今。

写作《父亲长长的一生》时的叶至善

叶至善在《舒适的旧梦》大样上的修改

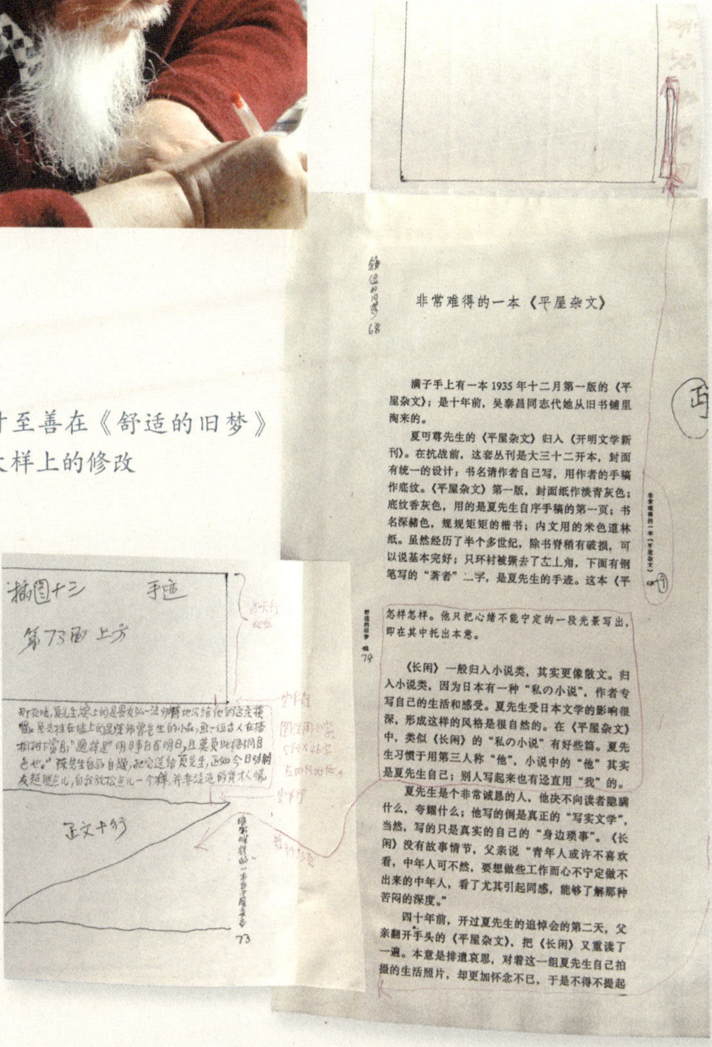

非常难得的一本《平屋杂文》

满子手上有一本1935年十二月第一版的《平屋杂文》；是十年前，吴泰昌同志代她从旧书铺里淘来的。

夏丏尊先生的《平屋杂文》归入《开明文学新刊》。在抗战前，这套丛刊是大三十二开本，封面有统一的设计；书名请作者自己写，用作者的手稿作底纹。《平屋杂文》第一版，封面纸作淡青灰色；底纹香灰色，用的是夏先生自序手稿的第一页；书名深赭色，规规矩矩的楷书；内文用的米色道林纸。虽然经历了半个多世纪，除书脊稍有破损，可以说基本完好；只环衬被撕去了左上角，下面有钢笔写的“著者”二字，是夏先生的手迹。这本《平

怎样怎样。他只把心绪不能宁定的一段光景写出，即在其中托出本意。

《长闲》一般归入小说类，其实更像散文。归入小说类，因为日本有一种“私の小说”，作者专写自己的生活和感受。夏先生受日本文学的影响很深，形成这样的风格是很自然的。在《平屋杂文》中，类似《长闲》的“私の小说”有好些篇。夏先生习惯于用第三人称“他”，小说中的“他”其实是夏先生自己；别人写起来也有迳直用“我”的。

夏先生是个非常诚恳的人，他决不向读者隐瞒什么，夸耀什么；他写的倒是真正的“写实文学”，当然，写的只是真实的自己的“身边琐事”。《长闲》没有故事情节，父亲说“青年人或许不喜欢看，中年人可不然，要想做些工作而心不宁定做不出来的中年人，看了尤其引起同感，能够了解那种苦闷的深度。”

四十年前，开过夏先生的追悼会的第二天，父亲翻开手头的《平屋杂文》，把《长闲》又重读了一遍。本意是排遣哀思，对着这一组夏先生自己拍摄的生活照片，却更加怀念不已，于是不得不提起

我策划出版的
叶至善作品

从此与叶先生有了联系，进而结识他的女儿、同为编辑家的叶小沫。后来我在三联书店策划“中学图书馆文库”，选入《文心》《国文百八课》，都是通过小沫。2004 年 5 月，我去东四八条叶府拜访，叶先生正在写作《父亲长长的一生》。他说：“出版社约定这月交卷，他们就能赶在 10 月中旬，我父亲一百一十周年诞辰日，跟《叶圣陶集》前头的二十五卷一同见书。可我才写到‘大跃进’，后头还有三十个年头呢！看来我必须鼓起余勇，也来个大跃进……”这段话，他干脆写进了书里。

那天见到叶先生，模样与先前大为不同，须眉全白不说，还留了长长的胡须，胳膊和手明显肿胀，腰也弓着，全无一向的潇洒。小沫说，父亲老了，怕来不及，几乎不分昼夜在写，别的什么也顾不上。每天放下笔，累得连脱鞋的力气都没有了，一头倒在床上，大口喘粗气，把速效救心丸含进嘴里。小沫特地让我站在叶先生身后拍了一张合影，过后还送我一张叶先生正在写作的照片。告别出门，我跟同去的朋友说：“《父亲长长的一生》，真是好题目！叶圣陶先生有这样一个儿子，可谓奇缘。这本传记，一定会是一本好看的书。”我这样说是有根据的。编辑《舒适的旧梦》时，我就喜欢他的文字。他善于通过细节小事表现深情大义。尤其是，他与父亲共同生活达七十年，父亲还留下一生的日记，这是任何一个写传记的作者无法比的先天条件。尽管如此，最终看到这部书，还是出乎意料。我敢说，这是最好读的传记作品，是无法模仿、无法取代的一代文人的信史，是技巧高妙、独具风格的文学杰作。

说这本书好读，首先是它的写法轻松，不正襟危坐，像拉家常。叶先生开篇就说：“写传记，请允许我回到儿子的位置上，把父亲唤作‘父亲’，把父亲的朋友唤作‘先生’……所有的称谓都复了原，下笔时候可以省却一些徒劳的思虑。”他掌握的文史材料可谓多之又多，可是没有一点休闲文人卖弄掌故的意味，处处透出真诚和正直。写到父亲与王伯祥、沈雁冰、胡愈之、夏丏尊、朱自清、郑振铎、顾颉刚、俞平伯、丰子恺、吕叔湘等人的友谊，并无形容之语，全是一些平实的交往细节。这些细节背后明明充满人情和感动，可是作者就是不说出来，让读者自己去感受。随便打开一页：

正商量间，绿衣人送来了朱自清先生的信，信上说第一师范还缺一位国文教师，请我父亲务必去帮两个月的忙。又说在吴淞初见面，觉得有的是空闲，许多话尽可以在海滨散步的时候细细地谈，不想这场可恶的风潮来的这么猛，把兴致全刮跑了，说不定这一回能在西湖边上拣些回来……父亲看完递给我母亲，母亲一边看，一边笑着说："怪不得是诗人，写的信都有点像情书。你倒是去不去呢？"

从这家常话中，是否可以看出一点《红楼梦》行文味道？

到第一师范后，叶圣陶和朱自清合住一间房，除夕夜里聊个没完，"桌子上点着一对洋烛。朱先生忽然看了看表，说作成了一首小诗，念道：'除夕的两支摇摇的白蜡烛光里 / 我眼睁睁瞅着 / 一九二一年轻轻地踅过去了。'"叶圣陶到老都记得这首小诗……这样的细节，全书俯拾即是。

说这本书是一代文人的信史，首先是父亲叶圣陶的信史。全书绝无拔高父亲之语，反之，对坊间一些想当然的赞誉，还进行了更正。叶至善生于1918年，1942年进入开明书店做编辑，其实他本人就是那个时代文化事业的参与者，他的父亲叶圣陶、岳父夏丏尊是开明书店的核心人物，母亲胡墨林、妻子夏满子都曾在开明工作。从儿子和父亲的角度，从家庭的角度铺陈传主的一生，是本书的一大特色。通过琐碎的日常生活，更可展示一个人的性格和品格。

1921年1月4日，文学研究会在北京成立，叶圣陶是十二个发起人之一，但他没去北京，而是待在甪直的家里作儿童诗，诗中主角正是不满三岁的至善。应郑振铎之约，叶圣陶为《儿童世界》周刊写童话，半年写了二十多篇，《稻草人》是其中之一。后来叶圣陶一边教书，一边进商务印书馆编书，代理主编《小说月报》，鼓励沈雁冰、丁玲、巴金写小说；支撑开明书店，创办《中学生》杂志，编写国文课本；抗战中逃难，教书、编书、写书；新中国成立前提倡民主、反对内战；新中国成立后到京任职，侧重教育和出版，首要任务，仍是编写课本……这一系列现代出版史、教育史上记载的大事件，在本书中都变成了伸手可触的"家常"，以传主为坐标，真实、朴素、具体而微地展开，披露了大量新鲜史料。比如，《文心》初版封面上有个副标题《读写的故事》；1937年初，开明书店创刊了那时尚未见过的一种大型综合性文摘月刊《月报》——这是否启发了《新华文摘》的创办？《月报》的办刊宗旨很有意思：刊载各方面各种不同的意见和主张，唯独不许有自己的意见和主张。1945年日本投降，台湾光复，需用中国课本，急约开明书店，叶圣陶父子都参加了这项工作。这件事，似乎不太被人提起，当时编的课本也没见过；另外，"语文"这个科目，是叶圣陶提出来的，他还亲自草拟了新中国第一份《中学语文科课程标准草案》……

书中写到几位亲朋——夏丏尊、朱自清、母亲乃至父亲的死，写法不一，点到为止：

“岳父（夏丏尊）一口又一口嘘气，闭上了愁苦的眼睛，难道还在想什么，恐怕不会了……”

朱自清去世后，报社约叶圣陶写文章，“父亲忍泪挥笔，一口气写了两千多字，结尾却说：‘写实在写不出什么，平时的友情，今天的悲感，化为几句话都是迹象而已，这有什么意义？’”

母亲去世后，“父亲跟我们三个说：‘想来你们三个不会反对。医生说你们母亲症状特殊，希望家属都能同意，让他们做剖腹检查。我代你们都签了字。明天中午，去接母亲出院吧。’说完掩面回房，一个人坐在书桌前发呆。台灯亮了一个通宵”。

最后两页，写父亲去世：“那条绿荧荧的细线，跳动幅度发生了变化：大跳一下之后，幅度逐渐减少；又一大跳……节奏先还匀称，后来逐渐减缓，越来越无力，最后成了一条永无止境的直线，像要把所有的一切都划去似的……”“像要把所有的一切都划去似的”，这话，分量可不轻。

说这是一部文学杰作，无论语言还是描写，都有独到之处。我只抄这么一段：

回到镇上已经上灯了，父亲把我带到一家菜馆，拣张靠墙的桌子坐下……走出菜馆，向东不远出了光福镇，登上一条不太高的大石拱桥，桥的左首正对太湖。那天恰好是阴历十六，一轮明月已经升起，天上没有一片云，浩浩渺渺的太湖被照得上下通明。我跟父亲坐在石栏上看了许久，直到身上觉得凉了才回旅馆休息。那石拱桥叫作虎桥，说是吴王阖闾饲养老虎的地方。

我很惊奇书中描写的五六十年前的情景，那样多细节和故事，以及诗词、挽联、书信、文章，全都历历在目一般。可见作者做了多么充分的准备。

全书九十四节，似乎是对应父亲九十四岁的一生。即便理顺这九十四年故事的前后，也是一项庞杂艰难的工作。而这三十四万字的传记，自2003年1月5日写序，至2004年8月14日写毕，统共一年七个月零九天，细计为五百八十八天，平均每天写五百八十字。作为一位八十四五岁的老人，作为一个对文章要求极高，眼界也极高的作者，不啻一个奇迹。

为连环画的一生

如今四十岁以上的人，哪个不是看着“小人书”（连环画）长大的？小人书曾是中国几代人的启蒙读物，是我们少年时代最大的快乐源之一。《铁道游击队》《三打祝家庄》《茶花女》……每一种我都看过无数遍。怎么也想不到，有一天我会与新中国连环画的创始人近距离接触，我会成为那些难忘的连环画的出版单位的一员。

我是2011年4月6日，清明节后，到人民美术出版社上班的。查日记，4月18日：“下午去拜望离休老领导姜维朴。姜是老总编，黄县人，连环画的热情鼓动者，1926年生。夫人王素，也是黄县人，与他同龄。两人均曾中风，但尚好。今大风。”姜维朴家里，到处摆放着他们夫妇年轻时的照片，真个是漂亮俊秀，风采照人，有强烈的五六十年代青春气息。姜维朴家里最多的，是连环画，从50年代到如今的各种版本，以及有关连环画的杂志、书、材料，堆满了书架、桌子、沙发，甚至地板上、过廊里。从门口望去，姜先生和王素老师像是坐在连环画书堆里……

按中国人庆九不庆十的习俗，2015 年 6 月，人民美术出版社为姜先生庆贺了九十大寿，同时召开“姜维朴与新中国连环画座谈会”。来了很多领导和老朋友。姜先生可高兴了。我担心累着他，然而从早 7 点到下午 2 点半，乘车、开会、聊天、吃饭庆生，他始终不肯退席。

姜维朴

姜维朴幼年家贫，做过学徒，1945年参加八路军，1948年进华东军区华东画报社做记者，二十五岁就被任命为新成立的华东人民美术出版社（上海人民美术出版社前身）所属《华东画报》的主编。《华东画报》不仅发表新闻摄影报道，还刊登表现新社会新人物事迹的连环画，一些画家如赵宏本、程十发等成为他的作者和朋友。

1952年底，全国大行政区撤销，《华东画报》停刊，摄影记者大部分调到北京《人民画报》工作，唯独姜维朴被分配到人民美术出版社，主持刚组建的连环画编辑室。当时《人民画报》属人民美术出版社领导，社长萨空了与他谈话时说："人美社"成立时，就打算设立这个编辑室，但一直没有合适人选。你主编《华东画报》编发过不少连环画，与作者熟，组织上认为你能胜任这项工作。萨空了还告诉他，新中国成立不久，毛泽东就提出，连环画不仅小孩看，大人也看，文盲看，有知识的人也看，可以搞一个专门出版社，出版一批新连环画，把那些宣扬神怪、武侠、迷信的旧连环画替掉。为此，成立"大众图画出版社"，专门出版连环画，并指定由楼适夷、蔡若虹、赵树理、张仃、王朝闻等人负责。现在大众图画出版社并入人民美术出版社，这项重要工作就由我们来承担了。

姜维朴主持连环画编辑室伊始，就与同事商量，除了反映革命历史和配合现实需要的作品外，注重古代名著改编，陆续组织创作出版了《水浒传》《岳飞传》和戏曲故事等套书，加起来有百册之多。根据《水浒传》编绘的图画故事书，早在明代就有，民国时期也有两种大型绘本。新编《水浒传》本着“继承文化遗产要去其糟粕，留其精华”的精神，将其中迷信色彩的、杀人过多的、渲染情色的内容，一律删略，脚本也在尽量保留原作风格基础上，进行了口语化和纯洁化处理。全套书根据七十回《水浒》分为二十一集，交由本社徐燕荪、墨浪、卜孝怀、任率英以及社外陈缘督、吴光宇绘制，于1955年陆续出版，销售火爆，于是又根据一百二十回本增编至三十集。可惜1960年代后，文艺创作风向日“左”，画至第二十六集《三败高俅》就被叫停了。“文革”中这套连环画被诬为“歌颂投降派宋江”的毒草，原稿拿到院子里当众焚毁（只有卜孝怀1961年调离“人美社”时带走的两集画稿幸存），姜维朴因此受到牵连。

说起往事，姜维朴常念叨的是女画家王叔晖的《西厢记》，那是王叔晖作品中的顶尖之作，也是中国连环画史上的经典之作。创作时王叔晖曾多次去北京图书馆等处查阅资料，服饰、建筑、室内用具等，无一不符合古代习俗，一百二十八幅（现存八十多幅），幅幅精妙，其白描工笔堪称极致（我因工作之便，曾翻看这些六十年前的画稿，原作八开，与五十开的小人书又有不同，令人眼前一亮，惊叹不已）。那些年，由于政府重视，读者喜欢，姜维朴和同事们、画家们如鱼得水，新作迭出。

王叔晖的连环画《西厢记》中的一页

“文革”结束，刚过五十岁的姜维朴头发几乎全白了。他更忘情地投入连环画出版工作。由于压制太久，艺术家们心中积聚的岩浆喷发而出；也由于那时画连环画有稿费，而单幅书画作品的销售市场还没成型，所以，几乎所有的画家都涌到连环画创作这条大河里了。新中国连环画迎来第二个高潮期。创办于 1951 年的《连环画报》成为最受读者欢迎的刊物，其中发表反思“文革”的作品《枫》的那期画报销售达一百二十多万册，结集出版的单行本以及《人到中年》等也风行一时。

然而，没过几年，随着拜金主义泛起，有人利用内容猎奇、凶杀甚至黄色的所谓“畅销书”赚钱，一大批低俗、低劣的连环画涌进市场，加之日本动漫的无序引进、电视的普及、艺术品市场的萌动等因素，连环画的创作和出版面临危机。此时，姜维朴上书胡耀邦，并通过老社长萨空了帮忙，新组建的中国连环画出版社于 1985 年诞生了，年近六十的姜维朴被任命为掌门人。历史似乎走了一个螺旋，从解放初整治连环画出版乱象、毛泽东提出成立专门的出版社，三十五年后又出现类似情况。但亿万人读连环画的时代不会回来了。

凭借几十年的经验，姜维朴上任后迅速推出了“古典文学彩色连环画”“第二次世界大战史连环画”等系列作品。这一时期，他倾注全力的，是组织出版讲述红军长征的长篇连环画《地球的红飘带》。原小说作者魏巍，脚本改编者王素，绘画者沈尧伊。从 1987 年小说发表的同年开始，至 1993 年五集九百二十六幅的画作才告完成。这是新中国连环画史上又一部里程碑式的作品。其间，脚本和画作数易其稿，沈尧伊还因此创造了一种独特的绘画形式；其间，姜维朴突患脑溢血，所幸抢救及时；其间，在中国美术馆举办原作展，后获全国美展金奖……蔡若虹认为："在所有连环画作品中，《地球的红飘带》是一件突出的、不可多得的艺术精品。"由于《地球的红飘带》的因缘，沈尧伊在多次重走长征路、调研和查阅资料基础上，大量进行长征题材创作，包括油画、版画和素描，成为公认的"长征专家"……这一切，与姜维朴有着无法分割的联系。这是编者与作者之间有共同追求、密切合作、相生相成的最生动、最真切的范例。

如今，姜先生家里堆放的连环画整理妥当了，沙发、地板和过廊都清空了，但那些老照片仍四下摆放着。老伴前年去世，他很伤心。他们在战争中相识，在上海华东画报社结婚，一直是连环画事业上的同行者（王素是许多重要连环画脚本的作者）。白日里，姜先生总是对着王素的照片说着些什么。

2015 年 6 月

灰娃：诗的背后

我有幸做了出版这一行，得以结识几位年长的文化人、艺术家，竟至成为忘年交。比如灰娃。

灰娃今年九十三了。我和她相识十五年，十五年间总共见了十五六次，有时一年两三次，有时一年不见。可我和她是可以直抒胸怀的朋友。我们曾一气谈五个小时。谈什么？谈诗，谈俄苏文学，谈茨威格，谈萧红，也谈《史记》和《古诗十九首》……其实漫无天地，就是有兴头、谈得来，没有感觉到年龄的隔阂。而她，像我认识的其他几位才华横溢的老人一样，再老也如“文青”，对艺术和思想怀着冲动的热情，谈时脸颊潮红，眼睛放光，完全忘我。记得20世纪80年代，曾有过很多这样的谈话，可如今这样的谈友难遇啊！

这不是一个诗的时代，而诗人众多，且有神奇之诗人。用谢冕的话说：灰娃的出现就好比一道天边的彩虹，绚烂、奇妙，甚至诡异，而且突兀。可在我的经验里，灰娃并不神奇，也许有点“异秉”，就是崇拜美，到了极端的地步。在她，无论是自然万物、衣食住行还是道德举止，美都是第一位的，她因美的易逝、美的脆弱而叹息：“美总叫人愁！”

灰娃又分明是传奇：十二岁入延安，长于革命队伍，周围不乏艾青、丁玲、萧军、杜矢甲、张仃、郑景康、李又然等艺术家，这些大名鼎鼎的人物，当时还都很年轻，更本色，更热情，更有感染力，对少女灰娃的影响深入骨髓。1945 年以后，她生过重病，治疗经年，濒临死亡；病愈到北京大学读书，毕业后在编译社工作，由于爱美，被称为“贵族”（贬义），备受歧视，心情压抑，“文革”中发展为精神分裂症。她一生三次婚姻，第一个丈夫武昭峰是王近山司令（电视剧《亮剑》主角李

灰娃在延安儿童艺术学园（第三排右起第二人有刘海的）

云龙的原型）的爱将，二十三岁战死在朝鲜前线；第二个丈夫白天（原名魏巍）出身黄埔四期，国民党将领，倾向于共产党，毛泽东建议他留在国民党军队，后因暴露身份到延安，1957 年被授予解放军少将军衔，曾任六十军副军长兼川西军区副司令员、哈尔滨副市长、社科院历史研究所副所长，1973 年病逝；晚年，灰娃和自幼视为导师的张仃走到了一起——白天去世后，她无意间把心中压抑诉诸文字："摇曳人心魂的风歇息了／钟声也已静默，我笨拙善意的唇//也寂然闭合，从那儿凋谢了往日的／琴声激情，有的虔诚有的心不由衷//我眼睛已永远紧锁再也不为人世流露／深邃如梦浓荫婆娑……想起我挂了重彩的心，它／一面颤抖一面鲜血直流//如今它已停止了跳动，世人再也不能／看它遭严刑而有丝毫满足……"张仃看了惊讶说："这是诗啊！不要随便扔掉，保存下来，但不要让别人看到。"于是，她把写下的文字藏在阳台上废弃的花盆底下……从 1985 年起，她和张先生（叫惯了，改不了口）共同生活的二十五年，可以说是对她此前付出痛苦的补偿，虽然仍旧辛劳，但精神上的相通、情感上的融合，让她得到一生中最珍视的安全感……

如今她又一次剩下自己了。2009 年 9 月 21 日张仃突发脑梗，五个月后去世。这次已非仅失去伴侣的痛苦，而是被扣住从少年到老年的命门。她忍受这打击，抑郁症复发，时时想着自己已离世远去。"最是愿望不过，人世忘了我"。幸亏有诗。诗是抑郁的一部分，似乎写出一点，抑郁就少一点。只是，写出的很少很少，而抑郁很深很深：

月桂树橄榄树菩提树被砍之前
我们满心一弯新月伴着
一天大星星纵横穿梭回环旋转
神赋予你这秘事天意
今夕又容身何处?
这黯夜到哪里去栖息?
…………

转眼间又过了十年。十年来灰娃一直住在北京西郊山里那个他们称之为“大鸟窝”的家园。原本两棵老而茂盛的树，萎了一棵，但树干和枝杈还在——书、画、字、墙上挂的照片、陕北剪纸以及藤椅、台灯、装饰性壁炉上的佛头、石马和泥马……更不用说园子里银杏、白杨、法桐、鸭掌枫、紫叶李、碧桃、海棠、金银木、炬树……都在，爬墙虎、蔷薇仍在墙外攀缘，时而从窗口探进头来。

建这所房子时，张先生说，不想要豪华式，也不要富贵式，不要宫廷、地主、富商、官僚、资产阶级气，我要北欧民间风格，厚重、简朴、敦实、牢固，用大石头砌。起初请南方建筑队，建成一看，像是几十年前的集体宿舍，于是推倒重来，换了建筑师，终于如愿。一如当年丰子恺建缘缘堂，“确信环境支配文化”，仅仅因为不够方正，盖了半截，推倒重建，不惜多花一大笔钱。

灰娃蜗居此地，平日很少进城，疫情期间更不出山。记得有人说，年轻时写诗，中年写小说，老了适合写散文。这说法搁灰娃身上对不上。她已耄耋之年，怎么还写诗？而且诗情浓郁、文字求新求奇、意境饱满迷离。我相信年轻的读者们会吃惊，那行云流水、跌宕起伏的诗句，竟比有些现代诗人的作品还要前卫、还要先锋，而内中的分量和深沉，则会使年轻的读者感到陌生，感到费解。其间固然有天生之才的丝缕竞发，但也一如我们常说的：艺术来自生活——灰娃至今仅有的不足百首之作，其背后是中国血雨腥风悲喜交并的大时代和与时代紧密相连的一个人的传奇人生。

2009 年 5 月 16 日，清华大学东亚思想文化研究所举办《灰娃的诗》（作家出版社）研讨会，参会人员发言踊跃，一再延时。那次张仃先生在座。沉甸甸的脑袋，白而长的发，厚实的肩。他耳背，听不清，但一直端坐灰娃身边，像块可堪倚仗的山石。二十多天后，6 月 11 日（农历五月十九）是张先生九十二岁生日，孩子们偶尔一次赶不回来，我和常敬竹等友人在“大鸟窝”陪两位老人吃了庆生饭。就是一顿简朴的家常饭，几个菜，我从钱粮胡同买的包子，灰娃特意准备了张先生爱吃的八宝饭，大家喝了点儿茅台酒。我还为二老拍了照。照片中的张先生微笑着，手扶餐桌，腰板笔直，灰娃则稍稍偏后，倚

张仃 92 岁生日与灰娃合影（汪家明拍摄）

靠着先生，一如既往地神情专注。没想到，这许是灰娃和张先生最后的合影。

张先生去世后五年，灰娃才“活过来”。应北京大学出版社高秀芹之约，我编了《灰娃七章》，冷冰川画图，张志伟设计。书成，在北大开研讨会。九十三岁的屠岸、八十四岁的谢冕、六十二岁的唐晓渡以及更年轻的朋友——几代诗人和评论家参会。屠先生笔直站立以洪亮的声音朗诵了一首灰娃的诗；谢冕先生的发言底稿其实就是诗集的序言，无论文笔还是观点都非常精到。他认为灰娃的写作堪称“神启”，不是她找诗，而是诗找她，几乎是无师自通……她不仅带来了我们完全陌生的诗意，而且也让我们看到远离我们熟知和理解的别样的生活、别样的世界。

编辑中，我反复翻阅手稿，那密密麻麻的字和线，红、蓝、

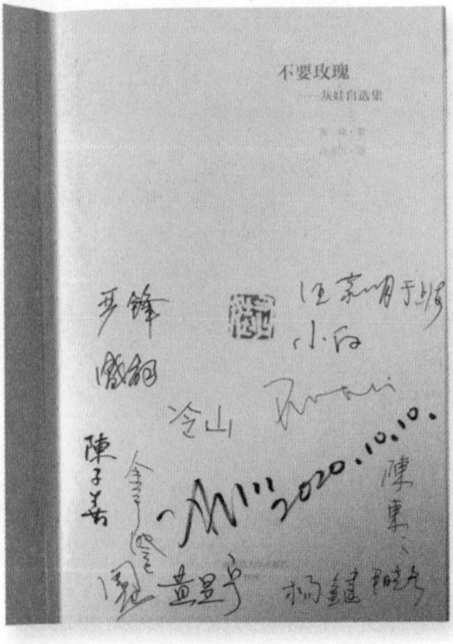

在灰娃新作《不要玫瑰》前衬页的签名

黑的笔迹，高高低低插进移出的段落，让我联想到大脑的条条沟壑、秋日林中厚厚层层的落叶，更让我想到作曲家谱写的草稿。灰娃在书的后记中说：我所有的文字，都是我的生命热度、我情我感体验的表达。若会作曲、演奏，我定以音乐表达。任何人文艺术形态的表达，我都称之为心灵奇迹的符号……

近日，灰娃的一本自选集即将付梓。雷雨的夜晚，我坐在桌前，读她新写的诗稿，也读她的口述自传，思绪有时飞得很远，很远。

2020 年 6 月 11 日晚　北京雷雨中

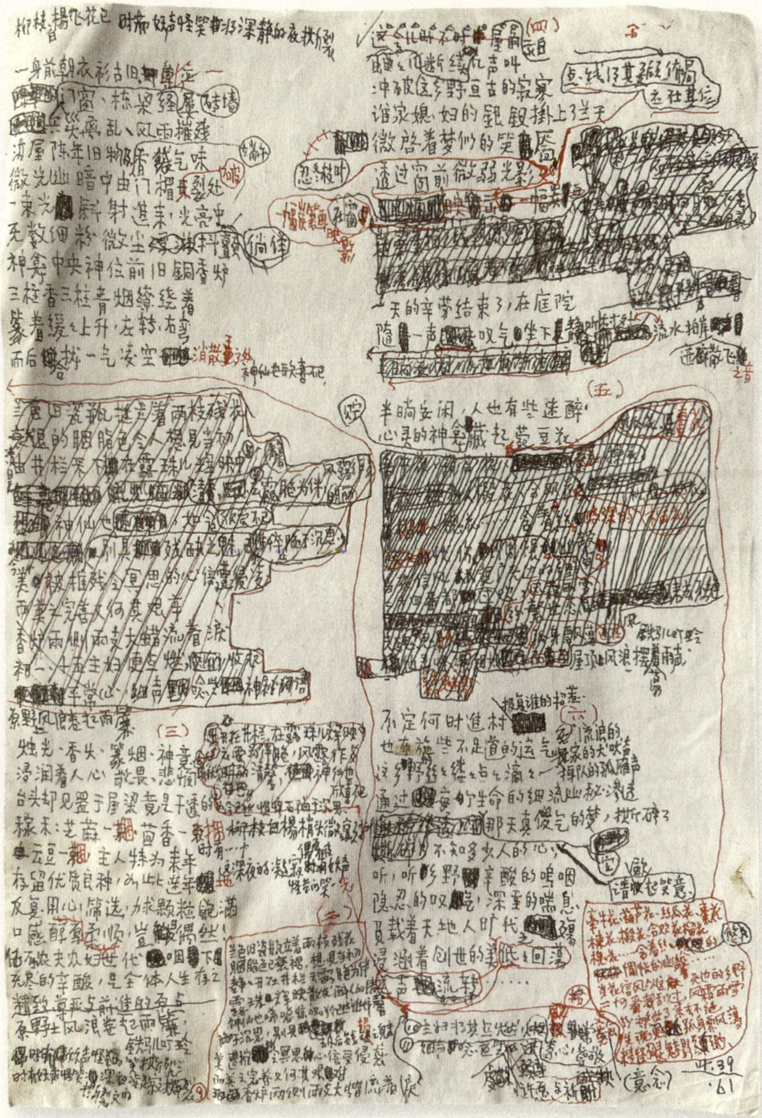

灰娃诗的草稿一页

书坊归来

跨过这个年，姜德明先生就到米寿之年了。在我印象中，他一向很平和、很平实，也很平常。他虽编文艺副刊有年，广交天下文人；虽藏书过万，写有无数文章，但从未爆大名，未跻身拍卖场，未发大小财。也许他太老派：孜孜矻矻编文，低音低调写文，自得自乐淘书；讲话不高声，表情总是温良，学问扎实可靠。总之，在他身上，看不到一点市场经济、商业社会痕迹，连藏书业内、文坛圈里，也有时忘记他——尽管在这两行，他都是高手。

2010 年 9 月 14 日，范用先生去世；11 月 3 日，我收到姜德明一纸便条："家明同志：我写了一篇怀范用先生的短文，已交上海文汇读书周报。特复印一份供您参考，或可收入纪念册中。"当时，我正组稿、编辑《书痴范用》。像范用这样从 20 世纪三四十年代起就活跃在中国文化界的文化人，姜德明几乎都有深的交往。不用说叶圣陶、巴金、夏衍等前辈，也不用说赵家璧、许觉民等编辑出版同行，更不用说唐弢、董桥、陈子善等淘书同好，其他如丁聪、李健吾、卞之琳、邵燕祥、董鼎山、赵清阁、王冶秋（这个名单写下去可能要几十页）……与这些人的交往塑造了姜德明整个人生。这种交往是非功利的，是君子之交，淡淡的，纯粹的，不见如见，绵延不断。

我与姜德明先生交往，始于 1996 年。那年，我和徐城北策划了一套“杂家杂忆丛书”，前后出了八九种，其中，姜德明的一本名为《文林枝叶》。这套丛书的编辑说明中说：“杂家和杂学是如今学界的一大特色。文化繁荣到一定程度，必有博学广闻的杂家出现。他们的学问涉及多种学科，并能融会贯通，互相映照；他们的文章知识性、可读性强，学术和思想内容丰富独到；他们回忆文坛、学界、艺苑乃至自家往事，写种种掌故轶闻，发点点感喟幽想，篇幅肯定是较小的，形式肯定是灵活的，并配有大量照片图画。不期望读者正襟危坐读它，尽由好书者无端翻阅，在断断续续之中，有意无意之间，书，或许已经读完了。这就是‘杂家杂忆丛书’所追求的境界。”姜德明认同我们的想法，来信说“实在大获我心”，很快交来稿件。

《文林枝叶》共收散文六十篇，约略为三部分：人物记事、书的美术、掌故小品。其实都称之为掌故也无不可。这些文章曾发表在报纸杂志上，他说，“提笔时总还想到对方版面的需要，想到自己的文章应该放在版面上的什么角落……倘以个人的微力能使对方的版面杂一点，我便感到十分愉快。这肯定是职业病在作怪”。其中有比较沉重的话题，比如《周扬与夏衍》一篇。多年来，对周扬执行极左路线，伤害文化人的讨伐文章不少。可是20世纪70年代末，曾被伤害的夏衍谈到此事却说：“如果那十七年不是周扬领导文艺工作，而是张扬、李扬，恐怕江青早就插手文艺界了，那么，挨整的人就会更多。处在那种情况下周扬也难啊！”姜德明就此写道：“人是复杂的，社会和革命也都是复杂的，人无完人，只要行动就可能犯错误。我对两位一样地尊重、同情”——这种观点可看出他的厚道，也是他们那一代人与后代人不同的地方——姜德明1951年进入人民日报社编文艺副刊，是那段历史的亲历者。

《箴言》一篇，收录了柯灵给他的信：“对有些人品书品，是否还可以更直率些？……谁也不能保证自己的看法完全正确，可贵的是把自己看到的感到的如实地表达出来。就我看过的大作来说，都有一种温柔敦厚的气质……”姜德明认为这是柯灵对自己婉转的批评，检讨说“我的散文，虽然不讲假话，追求朴素，明显的弱点是拘谨平实”。也许是这个原因，在本集中，常看到作者力图写得活泼一些、幽默一些、灵活一些的地方，文章因之多了一些变化。比如看望曹靖华那篇，名之为《火》，开头一行是：“我悄悄走近他的病床……”《想见冰心》一篇的写作手法像是手记，一小段一小段的，每段内容并不连贯，跳跃着，开头很直接，甚至有些突兀：“到父亲开的纸店去。我在店内新收购来的几麻袋旧账册中，找到了几本可读的书和画报。这是我第一次见到上海的《良友画报》。啊，那上面有冰心……”“多么动人的《一只木屐》呀……”“七八年前吧……”读来轻松，文字有节奏，感情涌流其间，音乐感强。

《文林枝叶》出版后，姜先生对多用图片、设计美观以及米黄色胶版纸大加赞赏，甚至说：“至少在这以前出版的书还没有达到这一标准的。”（1997 年 11 月 7 日来信）

还在“杂家杂忆丛书”约稿组稿之时，我又开始筹备“书梦重温丛书”了。1997 年 1 月 29 日（腊月二十一）晚间，我在北京东四北大街阿静粤菜馆与沈昌文、潘国彦、陈丹晨、顾骧、金宏达、于青等便饭并讨论丛书主旨和形态：

凡有成就者，无论从事哪种职业，他们在青少年时代乃至生命的每一阶段，都读过各种各样的书：文学艺术、哲学、科学、童话乃至小人书……这些书给了他们重大影响，留下了一串串书梦……撰写者在重温书梦时，可以一本一本道来，每本写几百字几千字均可，每本书在出版时配一原版本的书影。这样，几十种书的回忆，便可成一册，约七八万字，三四十幅图。写作内容可包括怎样读到这本书、书的来源、版本，书中最令撰稿人感动的故事、人物，对撰稿人在思想和情感方面的影响等……

谈到约作者，诸君首推姜德明。此前他已出版多种谈书的集子，而且仍在源源不断发表书话文章。他自己说，在家写书话，出门写散文——写书话必得翻阅原书和查找资料，在外写作不便。从中学时代，他就常去天津劝业场逛书摊，日子久了，买书多了，遂被称为藏书家。据说前后六七十年，共淘得民国现代文艺书刊万余册。但他认为，“时代不同了，环境与条件大异，我怀疑当今社会还能不能出现真正的藏书家；反正我不是。得个爱书家的荣誉已经不错了”；“理想的爱书家是藏用结合，最好有个范围，而且目的不是为了增值或拍卖”。他所谓“用”，大概就是写一些既玩味又含研究的书话文章？

由于有此前的合作，姜先生爽快允约。新书名为《书坊归来》。很巧，文章仍是六十篇，分为“书边草”“杂志抄”等四部分。“每题一图，除个别篇外，全部都是初次结集，有的还不曾发表过”。在书的封底，印有这样一段文字：

一位年近古稀的老人，每从书坊归来，手提几本淘来的残书，步履总是那么轻快、急于赶回家去。在这样的日子里，他晚上总是睡得很迟。夜深人静，小心地擦拭和修整翻读一本本残书，摩挲再三，不忍把眼睛稍稍离开……这是一种什么境界？书，在真正的藏书家眼里，之所以是宝物，并非爱其金钱价值，而是重其文化历史价值，是埋藏于其中的往日的风景。读《书

姜德明

1999 年版的《书坊归来》

关于《书坊归来》的信

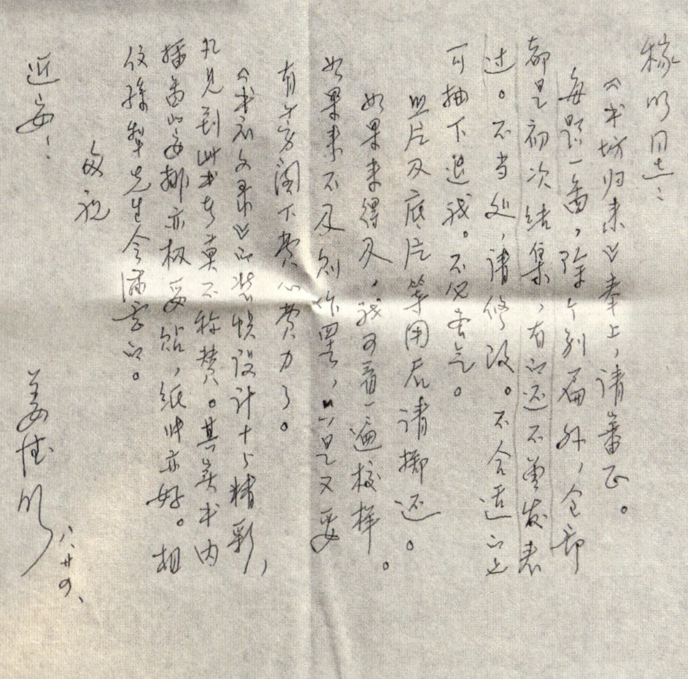

绍明同志：

《书坊归来》奉上，请审正。每题一篇，除个别篇外，全部都是初次结集，有的还不曾发表过。不当处，请修改。不合适的可抽下退我。不必客气。

照片及底片等用后请掷还。

如果来得及，我可看一遍校样。如果来不及，则作罢，以免又要有劳阁下费心费力了。

《书衣文录》的装帧设计十分精彩，凡见到此书者莫不称赞。其实书内插图也都亦极妥帖，纸张亦好。相信孙犁先生会满意的。

敬祝

近安！

姜德明

八.廿四。

坊归来》，也就是在读这样一种境界。

概括说，全书都在讲述一本本老书旧刊背后的故事，条分缕析，文笔与《文林枝叶》稍有不同，展示更多的是博学和融会贯通，而不是思想感情。作者收藏的《野草》，是十二岁时一位并不熟识的西装青年赠予的，后来才知道，一版一印封面署名“鲁迅先生著”，鲁迅以为不妥，二印以后改为“鲁迅著”；《莎乐美》插图引进中国，起初画家比亚兹莱被译为“琵亚词侣”——如此古雅的译笔来自田汉……印成于1928年的齐白石诗集《借山吟馆诗草》是从成堆杂书中拣出来的，混于其他零册一起交给店家，店家一本本登记，到这本，凝视良久，放一旁说：“封面上有齐白石题字，不卖。”姜德明满不在意地说：“什么齐白石的字，你再看看，假的！”店家重拿起来再三端详，终于开了发票，说：“算了，是真是假卖给你吧。”姜德明心中暗喜：哪会是假的！这本石版影印诗集本就稀见，加之有齐翁亲笔题字，真是意外之得啊——读到这儿我笑了，忠厚如姜公者，也会与书商斗心眼，而且高明！

姜德明对民国版本的博学，我有亲身体会。多年前，朋友送我民国二十年（1931）一版一印的保罗梵乐希（瓦雷里）诗集《水仙辞》，梁宗岱译，竖排宣纸筒子页线装。一次偶然带给他看，他告诉我：这书他和北京图书馆都有，但品相一般，而我所藏品相九成，难得……

姜德明写作勤勉，著作不下二十余种，我有幸编辑出版其中两种。其实还有两种，《插图拾翠》和《作家百简》，本来是与我约定的，但被别人“抢走”。前一种的“抢主”是三联书店：

家明兄：

两周前范用先生与三联总编室主任来舍下，要求我已允由贵社出版的《插图集》交他们出，以与《封面集》（三联书店《书衣百影》——汪注）配套。我婉拒再三，他们仍不允，只好答应他们，容与你联系后再定。我想你就慨允了吧！

姜德明 3.24（1998）

想不到的是，几年后，我调到三联书店工作。《插图集》名为《插图拾翠》出版于2000年，我就近得到编者的签名本及本店样书数册，不亦快哉！

2017年10月

文字里的沈昌文先生

三联的老总里面，我第一个认识的是沈昌文先生。查日记，1997 年 1 月 29 日：

上午与克力、刘瑞琳去万圣见刘苏里，接方炜电话，云金辉已同意写《长江传》。于是去方炜家，在他家吃饭，谈稿件。下午 5 时在东四北大街阿静馆请一些名人吃饭，谈《书梦重温》《老照片》稿，有潘国彦、沈昌文、陈丹晨、顾骧、金宏达、于青在座。正巧谈到《黄河传》《运河传》三传时，沈提出他有《尼罗河传》的校样，喜极（此三传构思来源于《尼传》），他答应给。另，电话请刘苏里派人送《老照片》八册，费时一个半小时方到，十分够朋友。范用老先生未能赴约，但请潘捎来一封信及一本书稿样子，请我们参照，精神可感也。

当时，《老照片》刚出第一辑，饭局上分发给各位，沈先生翻看了一下就说："你这是老照片里的《读书》。"我悚然一惊，因为设计栏目和版式时，确是处处仿照《读书》，但所有看过的人，只有沈先生一语中的。

其实我对沈先生早就仰慕，而且受教匪浅。1991年起我主持《山东画报》杂志的编辑工作，每月要写一篇《编辑手记》，大都是发稿前一晚加班写成。此稿我很看重，写之前必读《读书》末尾的《阁楼人语》，虽然内容风马牛不相及，但我需要那种书写的气度、站的高度，以及文字的风度。1988年第一期的那篇，我很喜欢，用过多遍——几乎写前必读，乃至朗读成诵：

上级规定，从1988年起，每个刊物要公布主编、副主编的姓名。读者会在这一期《读书》末页发现两个陌生的名字，不免突兀，因此有必要稍作交代。

《读书》是由若干位出版界前辈创办的。陈翰伯同志作为全国出版事业的领导人，曾对《读书》的擘画、创办尽了很大的力量。陈原同志在领导商务印书馆、研究语言科学、主持中国语文应用工作之余，长时间担任本刊主编。三联书店负责人范用、倪子明、史枚同志，继承"三联"的传统，以副主编身份，带领若干年轻编辑，面授身教，并负责实际编务有年。文学家冯亦代和漫画家丁聪同志，也长期以副主编、编委等身份，帮助《读书》工作。此外如三联书店编审戴文葆同志、中年哲学史专家包遵信同志，都曾为《读书》尽力。当然还可举出一批顾问、编委的名单，限于篇幅，就不细说了。

按照当前对刊物编辑工作的一些规定，主编、副主编的责任，落到了两个也曾长期参与《读书》的工作却无甚“知名度”的人身上。沈昌文由于其在三联书店工作之便，几年来为《读书》处理种种全局性的事宜，而得以忝为主编。董秀玉也因其在三联书店工作，现调往香港，得以联络海外作家，使《读书》更具有沟通海内外的作用，列为副主编。

《读书》的具体编辑工作由三联书店《读书》编辑室担任。那里有五位三十来岁的年轻编辑：吴彬，中国文学编辑；赵永晖（丽雅），外国文学编辑；杨丽华，哲学、美学、心理学编辑；贾宝兰，经济学编辑。五人之首为王焱，董理编辑室内的日常业务，并兼任历史学、社会学等方面的编辑。

值得提出的是，老一辈的《读书》创办人虽然已经不再担任日常编辑工作，但仍然在为《读书》操劳，仍然是《读书》大家庭中的一员。如本期卷首一系列老作家的文章，即为范用同志所辛勤组约。陈原同志将在近期推出他的专栏。冯亦代同志不顾高龄年迈，每期文学稿件仍然逐一过目，还每期必定撰写海外书讯一则。丁聪同志仍然设计版面，画绘人像，而且效率之高，为所有老、中、青之冠……

《读书》之“班底”，大致如此。所以为此饶舌，不是想借以宣传《读书》如何实力坚强，而只是交代一下：《读书》并未改组，刊物办好办坏，也还是当年的这么些老的，中的，少的，男的，女的……

这篇文章从容不迫，一石三鸟，明面上是遵照新规向读者交代，实际上背后有一些苦衷和坚持；偶尔的几个文词，“有年”“忝为”“董理”，用得恰到好处，振振有词，而又谦恭，有股说不出的味道。明明是大白话，却又文气逼人。

后来我看到沈先生写的一篇审稿意见：

子明、文葆同志：

大约半年以前，范用同志交我张申府的《所思录》复印本。我觉得新奇，留下看看，没有想到出版问题。后来，张的女儿又送来续集手抄稿，我又看了看。都只是夜深人静之时，随手翻翻，不作任何札记，单纯为了欣赏。

前些时候范用同志又交来萨空了同志意见，方知目的是为了出书，才觉得问题严重起来。我原想再看一遍，作为审稿，但是实在找不出时间。何况此书言简意深，真要“审读”，却实在没能力。再问范用同志，他说可请示你们解决。

我这里略述浏览时的印象，以供参考。

张申府先生，我徒闻其名，完全不了解其经历，现亦不暇查考。哲学界的几位张先生，我可能有点“缠夹二”，分不清楚。只从书看，张先生当是一位早期的社会主义者，或信仰辩证唯物论的，另外还服膺罗素等人。但绝不是列宁所望的哲学家。从这里出发，全书颇有可观之处，不少问题谈得比较深入，耐咀嚼。这种类似格言形式，也很有意思。

这类书，我只读过德国哲学家里希登贝格的哲学格言集（俄译本），维特根什坦的逻辑哲学论（谷鸾译本），另外艾青的诗论虽谈诗作，形式也是这一类。这些书我都爱读。所以天生地对它有点好感。（法国哲学家巴斯噶的《所思录》，可能与张先生之作有渊源关系，但我不懂法文，未读原著，不敢妄议。）从这里说，我以为此书值得出版。不过另一方面，也有几个问题：

a、书中不时谈起中国问题，说中国的现状应如何如何才能解决。作者所议，自然不是中国共产党当时的主张，也没有用当时的语言。这类书生之见，可否在现在的出版物中听之任之。

b、书中议论，言简意深，好处是启发思考，坏处是可以任意解释。不若现在的文章，一个命题出来，前后左右，这里有“基本上”，那里加“但是”，还有“相对地说来”，“在某种程度上”，“在一定范围内”等等，统统用栅栏围住，使人只能在作者的议论下就范，无法作别的解释，或者当有人起而攻击时，有种种通路可走。可是万一有位批评家，把这本书中的文字串起来，说是宣传某某思想，实在很难辩解。

此所以这类格言式著作目前难以兴旺之故？

c、对张申府先生如何评价，我不知道。发表哲学思想，按国内习惯，当涉及哲学家之为人，特别是政治立场。此节我不了解。此类老一辈的著作，我想还是你们老一辈的同志先予研究，给与指示。可否请你们先定一原则态度，然后再指定责编。

沈昌文

84/6/21

这文章观点是明确的，甚至有点自负，但说到实际处，又进进退退，说“好”还是“不好”？“行”还是“不行”？似乎都有点。正如他文中所说他人的文章，用“栅栏围住”，“有种种通路可走”。可是，读这样的文章，虽然只是态度端正、公事公办的“审稿意见”，却觉得有滋味，别着劲儿，挺好玩，能感觉到文字背后那个人，那位我辈心目中的沈先生。

以上还是沈先生的工作文章。待他完全退下来的晚年（连辽教的事也不做了），那文章就放开来写了。比如他在自述《出于无能》的最后一节里《谈自己》：

写到最后，到了“十三”这一不祥之数，现在把它留给自己。

老人爱谈往事，如我辈不学者，更只能借往事来炫耀过去，借此满足虚荣。上面十二则里，明说别人，实际上处处没忘掉自己，在在要唠叨几句自己并不光彩的过去。现在还能说什么？说说思想吧。

我从十三岁离开正规学校，拜师学手艺，十九岁在穷愁潦倒之际幸而考入出版社，当了校对，以此开始出版生涯。我是尝过失业失学的苦的，所以大约在做出版工作的头三十年里，勤勤恳恳，只求捧住饭碗，做个唯命是从的“乖孩子”。接手编《读书》以后，大吃一惊，原来现在要做的事，需要独立思考，不能只靠“乖”吃饭。虽有众“帅”在位，可以遮荫，但是还得靠自己去思索和操作。

…………

总结在《读书》这些年，略有所成，均得力于自承无能，于是才能较好地执行《读书》众帅意图，才能同许多名流学人打成一片，也才能少出一些事端。整个80年代，是英雄辈出的时代。“世无英雄，遂使竖子成名。”现在世多英雄，遂使无能者有效力之所了。这道理是明显的。本文以“无能”为主题，开篇说过，曾经征求吴彬等女士意见，她们都赞成的。吴女士对此，除赞成外更有新见。她觉得，我们不仅无能，更全面地说，应是：“无为—无我—无能”——十足一个“三无世界”。她这么说，更全面更好。但因原题已打上电脑，也不改了，只把吴女士的想法附记于此，并表赞同，以备参酌。

自嘲是出于自信。很多人认为，沈先生天真、狡猾、机智、幽默、随心所欲，其实还要加上自信，甚至，自信是他所有表现的基础。他的自信来自何处？来自读书，读杂书。只因喜欢读杂书，做出版，他也多出杂书，什么《耳证人》《婚床》《情爱论》《戴尼提》等（他主事时很少出大部头的巨著），所以他擅做杂志，做得风生水起。退休后策划《新世纪万有文库》，彻底过了一把出杂书的瘾。

说沈先生“随心所欲”，我倒觉得不然，他是有所忌惮的，正如他自己所说“跪着造反”。他的一生比较简单，几乎是从一而终——人民出版社、三联书店，各次运动没受到冲击，然后赶上了一个大时代。

我是2002年调入三联书店的，起初，沈先生经常约我参加一些饭局，有意让我认识一些作者。他几乎每天都出现在三联书店办公楼里，背着双肩背包，逡巡着，似乎很忙，又似乎没什么事。遇见他我总要寒暄几句。但慢慢地，他的听力越来越差，对话越来越难。我离开三联书店那年，他八十岁了，还是一如既往，一层一层楼走一遭，像是来打卡的。楼里与他相识的人越来越少，他的出现不会引起任何波澜。不知为什么，这时见到他，我有种凄凉之感——像个恋家的儿子，除了家，他不知向何处去——起点在这里，终点也必将在这里。

2014年4月8日，三联书店二十四小时店开业，在美术馆东街的店门外举行隆重的开张仪式，围了一大群人。在人群之外，马路对面的黄河捞面馆的高台阶上，沈先生独自一人静静坐着，双腿垂下，瘦小的身材，淡淡的笑容——在我心目中，这位在文字里自信、机智、狡猾、自嘲的历史人物定格在这一刻。

2021 年 11 月 29 日　北京十里堡

边疆梦

人年少时，多少都做过“边疆梦”。1969 年初中毕业后，我报名去内蒙古建设兵团，因故未成。记得曾模仿普希金，写诗《寄往内蒙》——几位同窗好友都去了那遥远的地方。在等待分配工作、无所事事的日子里，我读俄国作家描写高加索的作品，读中国古代的“边塞诗”。长大入伍，我为“祖国让我守边疆，哪里需要哪安家”的口号而激动，也曾报名去西藏，亦未成行。随着年龄增长，生活工作稳定，看来我的“边疆梦”就只是一个梦而已了……

1995 年春，我所在的山东画报出版社刚刚成立一年多，偶尔听山东出版总社的同事虞静说北京那边有个边疆题材的选题线索，无人问津。我从她那里拿来资料和联系电话，打过去，似乎江浙口音，矜持，但很坦诚：“策划出版一套由中国的学者撰写自己边疆考察实录的丛书，在我心中非今日始，最早萌发是在‘文革’一度逍遥时，翻阅了瑞典探险家斯文·赫定《亚洲腹地旅行记》和俄国地理学家奥尔洛莫夫《在中央亚细亚荒漠》之后。进入 80 年代，自己也获得了边疆考察的实际经历，尤其是在近十余年研究实践以及在与国内外同行交往中，我愈益认为，中国学者的边疆考察实践，以及取得的成绩，应该通过一种较通俗的形式让更多的人们了解。”——这段话，马大正（就是与我通话之人）后来写进丛书之中，它让我心动；再说了，《亚洲腹地旅行记》也是我酷爱之书。

约好去北京面谈。他个头稍高，体形稍壮，鼻梁挺直，戴眼镜，穿着随意，长我十五岁，笑起来却调皮，像个孩子（他很爱笑，笑时眉毛高挑）。他爱书、爱学问、爱边疆，爱交朋友——都是真爱，发自内心。与他交流毫无障碍，质朴、专注、智慧、谦逊、宽广，讨论之中还闪着不易觉察的精明。在他身上，平民和知识分子、学术和行政、浅白和深刻毫无痕迹地融会一起。比如，短短一面，我对他已经了解甚多；再如，他之爱书，并不故作高深，凡有趣的，都喜欢……

从马大正那儿，我懂得了，所谓“边疆”，与我一向理解的“边远地区”不能画等号。边疆的明确标志是有国境线的省区，包括东北三省、内蒙、甘肃、新疆、西藏、云南和广西，而我过去印象中遥远的宁夏、青海等，并不属于边疆地区；另外，除“陆地边疆”之外，还有“海疆”，但也不能把沿海省区都算作边疆，研究者习惯上把台湾岛、海南岛、南海诸岛等，以及国际有关法规规定范围内的海洋称之为“海疆”。至于历史上中国疆域的变化带来边疆地区概念的变化，那就更复杂了。马大正的想法是，包揽目前有国境线的九个省区，加南沙群岛共十个，邀请对这些边疆地区研究有年的学者，共同撰写一套“中国边疆探险与考察丛书”。书的内容以考察旅行记、日记、随笔等形式呈现，目标是普通读者（文化大众）。作为中国社会科学院中国边疆史地研究中心主任，马大正多年来与全国各地专家一起工作，对他们的研究方向、特点和成果十分熟悉，甚至对他们工作和生活中的喜怒哀乐也了如指掌，组织开发这样一套书，可谓不二人选。

我才知道，像马大正这样一批专家学者，终生埋头边疆历史、民族和文化的研究，在他们心中，早已沦为废墟的金顶寺、黑水城等遗迹仍旧香火缭绕、兴盛繁华，生活在草原、高原上的蒙古、党项、契丹、鲜卑等民族的百姓，是他们熟稔的朋友……我由此感叹：几十年来，有关中国边疆的图书太少了！边疆史地专家学者的著作与普通读者间的沟壑太深了！说实在的，我做出版，向来最渴盼的，就是大学者们为普通读者写作通俗作品，可是近年越来越难求，如今马大正找上门来，能不一拍即合？

这是一项开创性的工作，也是传诸后世的事业，有了出版社立项，可谓天时（时代需要）、地利（中国边疆史地研究中心）、人和（马大正与全国边疆研究学者）俱备。那天，1995年6月6日，巧逢吉日。在王府井东厂胡同，近代史所大楼后院平房马大正那间逼仄的办公室里，我们谈了许久。

此后我一次次北上，与马大正反复磋商，与部分作者深入交流。我们提出以《亚洲腹地旅行记》作为写作范本，还买了余秋雨的《山居笔记》，送给这些过去主要写研究报告和学术论著的学者参考。第一批稿子交来，已经是两年以后，共五本，其中有云南大学教授、人类学家汪宁生的《西南访古卅五年》、鲜卑史学家米文平的《鲜卑石室寻访记》、西夏研究专家白滨的《寻找被遗忘的王朝》等；第二批六本（1999 年），包括马大正的《天山问穹庐》、社科院民族所研究员李坚尚的《喜马拉雅寻觅》等；最后还有一本鄂伦春民族博物馆馆长顾德清的《猎民生活日记》（2001 年）。总计前后六年，出了十二本。遗憾的是，计划中的传奇独臂学者、南沙群岛考古第一人王恒杰的冒死考察记，由于其患癌症早逝，未能成稿。马大正曾与我一起去看望王恒杰的夫人、考古学家张雪慧，她答应整理完成丈夫未竟的南沙稿件，然终未果。

在丛书成稿期间，马大正总是反复审阅修改，向作者提出专业的建议，并为每一本单独写下《主编后记》——这个主编可谓名副其实。我则是书的责任编辑，侧重文字表达的通俗化工作，向他和作者提出种种近于苛刻的要求。随着书稿一部部编辑改定，我与马大正成为无话不谈的朋友。我曾告诉同事：与马大正这样的主编、作者合作，是一种学习，更是一种快乐。

身为选题提出者和主编，丛书的策划意图当然会很好地体

马大正年轻时在做田野调查

《天山问穹庐》
（山东画报出版社，1997）

现在马大正自己的著作《天山问穹庐》之中。在中国西北边陲，天山脚下，伊犁河畔，生活着蒙古族的一部。“天苍苍，野茫茫，风吹草低见牛羊”曾是他们生活环境的写照；18世纪70年代，十七万蒙古族土尔扈特部众，为摆脱俄国沙皇的奴役，毅然焚毁家园，从伏尔加河畔回返祖邦，是他们传奇的经历之一。可是惭愧，这一切我是在编辑《天山问穹庐》才知晓的，而且我相信，绝大多数读者，在这本书出版之前也是一无所知或知之甚少。扎实深厚的专业学问和优美通俗的文笔相结合，考察的主题和考察的经历一体，客观的内容通过主观的视角表现，以及所提供的知识的非单一性……这一切都是我们当初反复讨论过的目标。我很喜欢这部作品的题目：天山——新疆；穹庐——蒙古包；问——这个字有多方面的含义，访问、探寻、思索、考证……五个字连在一起，则有一种沧桑感、浑厚感、辽阔感。书出版后获得广泛好评，当时声望极高的中央电视台《读书时间》栏目播出了专访马大正的节目。书很快售罄，加印。几年后有人投巨资拍摄了土尔扈特人从俄国回归中土的电视连续剧和电影，这段传奇的英雄故事渐为更多人知晓。我想，这一切也许都缘于这本书，缘于马大正先生……

第一批书出版后，1998年1月20日，我们在北京三联韬奋图书中心召开研讨会，有从新疆、内蒙、云南等地专程前来的十多位作者和专家，还有几十家新闻媒体参会，声势够大。这套书还获得“山东十佳图书奖”。

马大正本人的研究重点是新疆。其实，十八岁考大学时，他的志向是做外交官，或者新闻记者；然成绩虽优秀，却因出身不好未成，被第三志愿的第二所学校山东大学历史系录取。他安慰自己："山东大学所处的青岛很迷人。"（殊不知，我出生和长大的房屋就在青岛老山东大学校门口，当年我和马大正的直线距离不过几百米。）山东大学后来迁往济南。读硕士时，他师从清史专家徐绪典先生，专攻太平天国对外关系史。毕业后，被分配到中国科学院民族研究所，"文革"后期，参与《准噶尔史略》的编写，得到民族史专家翁独健先生的指导。翁先生说，你可以借助目前的任务，将新疆的蒙古史研究延伸至蒙古史，进而扩展至你喜爱的新疆史。这句不经意的话改变了他的人生。于是他开始研究卫拉特蒙古史，研究 17 至 18 世纪的土尔扈特蒙古政治史，然后是新疆史，乃至中国边疆史……

翁先生去世后，1987 年，马大正被调到中国边疆史地研究中心，接替了老师的岗位。从那时起，随着民族和边疆问题日益受到学界和国家重视，这门新兴的学术研究越来越热，马大正身上的担子越来越重。尽管如此，在我们交往的二十多年里，我感觉，他对工作是全身心投入的，但这种投入不仅是因为责任感，更是因为兴趣。他总是兴致盎然，而且似乎游刃有余——佐证之一，就是他仍有暇读闲书、藏石头、和各地来的朋友到不起眼的小饭店喝酒聊天。我到北京，也常是晚上九十点钟去他家，一边谈天一边翻阅他内容广博的藏书，直至午夜。

1999年暮春，应新疆维吾尔自治区政府邀请，中国边疆史地研究中心组织专家考察新疆建设兵团的历史与现状，马大正问我是否愿意参加："你编辑出版了这套书，堪比专家。"又问，"晕车否？能吃羊肉否？能酒否？"虽然不敢混珠鱼目，但喜从天降，焉能放弃？晕车、羊肉和酒又算什么！于是，从那年6月9日至7月4日，整整二十六天，我与专家同行，驱车数千公里，踏访兵团驻扎的荒蛮之地，领略斯文·赫定七十年前的死亡之旅；在霍尔果斯河里捡石头，在天山深处大坂高坡看云山飘游，在维吾尔族老乡家里喝酒吃手抓肉听十二木卡姆，在皮山农场参观1950年代知青修的水渠栽的树林……阅尽西域风光民情，终于圆了我的"边疆梦"！那是我一生难忘的日子。

2001年10月3日，马大正来信："'探察丛书'剩下的稿子，请你继续抓一下，有个善始善终。因组稿的惯性，我手头还有两部待看。"不久我调到北京三联书店工作，马大正也从边疆史地研究中心的领导岗位退了下来，任国家清史编纂委员会副主任、中国社会科学院学术委员会委员。各自都忙，见面反而少了。偶尔通个电话，他还是先问"哪位？"接着就笑。

悼褚钰泉

2016年1月16日晚上11点50分，我乘地铁回家。出了车站，意外发现下起了雪。下得很急。由于已近午夜，雪将万物覆盖，白茫茫，静悄悄，未着任何其他痕迹，显得美丽而异样。进小区楼门厅，顺便打开信箱，报纸之外，还有一个大信封。我的心猛地收紧：一定是钰泉兄寄来的新一期《悦读》杂志，里面有我的文章。可是……钰泉兄已于七天前突发心脏病去世了。到家后，我捧着信封，站着凝望它，泪就下来了。信封上，照例清秀的钢笔字，邮戳记载："上海新华路，2016.01.08—11"——钰泉兄离世是1月9日一早，相隔不过十几个小时！之前的1月7日晚，我还和他通过电话，问是否收到我寄的《难忘的书与插图·续编》，他说收到了，书中的《自序》把他的作用说得太过了，所以想郑重给我写封信，拖了几天。我问，听说二十一世纪出版社张秋林社长退休，《悦读》今后如何？他说尚不清楚。通话结束时，七年多来他头一回没有催我写下一期专栏稿。没想竟成永诀。

褚钰泉

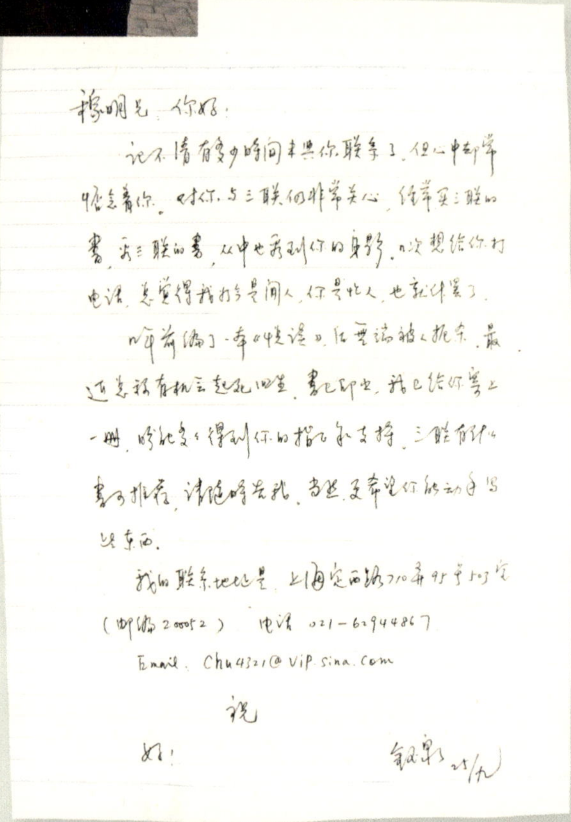

家明兄，你好：

记不清有多少时间未与你联系了，但心中却常惦念着你。对你、与三联仍非常关心，经常买三联的书、读三联的书，从中也看到你的身影。几次想给你打电话，总觉得我们多是闲人，你是忙人，也就作罢了。

几年前编了一本《悦读》，经费请朋友们提供，最近总算有机会起死回生，书已印出，我已给你寄上一册，盼能多多得到你的指点和支持。三联有什么书可推荐，请随时告我。当然，更希望你能动手写些东西。

我的联系地址是：上海定西路710弄95号503室

（邮编200052） 电话 021-62944867

Email：Chu4321@vip.sina.com

祝

好！

钰泉 25/九

《悦读》复刊，
褚钰泉约稿

最后一期《悦读》

褚钰泉去世后收到的他寄来的《悦读》第44期的信封

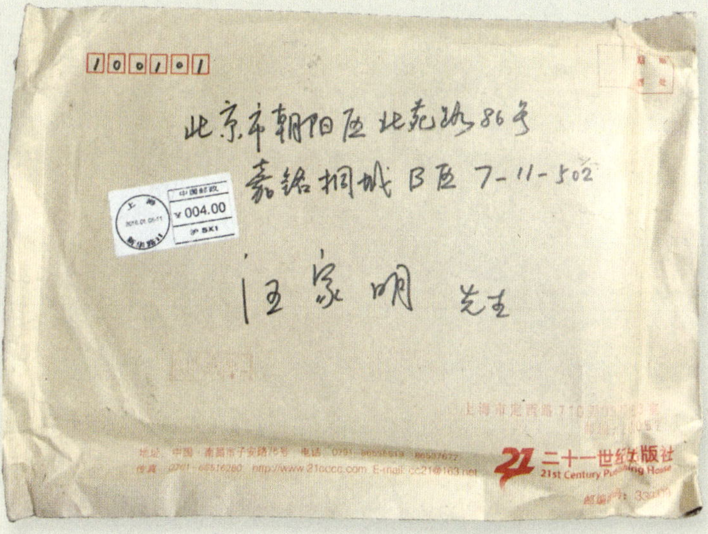

与钰泉兄交往倏忽十八年。1996 年 12 月《老照片》第一辑出版后，来年 2 月 22 日，《文汇读书周报》在头版中心位置刊发了短文《为〈老照片〉鼓掌》。这是第一篇评论《老照片》的文章。其时这份报纸的影响力在全国读书界首屈一指，对《老照片》的出版起到推波助澜作用。其反应之迅捷，眼光之敏锐，过后想来，令人叹服。那时我还不知道褚钰泉。后来怎么建立的联系，记不起了。他给我的信，现存最早一封是 1997 年 9 月 11 日：

家明先生：

你好！久未联系，请谅。贵社近些年所出的《老照片》等书，在读者中引起很大反响，贵社的声誉也由此蒸蒸日上。可见，出版社主要还得靠出好书。如有什么书需宣传，尽可来信。

日前收到一份电传，因字迹不清，无法与作者联系。不知这份稿件其他报刊是否发过。如没有发表过，我们可考虑选用。现一并寄上，请过目……

那份电传是《华商报》记者采访作家张炜，谈论《老照片》的。可以说，褚钰泉自始至终都在为这个新生事物鼓吹，不遗余力，不计利益。作为《老照片》的策划出版人，遇到这样的知音，我的心一下子就和他拉近了。

《文汇读书周报》发行量曾近十万份，而褚钰泉对广告却控制得很严。他曾说："我宁可多发几条稿子，也不愿意让无聊的广告挤占版面。"有人由此评价他没有经济头脑。为应对这种诘难，他成立了广告部门，由同样有着文化情结的陈蔚打理。陈蔚专程来济南与我商量，我提议仿照鲁迅、叶圣陶、巴金等前辈出版家，把书的广告写成优美、短小的文字，每个广告加一花边，并刊登书影。如此，广告反而成为可读、可爱的专栏，文化和商业相得益彰。我请美编蔡立国设计出版式，陈蔚和褚钰泉都满意。从此，由山东画报出版社开头，这种图书广告形式在《文汇读书周报》沿用多年，还引起其他报纸模仿。我也为此写了数十篇二百来字的广告文。1998年1月，为创办《老漫画》，我去上海组稿，褚钰泉和陈蔚特意请我吃饭，说是感谢我的广告创意。这是我们头回见面。他中等个头，五官饱满清晰，前额宽硕，手大而壮，上海口音，说话不多，但很热情。也许是我们早已神交的缘故，和他在一起，没有丝毫陌生感。他向我介绍《文汇读书周报》的简况：

在80年代初的《文汇报》上，有一个《书亭》专栏，"它在版面上仅占非常小的一块，主要是介绍书的信息，内容也零零碎碎"。后来，《书亭》从小专栏变成一个专版，名为《读书与出版》。那时其他报纸很少有读书版，《读书与出版》引起出版界和有关部门的注意，上面专门发布一份"加强书评工作"的文件，其中提到褚钰泉所编的这个版面。文汇报社顺势而为，1985年，《文汇读书周报》在《读书与出版》的基础上创刊，褚钰泉任主编。四开小报，起初每期只有四个版面，但内容“有书评、荐书、漫画、读者来信、短评、书摘等等，每个版面都要放六七篇文章，信息量很大”……

那次见面是在一家小饭店，因我要赶火车，前后不过一个小时。这短暂的见面成为我与褚钰泉毫无利益关系的友情的开端。多年的交往中，我喜欢读他的报纸，也喜欢听他谈办报的事情。他曾说：“报纸一定要有自己的声音……我想以读者一分子的角色，对书、对出版界、对文化现象发表言论。”为此，他自己开了一个专栏《书市漫步》，笔名阿昌。这个阿昌敢于针砭时弊，文字通俗、及时、鲜明，很让读者喜欢。这个专栏他写了十六年。当时对武侠小说有些不同看法，“周报”辟了一个园地，欢迎读者展开争论；听说朱生豪的夫人宋清如想出版自己与朱生豪之间的书信，一家出版社要求她付几万元费用，褚钰泉便写了篇文章将此事在报上捅出来。“没想到文章发表后，这本《宋清如书信集》竟有多家出版社争着出版”。

褚钰泉认为，办报要有境界，正如文人要有操守。他与巴金的私交非常好，但在巴金晚年，很多报社都想方设法向巴金求稿时，褚钰泉却说：“我知道巴老身体不好，再向他开口要稿，于心不忍。”尽管如此，巴金还是说：“这些年我写的文章几乎都由《文汇读书周报》首先发表。”王元化也说过：“我的重要文章喜欢发表在《文汇读书周报》上。”从办《书亭》专栏开始，二十多年办报生涯里，他和许多文化大家相熟，如于光远、金克木、舒芜、施蛰存、冯亦代、范用、张中行、宗璞、钱谷融、黄裳、流沙河、钟叔河、朱正、资中筠、李文俊……但他从未把这些大家作为私己的资源，他和他们真正是君子之交，除了稿件，生怕麻烦作者。在范用生前保存的通信里，有褚钰泉写给范用的三通，分别是1983年8月、1985年11月和1990年6月。第一封信中，他提到随信寄去前八期《读书与出版》征求意见；第二封信谈《理论风云》一书的宣传推广；第三封信写得较长，从中可以看到他在“周报”工作的状况：

范老：

您好。收到来信，非常高兴。平日经常惦念您，多次想提笔给您写信，可是，忙忙碌碌之中，也就拖搁了。自从“周报”创办以来，我就失去了“自由”，日复一日都埋在稿件之中。“周报”编辑人员颇少，仅四五个人，我也不想增加人，免得把精力都置身于人事纠纷之中。这样人虽辛苦些，但精神上还是愉快的，尚能按照自己的意图来办报。可惜的是，这些年连出差都无法去，北京也多年未来了。好些年没有见到您了……

如今您比过去空闲了，能不能抽空为我们“周报”写些短文？只要谈书，只要短些（我们的篇幅实在太小了），什么都可以。最好能辟一个不定期的专栏。目前“周报”还很不如人意，也希望能经常听到您的意见和建议。有空能否常给我写些条子。

…………

钰泉兄和范用先生一样，是地地道道的爱书人，是“书痴”。在文汇大楼时，他的办公室堪称一景，书从桌子堆到门口，堆到天花板，只余一条小路……

从《文汇读书周报》退休后，钰泉兄辗转创办了《悦读》杂志，约稿甚广，既延续了“周报”风骨，又增强了深度，受到嘉评，卖得也好，吸引了一批忠实读者。他写信要我找美术家整体设计，我请宁成春先生帮忙。设计高雅大方，沿用至今。一次电话聊天时，我无意间与他说到自己从小搜集外国小说插图的爱好，他建议我写写给《悦读》，我没当真，因为很忙，根本没时间做这件自己喜欢的事。可是他记住了，三番五次约我。真情难却，终于翻箱倒柜找出珍藏的插图和旧书，勉力写了《难忘的插图 · 当代英雄》，刊登在 2008 年 7 月《悦读》第八卷上。这就是《书与插图》专栏的肇始。此后每过一段时日，钰泉兄就连鼓励加劝说再加催促，而且因为了解“内情”，让我无法拒绝。连我自己也无从想象，居然坚持写到如今已七年半！这事几乎用去了我所有的业余时间，把打算退休后再做的事情提前做了。重温那些影响我生活道路和思想情感的外国经典和精美插图，让我在凡庸嘈杂的奔忙中有了一个个惬意的休止符。2011 年复旦大学出版社建社三十周年，贺圣遂问褚钰泉做点什么纪念品，他建议出版我写的这些“难忘的书与插图”，贺社长说好，于是，专栏文章变成了书。2015 年底，人民文学出版社又出版了《难忘的书与插图·续编》。

没有褚钰泉就没有这些文章，更不会有这两本书。我常向朋友说，褚钰泉这样的编辑让你只能俯首听命。我也是编辑，深知他的职业功力让我望尘莫及。总结他做编辑的四个特点：立意高远、视野宽阔、待人诚恳、做事认真——说来都很普通，但当今真能做到的又有几人？古人有言：为雪朱阑，为花粉墙，为鸟疏枝，为鱼广池。褚钰泉无论办《文汇读书周报》还是编《悦读》，无论是对我还是对其他作者，表现出的正是这种热心为人作嫁、日复一日默默耕耘的职业素养。十六年八九百期报纸，尤其是九年多四十四卷《悦读》的一千二百多万字，组稿和编辑，完全靠钰泉兄一人之力。这惊人的编辑业绩，足以在世间树起一座巍峨美丽的丰碑。

其实在最后两年，因为太忙，我曾不止一次向钰泉兄提出结束专栏的写作。没想到会是以他永久离去的方式来结束。每当想到，再也不会接到他催稿的电话了，我就悲从中来。

2016年1月17日凌晨

失去的亿万个春天

由于换房，我临时租住在北京东部一个陌生小区里。楼层很高。书桌北向，摆放在窗前。读书写作中偶尔抬头，可见枝叶柔软细密的树冠在风中摇摆。对面楼栋的灰墙和一扇扇窗户、一层层阳台，白天看去枯燥无味，夜晚透出灯光却有些神秘。有时盯着灯光，听着风吹树冠的呼哨声，一种既陌生又亲切的感觉涌上心头。

在一个这样的夜晚，我翻开《三午的诗》，把叶三午的九十首诗和叶小沫的九十篇读后记，还有叶兆言的两篇回忆文章重读一过。读时常常不知不觉停下来，又囫囵吞枣读下去，又颠三倒四来回翻……整整一晚，沉浸在诗和回忆里。

一代有一代人的诗，一代有一代人的文字。三午的诗堪称我们这代人的精神之弦，轻轻一拨，就能引发共鸣。我太熟悉他诗里的一切：感时伤情，顾影自怜；胸怀大志，激情满满；生活坎坷，自怨自艾；年华虚度，诗兴阑珊……查良铮的普希金、契诃夫的米修司、光头的马雅可夫斯基和郭小川、贺敬

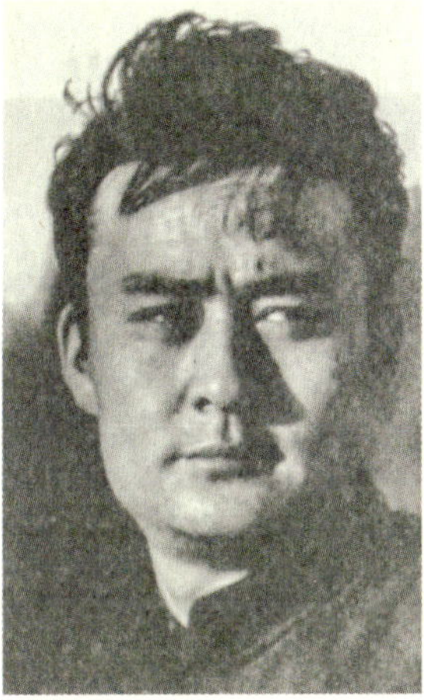
英年早逝的三午

之的阶梯诗……在我们年轻时代，文学，几乎就是一切！音乐和美术则在文学的旗帜之下聚拢。说来奇怪，文化禁锢、万马齐喑，反而使每个偶然读了几本外国文学，看到几幅西方绘画（当然是印刷品），听了几首贝多芬、门德尔松的人，都成了艺术家。不过，这只是人生的一面，而且是虚幻的一面。与此同时，这些“艺术家”还是每日满身臭汗种地养猪的知青、搬运货物扛箱子的临时工（那时就工很难）或是待业在家无所事事的街道青年。

三午就是这样。虽然他是叶圣陶的长孙、叶至善的长子，是大教育家、大编辑家的后代，可是在短暂生命的很大一部分时光里，他都在密云林场做工，风餐露宿，种植和养护树木，即便是干活时不慎从山坡摔下来，诱发了强直性脊柱炎，腰背越来越弯曲，竟至丧失了劳动能力，他仍是林场工人，曾被照顾做看管电话总机之类的工作。于是，他和当时许多知青一样，经常回北京的家里“泡病号”，又一次一次被林场催叫回去。可以想象，作为克己奉公的国家干部，叶圣陶和叶至善既为三午老是跑回北京感到不安，也为他的身体而着急心痛，默许他待在家里不走。而且我猜，两位一向忠厚、低调的长辈，也许并不认为三午在客厅里不分昼夜，与一帮无业青年高谈阔论、听音乐、玩摄影是什么正经的事情。可是三午本人，在林场，他是有残疾的勉强从事最不重要工作的工人；在北京家里的客厅，他则是艺术家、诗国的帝王。这并非夸张。叶兆言曾说：“三午是我们叶家第三代人中最有希望成为作家的人。他身上有饱满的诗人气质。”“我是在三午的客厅里开始步入文学殿堂的。当我还是一名文学少年时，我有幸在三午的引导下，看世界名著，妄谈文学，并且深受比后来红极一时的朦胧派更早，更不食人间烟火的诗人的影响。”不仅叶兆言，许多如今的作家、艺术家乃至学者，如阿城、多多、傅惟慈、王湜华等，都曾是三午客厅的常客。他们听三午讲《基督山恩仇记》，朗诵三午的诗，唱三午那首被配曲的《不要碰落……》（小沫记得这首诗是哥哥写给她的），生活在三午营造的光环下。

据说三午朗诵自己的诗会流泪，读不下去。他是十七八岁开始写作的。与所有学诗的人一样，最初几年是模仿阶段，但感情最为纯真。比如他写过一首“我又 / 造访了”，显然来自普希金的《我又一次造访》；还有一首模仿普希金的《墓志铭》：“这里埋着驼背的青年 / 他活过　写过　爱过 / 他弱　生活的重荷 / 压弯了他的肋骨 / 他笨　他的笔点不燃 / 人们心中的火”……小沫在这首诗的读后记里写道：“三午是我们家几个孩子里长得最帅的一个，二十几岁时患上类风湿，后来又转成强直性脊柱炎，受尽病痛的折磨，很早就驼背了，但是在写这首诗的时候他还没有驼背，难道就像他预见到了自己的早逝一样，也预见到了自己的驼背？对这一点，我和弟弟都觉得不可思议。”其实，早在初学写作时，三午就在诗里写道：“你爱上我什么 / 弯曲的躯干　枯干的容貌”；十九岁时他又写了一首：“诗啊！我的诗 / 你带着误解　忧郁 / 跟着我驼背的身躯 / 合着我忏悔的叹息 / 行进！”这还真有些蹊跷。我们知道，普希金和莱蒙托夫在各自的代表作里都写过决斗而死的情节，而他们真的因决斗而死。难道敏感的诗人能预见自己的不幸，并因此写出优美的诗篇？难道这是缪斯索取的代价？

1966 年 1 月，三午写了一首伤心欲绝的诗：“像离了弦的 / 箭 / 责怪 / 怨恨 / 射向我心灵。”“唉，/ 我呵！ / 本来可以 / 一伸手臂 / 把你搂到我怀里 / 那时我会 / 对 / 整个的星空 / 亿万个生灵 / 我会说——/ 带着骄傲，幸福 / 我会大声说——/ 让每个字像雷霆——/ 哭泣吧！宇宙 / 亿万个春天 / 都在我怀里！！/ 可……/……可 / 我 / 迟疑了 / 犹豫了 / 怯弱了”“我被世俗灌醉 / 轻轻一推——/ 那静悄悄地一推 / 没有天旋地转 / 地崩天裂 / 没有悲切音响 / 凄惨的光彩 / 只是静悄悄的一推呵！/ 我却永远永远 / 失去你了——/ 失去你 / 失去了”。小沫告诉我们，三午小时候结识了一个维吾尔族女孩，名叫热米拉。他们通信多年，后来热米拉考上民族学院，来到北京。她爱上了三午，可是三午理智地拒绝了。悲伤的热米拉回了新疆，不久死于一次意外。

这事对三午的打击很大。写完这首诗，两年半未再动笔。此后他诗里的人生滋味更朴实、更真切了，写作手法也趋成熟，诗句似乎是流淌而出，几乎不见修饰的痕迹。他的写作进入第二阶段。他写给白杨树，写给香烟，写给自己的影子，写给自己喜欢的作家，写给卖火柴的小女孩——信手拈来，化物为人，化虚为实，视野大大扩展了。他对香烟说，“在黯黑的街上 / 我背着沉重的静寂走 / 一切都沉睡　一切都死去 / 真是难忍的静寂呵 / 只有你一明一暗地燃着 / 合着我的心跳”；他对普希金说，“我责备我不能在这阴霾的清晨 / 跑到雪后凛冽的桦树林 / 用哀哭呼喊惊住使人心碎的枪声 / 用胸膛替你挡住恶毒可耻的一枪。/ 棕色鬈发，才思横溢的头仰倒了 / 宽洪热情，勇敢忠诚的胸膛淌血了，/ 血像河流，血像潮汐呵！/ 吞尽了多少磅礴雄壮的诗行”；他对陀思妥耶夫斯基说，“我多想夺下你手中

的笔 / 别再留给我那么多痛苦”……

统计一下，三午从 1960 年写作到 1974 年封笔，共十五个年头，而最后三年写了五十二首，占全部作品的 58%。这是他创作的第三阶段。这一阶段的特点是内容愈加抽象，表达有些晦涩，思想和感情完全融为一体——堪称“朦胧诗”的先声：

“我们累乏的心是 / 湛蓝的天 / 让闪电划得支离破碎 / 焦急地 / 刻不容缓伸出手去 / 敲——/ 不　那不是门 / 那是堵墙”；

“扑上去 / 用整个的身躯 / 死死按着琴弦 / 不让这最后的音节 / 在它上面 / 滚动 / 鸣响 / 消逝……”

“只有在我心里 / 你才是太阳、月亮、星星……/ 而我 / 是闪着你的光芒的被你唤醒的黎明”……

我敢说，如果这些诗在 20 世纪 70 年代末 80 年代初的文学热潮时发表出来，一定会在诗界占据一个位置。它们的基调虽然哀婉，低沉，却有着非常之美，正如优美的音乐往往是悲伤的。

诡异的是，在 1974 年的创作高潮之后，没有任何预兆，三午的写作戛然而止，而且对诗完全失去兴趣（包括自己的作品）。直到 1988 年深秋的一天，妹妹小沫对他说：“三午，现在你的那些诗可以拿去发表了。”他回答：“是吗？那就全权交给你了。”没想到，在这次对话之后不久的 11 月 27 日，三午偶染中毒性痢疾，随即离开了人世。叶圣陶也是在这年去世的，墓地设在他最初开始教育生涯的苏州甪直。12 月 6 日，叶至善前去参加父亲的安葬仪式，他悄悄把负责安排的人请到一边，提出一个特别的请求：想把父亲最疼爱的孙子也一起放在墓穴里，“让他陪陪他的爷爷吧”。说着，他含着眼泪，从旅行包里拿出一只盒子，里面分别装着叶圣陶和三午的骨灰，并叮嘱，“此事不要声张”。这位负责人果然守口如瓶，把这个秘密隐瞒了很多年。

2006 年 3 月，叶至善去世。此前一直在北京照顾父亲的叶小沫回到深圳，开始规划自己六十岁以后的生活和工作，其中一件最放不下的事，就是整理和出版三午的诗。我那时还在三联书店工作。她来信说，如果您有兴趣，我整理出来给您看看。我回信：不管能否出版，我都想拥有三午的诗。几天后，我接到一封小沫的长信，其中说：“知道您很想看看三午的诗，可这些诗都在我的一个本子上，没有录入电脑。您看这样好不好，您建一个文件夹，我每天录一到两首给您，还可以对一些诗的背景讲一点旧事给您听，这样一首一首地存在文件夹里，我录完了，您也就全看到了。免得一股脑给您，弄得视觉疲劳，我也录不了那么快。如果有一点交流，说不定真可以成书。”此后几个月的时间里，小沫发来三十多封信，整理了八十首三午的诗（成书后有九十首）。她为每首诗写了读后记，有长有短，长的一千多字，短的只一句话。从中可以看出妹妹对哥哥的深爱乃至崇拜，也可看出一名资深编

终于出版的三午诗集

辑的严谨和认真，还可看出朴实干净、淡而有味的文字功夫。读了小沫的文章，一个活生生的三午似乎站在我面前。不久我调离三联书店，想做的几本叶家的书都没做，心里一直歉疚和遗憾。如今，《三午的诗》终于出版了，小沫寄我一本。这不，重读之下，依然激动……

夜深了，来自内蒙古高原的风消停了。四下很静。此刻，三午沉睡在甪直古镇，爷爷和爸爸就在他身边。我不知道，在他长长长长的梦里，是否找回了那亿万个春天？

2018年6月3日凌晨　北京十里堡

肖沃：外科医生的童心和悲悯之心

20世纪80年代，一位偶然见到利奥波德·肖沃（Léopold Chauveau）作品的法国图书馆馆员米歇尔·柯歇，想尽办法出版了他的三部儿童作品；不久，日本童书出版社福音馆引进了它们；2005年，动画导演山村浩二把其中的《孤独的老鳄鱼的一生》制作成动画片并获国际大奖；2010年，一直迷恋肖沃作品的米歇尔·柯歇筹措资金举办了“肖沃艺术大展”；2020年6月，新冠病毒肺炎肆虐的日子里，多家艺术媒体发布了一条新闻：“巴黎七区的奥赛美术馆将于23日重新开放，届时将安排两项展览，一是法国画家詹姆斯·迪索的作品展，一是法国雕塑家利奥波德·肖沃的艺术展，两场展览都将持续到9月13日。所有11岁以上的参观者必须佩戴口罩。”“肖沃展将包括18件雕塑和100件画作，重现了这位几乎消失在历史暗影中的外科医生、艺术家的奇幻世界。”又过了一年多，疫情尚未过去，一套上下两册的中文版《肖沃奇怪故事集》出版了。此时，距肖沃去世已过了足足八十一年。

一位外科医生如何成为了不起的画家、雕塑家和儿童文学作家？

1870 年 2 月，利奥波德 · 肖沃生于法国里昂，他的父亲奥古斯特 · 肖沃曾是著名的里昂兽医学校校长，还参与创建了里昂医学院。里昂兽医学校是世界第一所兽医学校，创办于 1761 年。奥古斯特去世后，兽医学校为他建了纪念碑，至今耸立在这所名校里。利奥波德并不喜欢医学，他喜欢文艺，创作了不少作品，有小说、水彩画和雕塑，但在强势的父亲逼迫下进了医学院，最终获得医学博士学位。他的博士论文题目是《对未化脓慢性耳黏膜发炎病人进行中耳鼓室手术治疗耳聋的研究》。毕业后他在好几个城市行过医，第一次世界大战期间应召入伍。战后他写了一本《战争背后》，如实记录了他在战争期间所见所闻以及作为战地医生所做的各种困难的手术，包括受伤士兵或军官的真实名姓。

除了一战那几年，肖沃的生活本是庸常的、平静的，行医收入稳定，妻子出身于外交官家庭，为他生了四个可爱的儿子。可是，连续三起家庭灾难毁了他的生活：先是 1915 年 9 月，十六岁的大儿子在海边度假时溺水而死，不知是意外还是自杀；三年后妻子因抑郁成疾而亡；又过了四个月，他亲手为最喜欢的儿子、刚满十二岁的鲁诺做一个小手术，却不幸让儿子感染了败血症而夭折。他在日记中写道：“战争已经过去，杀戮、流血已成为往事……可我却在这时失去了三个亲人！而且，让我永远无法得到安慰的是，他们都死于非命，死得毫无意义……”

世界大战和家庭灾难给肖沃带来双重心理创伤，难以解脱，他整日惶惶不安，甚至“对自己的手缺乏信心”，最终只好彻底放弃了奋斗大半辈子的外科手术事业，转而到艺术和文学中寻找疗愈心灵阴影的良方。这也许是冥冥中上天的旨意：世界上减少一位循规蹈矩的外科医师，多出一位我行我素的艺术家。

小儿子鲁诺活着的时候，总缠着他，要他讲故事。他不耐烦复述那些人人皆知的经典童话，但被缠不过，就自己“瞎编”。他发现自己瞎编的故事儿子很喜欢听，就很来劲。比如他瞎编说，蛇本来是有四条腿的，和别的动物一样，后来因为跑路太多被磨掉了；比如他说乌龟本来是跑得最快的动物，可是后来得罪了兔子，兔子求乌鸦帮忙报复，乌鸦用世界上最黏的糨糊把乌龟的房子粘在它身上，从此无法分开；比如恶意捣蛋的锯子鲨、锤子鲨和本性难移的食人鬼……当然也有时候（很少）他的故事吸引不了鲁诺，鲁诺精神不集中了、犯困了，他就立马给故事情节来个惊人的转变，比如故事主角突然死了、跌下山去了、被吃掉了等等，鲁诺立刻紧张起来，精神起来，又瞪大了眼睛——反正是瞎编，过后需要，再让主角活过来就是了，正如《一次能吃三个小孩的大树》，很恐怖，可是最后伐木工砍开了大树的树干，“树干里面的空洞，是大树的胃。树干断开来，露出了所有被吃掉的小孩儿。小孩儿都已经变得非常非常小，只剩小指的一半那么大了。他们的大部分身体已经被大树消化掉，剩下这一点儿是大树还没来得及消化的”。这些小不点儿被伐木人装在裤兜里带回村庄后，吃了很多有营养的东西，又恢复了原大……

肖沃的故事就是这样一个一个诞生了，都是很奇怪、匪夷所思的故事，它们专注于虚构的生活场景，表面上没有崇高或对错之分，但其中凸显出率真和稚拙，充满了浓浓的生趣和隐隐的哲理，故事完了，又似乎没完。

其实，每次讲故事，他都是先写下来，念给鲁诺听的，有些现场的随机改动，过后也没加进去。放弃外科医生职业后，他一遍一遍回忆给儿子讲故事时的情景，努力把故事写得更完美，然后配上插图。起初，插图是请他的画家朋友皮埃尔·博纳尔（Pierre Bonnard）等人绘制的，多是钢笔水彩画。后来他试着自己用黑墨水笔手绘，以细密的线条来刻画形象，酷似木刻或铜版，有一种先天的单纯和放松。也许刀和笔原本就有着某种联系，不是吗？外科手术用的是刀，木刻和铜版也是用刀，古代版书和碑文也是用刀刻出来的——这只是从用具方面比附，其实从精神层面，外科医生与画家、作家也许更其接近，比如，都需要精微的刀（笔）法，都需要一颗悲悯之心。

他一面画，一面想念着鲁诺，恍如鲁诺倚在他膝下，仍在听他讲故事，眼睛瞪得很大。他的画笔，如有神助，一笔一笔，一幅一幅，竟然为十五个故事画了将近三百幅画！

在图文并茂的故事书的最前面，他写下“纪念鲁诺·肖沃”

的字样。这是对儿子最好的纪念。“他写给小鲁诺的儿童故事犹如父子在九泉之下的对话，对父亲来说不啻是一种解脱的方法，同时也能让自己的孩子继续存在下去。”

肖沃生活的年代，正是后印象派画家活跃的年代，出现了塞尚、高更、凡·高等一批特色鲜明的画家，肖沃与他们相识，参加各种艺术沙龙，尤其和雕塑家、画家乔治·拉孔、作家马丁·杜·加尔（以《蒂博一家》获得1937年度诺贝尔文学奖）成为密友。相比之下，肖沃的雕塑作品也许更为别致，创作时间跨度也很长，从一战前就开始了。都是些想象出来的怪物塑像——猫面企鹅、长鳍的松鼠、脑袋怪异的鱼儿、猴身猛禽，或者完全说不出是什么东西的形象，表达的却都是人的情感：孤独、失落、冷漠、发自内心的呼喊……有评论认为，“在这一长串令人心情郁闷的东西中散发着某种不安的氛围”。的确，这也许就是肖沃内心的写照，移情到一个个莫名的小雕像之上，他的心灵阴影借此得到些许化解。“在这里，一切痛苦都被转化，在浑圆奇异的生命形态中，人性的善被一种粗糙的朴实代替，而无法逃离的恶却被慈悲地谅解。”

1940年6月17日，正是法国向纳粹德国投降前后的日子。此前肖沃和红十字会在比利时组织了一个接待中心，为的是大批比利时和法国的难民途经此地时有个地方住宿，并得到起码的照料。难民如潮涌而来。他没日没夜地工作，有时一连几天不眠不休，再加上每天接触到令人揪心的惨象，使他的精神和体力都严重透支。他是突然去世的，去世后被安葬于当地的公墓。战后，马丁·杜·加尔自己出钱，给他安了一块墓碑，可后来坟墓竟不见了。

肖沃是被埋没的天才，他的艺术作品的传播被第二次世界大战所隔断，直到他死后几十年，法国人才重新发现了他。马丁·杜·加尔说："肖沃在艺术这个朦胧暧昧、复杂多变、取之不竭的领域里来去自如，从现实发轫，最终陷于虚构。他既着重具体的形象，却又天生执迷于奇思异想……在他那里，只有陷入奇思异想，甚至于陷入令人恐惧的想象之中，才能真正将他个人的天才体现得淋漓尽致。"

巴黎七区奥赛美术馆的肖沃艺术展早已撤展，而肖沃艺术重新回到公众视野的行程才刚刚开始。

书梦重温

1994 年某天，我外出公干，在归途火车上偶遇《齐鲁晚报》副总编辑孙培尧。他和我一样是“书虫”，旅途无事，自然就聊起了书，也聊他主持的报纸副刊。一聊聊了几个小时，火车到站，仍意犹未尽。之所以有那么大的兴头，是因为主要聊的是早年读过的书——那些在我们生命中留下深深印记的书，尤其是外国小说、古文和诗词，什么《别尔金小说集》了，《福尔赛世家》了，《嘉尔曼》《马背上的水手》……还有《东周列国志》、《老残游记》、陶渊明之类。分手时，孙培尧说，这些书都是永远应该读的，可现在的年轻人有文化断层。你在《晚报》开个专栏吧，就把我们今天聊的，特别留在你记忆里的书写一下，每篇几百字一千字都可。我说，这事儿我愿意！专栏名就叫《书梦重温》吧。如此，一写就写了五六十篇。

·射　击·

读文学史，常感慨万千。比如，中国文学的奠基人屈原生于公元前340年，距今两千三百多年；俄国文学之父普希金生于1799年，至今也不过二百多年，但19世纪的俄罗斯文学已登上世界文学的高峰。

作为文学之父，普希金名副其实——他在所有文学体裁中都是开创者，且成绩斐然，无论诗、小说、戏剧、散文、童话还是文论。诗不必说，只说小说，在他之前，俄罗斯还没有一位真正的小说家，然而他一起手就写出了《别尔金小说集》《黑桃皇后》《上尉的女儿》这样足以传世的杰作。

普希金对我有着特别的意义：我少年时代迷恋文学之始，就读了肖珊译的《别尔金小说集》（别尔金是普希金的笔名），其中五篇作品，我每篇读过多遍。最合我胃口的是《射击》。故事说的是在边关驻扎的军队中，有一个每天练枪法的怪人，他年轻时曾被某贵族青年打了一耳光而决斗，当贵族青年开枪打穿了他的帽子，轮到他开枪时，他因对方丝毫不害怕而气恼，决定不打了，而对方傲慢地许诺以后在任何时候他都可以来补打这一枪。多年后，他听说贵族青年找了一位美丽的小姐，结婚了，怪人于是携枪去见新婚夫妇。这次他看到了贵族青年的恐惧和年轻夫人的跪求，他满足了，没有射击对方，只是在离开时回身随手开了一枪，子弹准确穿过墙上挂的画上原有的一个弹孔。据说他后来参加希腊起义，死在战斗中。

小说中表现的英雄主义、清高做派和传奇色彩（我从中看出了《当代英雄》的先声），深深打动了我少年的心，是不足为怪的。令我一直感慨的是，这样简单明了好看而又富精神内涵的叙事，如今很难看到了。津津乐道一颗颗蝇营狗苟的卑微心灵，已是本世纪小说的时尚。文学的崇高与神圣，离我们越来越远了。

·九三年·

雨果是 19 世纪小说家中最擅营造戏剧冲突的。他在六十岁时构思、七十岁时动笔、七十二岁发表的《九三年》，就是这一类的杰作。

故事发生在 1793 年法国大革命期间。老朗德纳克亲王率领的叛军与他的亲侄孙郭文任司令官的共和军之间发生了殊死的战争，当共和军把叛军围困在朗德纳克家族的古堡里，即将全歼时，叛军却偶然发现一条暗道。他们把人质——三个小孩锁在古堡楼上，放起大火，然后逃走了。共和军眼看悬崖上古堡的大火，束手无策，孩子的母亲在古堡下眼看骨肉被火吞没，绝望地号叫。这一幕感化了已逃走的叛军领袖朗德纳克，他毅然返回，从秘密处取出长梯，攀上悬崖，冲进古堡，救出孩子，然后束手就擒。当天夜里，共和军司令官郭文发生激烈的思想斗争：朗德纳克无论多凶残，但凭救孩子这一义举，即可赎掉一切罪过，从恶魔变成了“光明的天使”；但他又想，这人唯一的善举，不过是改正了自己的罪行——大火正是他下令放的……天快亮时，郭文去监狱看望即将被砍头的朗德纳克，他把自己的斗篷披在叔祖身上，让敌人离开了监狱，而自己成为囚徒，并因此被公安委员处死。通过这一出人意料的结局，雨果提出了“在革命的原则之上还有一个更高的人道主义原则”的观点。

我年轻时读书，其中有否爱情描写，曾是重要的取舍标准，甚至认为，作为长篇小说，不含爱情故事，即不能称之为杰作。然而在 1973 年初春，我第一次读《九三年》，便被其题材重大和戏剧冲突所震撼，被其出人意料的情节和充满睿智的格言深深吸引，第一次懂得了什么叫“语言的力量”，尽管整部书里没有一丝爱情描写。

假如有些书是让人读过永不忘记的，这就是其中一部了。几十年来，我津津乐道书中的几个关键情节，每次都能得到听者的共鸣。

·茶花女·

老家的小屋窗朝北，窗外不远是一堵高墙，所以房内终日昏暗。在 1970 年那无所事事的秋天里，我躺在小屋的床上，第一次读小说《茶花女》。读完时正是傍晚，下班人的脚步声和邻居家火炉风箱的呼呼声清晰而又遥远。我一动不动，陷入无法摆脱的悲哀，直到母亲喊我吃饭。家人已习惯了我多思的性情，没人问我为什么默默无语。此后，足有一个星期，我郁郁寡欢。此时此情深深印在我的记忆里。我相信，那悲哀的因子，仍弥漫在那小屋、那幽暗的后窗、那杂草丛生的小院里，尽管我家早已搬离。

其实，我最早读《茶花女》，是一本残破不全的连环画——只有后半本，正是故事中最令人伤心的一段：阿芒的父亲用计把热恋中的一对年轻人分开，然后亲自去见玛格丽特，可怜巴巴地哀求她为了阿芒妹妹的婚姻，而与阿芒分手。善良的玛格丽特答应了老人，装作水性杨花，回到风月场中，那些纨绔子弟马上围了上来。涉世未深的阿芒在失恋的痛苦中发狂，寻找一切机会当众羞辱玛格丽特，殊不知她已重病在身，经不住一次次被阿芒折磨，终于在孤独中死去。不久，阿芒了解了事情真相，悔恨交加，到玛格丽特墓前痛哭失声……我还记得连环画最后的画面：古典墓园里，树丛和石碑间坐着瘦削而英俊的青年。

此后足足十年间，我无缘再看到这部小说。其实即使看到，也未必重读，因为连环画加文字的双重力量，深深刺伤了我的心，时间并没能使它痊愈。后来我终于买到的一本，香港版，封面是两朵俗气的红花（或许是茶花？如此还可接受），内文竖排繁体字，“阿芒”译作“亚芒”。我那时就认为，小仲马即使只有这一部不足二十万字的小说，也已胜过他父亲大仲马《三个火枪手》《基督山伯爵》等数十部巨著！

至今我还这样想。

·怎么办·

有时奇怪地觉得，自己的年龄好像没有长似的：今天读车尔尼雪夫斯基的《怎么办》，竟然和几十年前读的时候一样感受到震撼，而我早已过了作者写这本书的年龄了。好书远比人的寿命长，这就是一个证据。

算起来，这部小说发表已经一百五六十年了，但其中描写的“新人”形象，搁在今天仍称得上是新人。那几位年轻人，无论对工作和事业，还是对个人生活的态度，仍可给现代青年以启示——这难道不令人吃惊吗？

医学院学生罗普霍夫做薇拉的弟弟的业余家庭教师，当得知薇拉的母亲逼女儿嫁给富豪子弟，而薇拉至死不从时，便热心帮薇拉找工作，以逃脱家庭。在这一过程中，他们产生感情，结了婚。薇拉是一位很有独立性的女子，罗普霍夫则是一位倡导妇女解放、自主的民主主义者。婚后他们各住一室，相敬如宾，只有自愿时才到一起。后来，薇拉爱上了丈夫的好友吉尔沙诺夫，罗普霍夫为了尊重她的选择，制造了自杀的假象，出国了。多年后，他回到俄国，爱上另一个女子，婚后，他们和薇拉夫妇比邻而居，仍是相敬相爱的朋友。书中还有一位令人难忘的人物：拉赫美托夫。他更年轻，但具有刚强的意志和明确的目标，是一个职业革命者。为了锻炼自己，他从十六岁便漫游天下，干各种苦工，吃很差的饭菜，甚至尝试睡在钉子床上，弄得浑身是伤。但他并无怪癖，有很好的修养，成为公认的思想领袖。

1960年代，我第一次读的《怎么办》是1953年人民文学版，有很好的插图。我当时就发现，中国五四运动中青年人的思想解放行为，与这本书中的描写颇为相近。我佩服拉赫美托夫，甚至模仿他的苦行主义；我觉得薇拉的形象，与后来屠格涅夫笔下优秀的女子形象有相通之处。我得知，在1845年左右，确实发生过作家巴纳耶夫的妻子爱上了他的好友涅克拉索夫，后来与涅克拉索夫同居，而三人仍是好友，并且一直住在一起这样传奇的事情；我还了解到，俄罗斯民主主义革命的三位先驱别林斯基、车尔尼雪夫斯基、杜勃罗留波夫，都与文学有着不解之缘，而且都是短命的：别林斯基三十七岁去世，杜勃罗留波夫二十六岁去世，车尔尼雪夫斯基三十四岁起被囚禁、流放，他留下来的主要作品都是在此前完成的，然而他们的文字和人格影响了整整一个时代！

列宁曾在一个暑假把《怎么办》读了五遍，并热烈地为它的艺术性辩护；几乎所有俄国革命家都读过这本书，堪称革命的教科书。现在看来，这本书的价值主要在思想方面，而不是艺术方面。

·梅里美的小说·

少年时代，我曾为梅里美的两部小说着迷，一部是《嘉尔曼》，傅雷译，一部是《伊尔的美神》，黎烈文译。两部书都出版于1953年。

《嘉尔曼》在1980年出版的《梅里美小说选》中译作《卡门》（译者郑永慧）。这是一部举世闻名的作品，描写放荡不羁而又美丽真诚的吉卜赛女郎卡门，因与同伴争吵而用刀伤人，被捕后，一位士兵救了她，并跟着她干起了走私、抢劫勾当，杀死了卡门原来的丈夫、强盗头子，士兵自己也成了闻名四方的江洋大盗。然而，后来卡门另有所爱，士兵以死威胁，她也不从，最后士兵只好杀了她，然后自首了……卡门是个野性的、蔑视一切清规的女子，是一个永远焕发着勃勃生机的文学形象。这部小说发表于1845年，有意思的是：莱蒙托夫发表于1839年的《当代英雄》中的《贝拉》一章，和《卡门》的故事几乎同出一辙，都是写边疆军人与异域少女的爱情，都有强盗出没，甚至写作手法也有相似之处……

《卡门》发表一百七十多年来，被改编为歌剧，改编成电影，几乎世人皆知。

《伊尔的美神》在新版书中译作《伊勒的维纳斯像》，是一个恐怖故事，写的是一个富有的新郎，结婚前发掘出一尊维纳斯铜像，他向朋友夸耀获得宝藏。婚礼前，新郎打网球时，把结婚戒指摘下来，临时戴在铜像手指上，后来忘了取回。新婚之夜，铜像来到床上，抱死了新郎……

说到梅里美，我又想起他的短篇《塔芒戈》，一个法国贩卖黑奴的故事。小时候我收藏画片，有一张特别美丽、令我神往的是电影《塔曼果》（译音不一样）的剧照。一个几千字的短篇，拍成一部电影，而且成为经典！

梅里美一生只有十余个中短篇小说。他的作品的最大特点是情节离奇，用当下评论家的标准，充其量是一个文笔优美的通俗作家，不先锋，也不卡夫卡，上不了大雅之堂，全凭歌剧《卡门》的影响力，抬高了他的文化级别，成为法国文学史上与巴尔扎克、雨果同列的人物。可对我来说，梅里美永远是一个遥远、美丽、神奇的梦。

·娜伊斯·米库兰·

恐怕较少有人知道这本书。这本书是左拉亲自编就的，那年（1884）他四十四岁。一般认为左拉是巴尔扎克式的传统作家，善于写重大社会问题，文风涩重，但这本书中的六个短篇小说却水灵灵的，情节跌宕起伏，甚至荒诞不经，极富浪漫情调，非常好读。如果不说，读者可能看不出是左拉的作品，正像看《沙漠里的爱情》不会以为是巴尔扎克作品一样。试看其中一篇《南塔斯》：

南塔斯是个乡下穷小子，怀着野心闯荡巴黎，梦想有朝一日发财成为人上人。一位贵族小姐，未婚而孕，为保名誉，有人出主意，物色一个男人冒充那位使她怀孕的人，与她结婚，可得一大笔嫁妆，条件是永远只能做名义上的丈夫。恰巧住在贵族庄园附近阁楼上的南塔斯被选中，他答应了，认为是天外飞来的好事。婚后十年间，他遵守诺言，没有踏进小姐闺房半步，而在事业上，靠他的聪明和勤奋，还有岳父的地位，飞黄腾达，参与国是，做到财政部部长。只要他大笔一挥，便可引起国际争端。可是内心里，他爱上了美丽高贵的“妻子”，偶尔表示爱意，可得到的都是冷漠、蔑视和屈辱——有约定在先，他没有任何权利。而且每在这时，他都要重温自己低下的出身和卑鄙的承诺，简直要发疯了。在绝望中，他收买了一位女仆，得知某晚将有男人去“妻子”屋内，便去捉奸。这男人正是当年使贵族小姐怀孕之人。但失足后，贵族小姐十分后悔，十年来拒绝与这个男人有任何来往。此次，这个男人亦买通女仆，事前把他藏在贵族小姐的床帐后面，小姐一无所知。南塔斯捉奸成功，忽然变得冷静，鞠了一躬，便退出了。他决定自杀。但在枪响的瞬间，贵族小姐冲进去推开了枪。原来她每晚在客厅听南塔斯与父亲讨论国事，臧否人物、事件，早已暗暗爱上了他，因为他是一位强者……

要知道，我是在风声鹤唳、万马齐喑的少年时代，在极左大幕下偷偷读这本书的，这遥远国度、遥远年代的故事，对我一生有什么样的影响呢？我从未认真思考过。

·盲音乐家·

这部优美如诗、如乐曲的小说，在那时，我读了好多遍。失明的小彼得，在五岁的夏夜，第一次听到长工吹的木笛曲时怎样入迷，第一次被大人带到田野上，带到河边，听着大自然中万般声响时如何惊吓……这些细节，只要读过，就不会忘。这个可怜的盲童，总是生活在个人的心灵里，他长久孤独地坐在茅草间，倾听，冥想。他依偎在长工身边，一声不响听那支笛，夜深也不愿意回到床上。他有超人的听力和声音感受。在母亲的溺爱下，神经质、任性。母亲给他买了钢琴。上学后，他有了女友。他总是从个人出发，认为世间一切都应顺从他。直到后来，舅舅让他跟随两个盲人一起到各地唱歌行乞，他才懂得了别人的苦难，人世的苦难……他结了婚，有了儿子，并成为一名真正的音乐家。

书中到处可以看到动人心魄的描写。当幼小的彼得在河畔山岗上偶遇一位小姑娘，小姑娘看不出他是盲人，而被他的一些古怪行为吓哭并埋怨他时，他告诉她，自己什么也看不见。

小姑娘呆住了，情不自禁搂住他的脖子，又大哭起来。长大后，这位美丽的姑娘成为他的妻子。当他们的儿子降生，彼得许久以来就担心孩子也会是盲人，他紧张得不敢让医生检查，认为自己根本就不应该要孩子！然而，医生宣布，孩子是有视力的。此时，极端的激动使他身上的一切细胞都活跃起来，仿佛火花，照亮了他身体内部最后的隐秘角落……他全身颤动得好像一根上紧的琴弦被猛击，随着电光一闪，在他先天失明的眼睛前面，突然掠过一片奇异的幻影：蔚蓝的天空、明亮的太阳、清澈的小河、闪烁的繁星、寂寞凄清的月色。“你怎么了？”他的母亲惊慌地问他。“没什么。我觉得我看见了……”然后，身子一晃，失去了知觉……这样的情节不是动人心魄吗？

我不知道，这样的我曾经的“宝书”，如今的少年还会读吗？

·珍妮姑娘·

这是一本我认真读过两遍，买过两本，两本都不翼而飞的书。

第一遍读于 1972 年（有读书笔记为证），第二遍读于大学二年级（1980 年）。

故事讲的是穷人家的少女珍妮，在给议员白兰德送洗好的衣物时，得到白兰德的赞美、同情和帮助。为了感激这位好心人，她天真地以身相许，白兰德也提出与她结婚。但婚前白兰德猝死，而珍妮已怀了他的孩子，从此被认为是道德败坏的人，连父亲也不原谅她。她忍辱负重，委曲求全，用尽全力照顾自己一家。为了家人，她又做了富家子弟莱斯特的情妇。莱斯特尽管对她十分爱恋，但囿于富人的逻辑，从未想到与她结婚。随着时间的流逝，结果只能是他抛弃珍妮……

这样的题材，这样的故事，在1972年的中国，会怎样影响我们年轻的情感，是可以想象的。我的一位同学，决定把这本书全部抄写下来，但由于书主索要得急，仅抄了一半，约十万字。这半卷手抄本，后来也被视为珍品，因为后几年这类书越来越难借到了。

1980年我买了这本书的新版，傅东华译，定价一元整。朴素的封面，浅褐色印了一幅人物画，是韩和平作的（他是小人书《铁道游击队》的画者，所以记得），书名是毛笔字。其实这书是旧纸型翻印的，因为仍是繁体字。教科书上说到这本书，都说是“揭露了资产者的丑恶，歌颂了劳动者的美好”，白兰德和莱斯特对珍妮的爱，不过是“肉欲”，是对女性的“玩弄”。对这种说法，以我读此书的体会，实在不能苟同。假若这样类比，是否可以说珍妮委身于二人，只是为了金钱呢？事情不至于这样简单。如果白兰德猝死是不可抗的自然法则造成了珍妮的悲剧的话，那么莱斯特和珍妮必然的分离，则是社会法则造成的悲剧。假如仅仅是玩弄和金钱，就不会感动千千万万的读者。

很长时间里，我认为本书作者德莱塞（1871—1945年）是美国最伟大的作家。我还读过他的两卷本《天才》、三卷本

《欲望三部曲》，而他的代表作《美国的悲剧》则与《红与黑》《幻灭》异曲同工，都是描写年轻的、出身底层的野心家、暴发户坎坷的命运。他还有一本《嘉莉妹妹》，与本书先后问世（1910—1911年）。

·布登勃洛克一家·

托马斯·曼因这本小说获得1929年的诺贝尔文学奖，而发表这部作品时，他只有二十六岁。二十六岁就创作出传世的、大部头的作品（译成中文五十五万字），在世界文学史上也是奇迹。

本书的副题是“一个家庭的没落”，写的是德国大商人、望族布登勃洛克一家四十年间从富华走向衰落的过程，在写四代人在经济竞争中失败的同时，也写了精神与道德的颓丧。书中最令人难忘的，当然是第三代中的安东妮，她一生坎坷无比，但不失本性：天真、坦率，却又骄傲自负，爱慕虚荣。她曾被当作家庭的宝贝，为了家庭的荣誉和前途，牺牲了个人的爱情，两次违心嫁人，都离异。她实在是一个弱者，是家庭这条锁链上的“环节”，当整条锁链被损毁时，最容易受伤害的，就是她。最后，她只能以夸耀过去来满足虚荣心，在旁人看来十分可怜。

第一次读这部小说时，我便发现，它在结构和写法上与《战争与和平》有某种关联。比如，它的第一章整整用了三四万字，只写了一次晚宴，通过这次晚宴来让本书人物一个个出场；还有，全书开头就是人物对话等，凡读过《战争与和平》的人都会发现其相似之处。后来我得知，列夫·托尔斯泰正是托马斯·曼最崇敬的文学大师，所以，他在年轻时代的作品中模仿，不足为怪。值得玩味的是，无论诺贝尔奖评委，还是一百多年来的评论家，并没有责备这种模仿，甚至置若罔闻。

德国真是一个富有独特文化传统的国度，除了以严谨、深邃的哲学著称，丢勒、门采尔、歌德、席勒、贝多芬、门德尔松这些一流艺术大师，也诞生于此，还有托马斯·曼的胞兄亨利希·曼，也是世界文学中的一位大师级的人物，代表作是《臣仆》。

以描写家族史为题材的长篇小说，自巴尔扎克、左拉之后，几乎成为整整一代文学的主流，但能够传世的不多。在那缺书少艺的寂寞年代里，一部杰出的家族小说，正如一座宝库，令我们这些食量很大的嗜书者享用不尽，因为其中包含的东西绝非一般小说可以比拟，有历史、哲学、经济、军事、地理、文艺，最重要还有亲情、爱情……

·苦难的历程·

这部书作者整整写了二十二年，1919 年至 1941 年，三卷，九十万字。我十六岁读《两姊妹》，二十岁读《一九一八年》，二十五岁读《阴暗的早晨》，也有十年。之所以如此，是因为“文革”中借书难。1980 年在大学读书时，我买了一套，收藏至今。

十六岁时我们称阿列克谢·托尔斯泰为“小托尔斯泰”，以为他是列夫·托尔斯泰的儿子。《两姊妹》写得颇有贵族文学气氛，家庭和恋爱是故事的核心；第二卷、第三卷，社会场景突兀地展开，显示出史诗的色彩，令人联想到《安娜·卡列尼娜》《战争与和平》。后来我知道了，他和老托尔斯泰没任何血缘关系，倒与屠格涅夫是亲戚——他的母亲是屠格涅夫侄孙女，也是一位女作家。于是我又从《两姊妹》中看到《贵族之家》《阿霞》的影子。

当我对阿·托尔斯泰有了更多了解，并且读了他的一些短篇小说和巨著《彼得大帝》（未完成）后，我明白了，他确实继承了屠格涅夫、托尔斯泰的俄罗斯文学传统。当 1910 年老托尔斯泰去世时，他已经在文坛崭露头角。他刻画细节的功夫、抒情风格和处理重大历史事件的手法，令人惊叹。巴乌斯托夫斯基曾说，阿·托尔斯泰能从任何一个细节展开一部宏大的叙事作品。我至今记得少女达莎发现远方的爱人突现在眼前，身子不由自主地前倾，膝上一只梨滚落地下的细节，记得这样一些句子：“橘黄色的夕阳衬托出蓝盈盈的树枝……蔚蓝色的黄昏……灯的反光映在黑糊糊的水里……浅绿色的天空闪耀着照不出黑影的磷光。”还有，“她那浅黄色的头发，中间分着那么妩媚的处女的发路”。当然，这与朱雯的翻译有很大关系，但越是好的翻译，应当是越好地反映出原著的风采啊。“妩媚的处女的发路”，多好的描写！

现在看《苦难的历程》，三部曲颇不匀称，第一部写得很细，后两部则是大笔落墨；第一部多描写，后两部多叙述。正因此，这部书有了独特的品格。这独特来自时代跨度（十月革命前后），来自作者思想和情感的嬗变。

·福尔赛世家·

一部写于20世纪初、长达八十万字的家族小说。我至今仍记得初读这部小说时为它高妙、精致的艺术而惊叹，为它严酷的现实主义情节而寒心。索米斯，这位以财产占有为生活准则，具有超强意志的人，永远不明白，为什么亲人都离他而去，两次婚姻都失败。他特别自傲，结果却令人讨厌又可怜……另一位主人公，索米斯的第一位妻子、穷教授的女儿伊琳，在作者笔下却是那么美丽，多少动人的情节围绕着她展开！

我由衷赞赏的，是在第一部和第二部之间，第二部和第三部之间插入的两段“插曲”：《残夏》《觉醒》。它们完全游离于章节之外，像两个中篇，内容完整、独立，情调抒情、浪漫，简直是神来之笔！但通盘考虑一下，它们实际上在三部曲之间起到一种连接的交代背景的作用，只是这种交代很隐晦，完全凭感觉。

《残夏》写的是八十五岁的老福尔赛怎样在夏日里散发出最后的爱，在花园里等待美丽的伊琳时无声无息死去。对老人临终微醺心境的描写何等真切，宛若身有所感，而这一切又与夏日繁茂的自然描写相映衬。

与《残夏》相反,《觉醒》是写孩子的，可以说是一篇典范的儿童小说。其中，对儿童心理、对话的描写，美妙、诗意，与《残夏》恰好组成一高一低两个乐章。我劝每个爱读书的人都读一读这两个插曲。

英国绅士高尔斯华绥第一次发表作品时已经三十岁，而第一部成功的作品写于三十七岁。1932 年，他因《福尔赛世家》获得诺贝尔文学奖。

·我们切身的事业·

读这本书时我只有十三岁。它给我留下美好印象。十七年后，1983 年，我在朋友江祖龙家又见到这本书——工人出版社 1955 年 4 月第一版第一次印刷，三个月后已经印刷七次，三十万册。我向朋友索要，他毫不犹豫地送给我，并奇怪我怎么还会对这种书感兴趣。的确，现在读来，这是一本无味的书。书中写的是一位苏联姑娘列娜，响应国家号召为建立苏维埃商业而奋力工作，并通过一系列情节，尤其是爱情，展现了她崇高的灵魂和坚强的性格。书中还写到卫国战争，写到列娜的爱人在战争中受伤，她却毫不犹豫仍与他结为夫妻……

这本书勾起了我的许多回忆。在那个年代里，我们读了多少苏联小说啊！三卷本《远离莫斯科的地方》，两卷本《金星英雄》，《海鸥》《奥德河上的春天》《保卫察里津》《粮食》《收获》……都是大部头！还有法捷耶夫的《青年近卫军》、爱伦堡的《暴风雨》、冈察尔的《旗手》、柯切托夫的《叶尔绍夫兄弟》，当然也少不了《钢铁是怎样炼成的》《铁木儿和他的队伍》。

如今，20世纪四五十年代苏联的小说没人要看了，甚至弃之如敝屣。但我相信，读过，而且记得这些书的大有人在。再说了，这些书对当时的中国文学影响巨大，《太阳照在桑干河上》《青春万岁》等就很容易看出苏联的影响。同理，这些书虽然现在看来浅薄，但对当时中国年青一代（包括我）的影响也是深刻、久远的。

那个时代的苏联文学中，还有阿·托尔斯泰、肖洛霍夫、普里什文、帕斯捷尔纳克、巴乌斯托夫斯基这样了不起的作家（当时还不知道巴别尔），此后，六七十年代的作家我又读到阿斯塔菲耶夫、艾特玛托夫等人的作品，这些作品也引起我深深的兴趣。我敢说，除去意识形态偏见，苏联文学比之同时代的欧美文学，无论是整体成就还是艺术水准，一点都不差。

·瞬　间·

大学毕业的第二年，我在青岛二中操场二十六家出版社展销会上（1983 年），购得一本奇特的书：邦达列夫的《瞬间》。上海译文出版社当年版，因与苏联的关系尚未解冻，标明“内部发行”。

说这书奇特，在于它特殊的体裁，高度的凝练，极大的随意性，融小说、散文、议论于一身；在于内容的丰富、深刻，是真正的瞬间感悟，是人道主义、崇高理想的闪光。这是一部文学品位很高的书，我当然被迷住了，并视为“手边书”之一而经常释读。

其中有一篇《早晨》，只有四十几个字：“童年时代的一个早晨，我闻到了鸽子羽毛的气味，它从院子里飞进窗户，落在被太阳晒得热乎乎的枕头上。”

还有一篇《绝望》：一位工程师看到一个小男孩正在用剪刀把一只鸽子的爪子剪掉，说是“没有脚它就飞不走了。”工程师揪住男孩去找他的家长。男孩的父亲是个残疾人，装了条假腿。当他听完工程师告的状，捶桌大怒，骂工程师：“你来干吗？他是砍下了你的脚还是怎么的？”这篇几百字的小文章，里面含有多么丰富的意义，真是令人感叹。更妙的是，作者不加任何评论，而让读者去咂摸。

全书共八十八篇文章，可以说篇篇珠玑，悟别人所未悟，化瞬间为永恒。

如今三十多年过去，它还好好地放在我的书架上。

·东周列国志·

这部书是什么时候读的，已记不清了。是借读的，好像只读了半部。书中情节几乎忘净，但这书写头绪繁多的春秋、战国间五百多年历史，居然能让许多人有兴趣读下去，曾令我惊奇。所记人物，给我印象最深的，是齐桓公和管仲，尤其是二人之间的微妙关系。有一段描写，我曾向多人复述。

桓公小白，因管仲辅佐，乃成霸业，他自恃国强。大盖宫室，“乘舆服御之制，比于王者”，老百姓议论纷纷。管仲也学桓公，大兴土木，修建自己的宅邸。鲍叔牙很奇怪，问管仲：国君奢侈傲慢，你身为宰相，不劝谏，反而“君奢亦奢，君僭亦僭”，你怎么成了这种不知廉耻之人？管仲回答：“我之所以这样，不过是为了给国君分担一点恶名而已。”

管仲的良苦用心，令我感叹不已。古语说，伴君如伴虎。聪明智慧如管仲者，虽深得齐桓公信任，却仍需如此委屈，其原因便在于，君若翻脸，则无论什么智慧、知识、人格、道德，都将毁于一旦，说白了，是毁之于“权”。

当然，管仲的“委屈之策”，倒不一定是为了保护自己，而是为了齐之霸业。管仲正是中国历代所称颂的那种“忠臣”。

纵观历史，也正是这样一些“忠臣”，维护、纵容了君王，同时维持、保护了封建国体，其影响，直到帝制灭亡多年，还存在于国人的心灵里。

但我仍旧佩服管仲。

·史　记·

读《史记》，常常感叹：这部成于公元前93年，长达五十三万字的巨著，其史学价值自不待言，其文学价值也让当代大作家自叹弗如。文学真是个怪东西，时光的递嬗，科学的发展，并不能促使其进步，有时还适得其反。

初识《史记》，源于中学课本；后来我得到一本1957年人民文学版、王伯祥选注的《史记选》；大学毕业后，又买了一本白文本的，全书仅一册，读来方便多了，尤其是没了那些注释和考辨，文气贯通，读来更能体会它的文学性了。

《史记》中文学性强的妙笔，俯拾皆是，给我印象最深的，是《刺客列传》中荆轲刺秦的描写：燕国太子丹欲杀秦王报仇，经大臣推荐，得谋士田光；田光因自己年龄大了，又推荐好友荆轲。太子很高兴，嘱咐田光找荆轲的事“勿泄也”。荆轲答应田光所请，田光说，太子怕我泄露机密，我不能亲自为太子效力，就以一死来释太子疑吧！于是自刎。荆轲见太子后，便做行刺准备。先是求得天下最利的匕首，用毒药淬之。为保险，用活人试验，见血立死。再是，有秦王仇人樊於期，避难在燕国，荆轲提出要他首级，以获得秦王信任。太子不忍，荆轲径直找樊说明所求，樊於期欣然自戕。如此，行刺还未实行，已搭上数条人命。然后，去刺杀，未成功，令人特别遗憾……我认为，这段描写，是文学上铺垫手法运用的范例。

《史记》后数百年，有《燕丹子》一书，专叙荆轲刺秦。大约受这一铺垫手法启发，增加了太子丹在行刺前对荆轲极尽厚遇的描写，如陪同荆轲宴饮，荆轲无意间说，闻说千里马的肝最好吃，太子便杀了自己最爱的千里马取肝进荆；一次酒间，太子的爱姬弹琴助兴，荆轲随口夸赞，好巧美的一双手啊——太子便着人砍下爱姬的手献荆……依我看，这些铺垫情节荒诞可怖，其实是败笔，与《史记》相比，高下立见。

遥想司马迁写作之时，年在四十二岁到五十二岁之间，其间惨遭不测，被下狱，受宫刑，身心两伤；况且当时还没发明纸，文章不知是写在竹简上还是麻布上，艰难情状，无法想象！今日之写者能不感叹乎？

·老残游记·

许多年前，阿城《棋王》横空出世，其迷人的语言风格立刻使我想到《老残游记》。后来问阿城，他不置可否。我一向认为，《老残游记》是古代章回体小说向现代小说过渡的最重要的一篇小说，在艺术精神上，它更接近现代。这一点，在我第一次读这部小说时，就感到惊奇了。

我首先惊奇于它的故事结构那样不拘一格，让人无从猜想。实际上只写了两个酷吏的故事，看他们似清官，却草菅人命，造成一个个冤案。主角老残在游历过程中，访查两个酷吏的“政绩”，并亲自参与办案，使一个大冤案得以平反。对第一个酷吏玉贤，他只是向山东巡抚写了一封信，巡抚因刚刚向皇上举荐过玉贤，不好出尔反尔，暂时未做处理，那些冤案自然也不能平反。全书看去，竟一反中国小说有头有尾的传统，加之中间还穿插大量游玩和民俗的描写，还有深山访道隐的情节，使小说空间和内涵大大扩展，很不和谐，倒与现代小说颇为相近。

其次，我惊奇于它的语言，朴素、白话，极少八股气。那种客观、冷静、从容不迫的行文，既得中国古文，特别是明清文章真传，又暗合西方文学的潮流。我最佩服、喜欢的，正是《老残游记》的语言，与中国文学史上任何一部作品比，也不逊色。文学是语言的艺术，若语言本身无味，则内容再好也称不上艺术。高中语文课本中，选了《明湖边美人绝调》中的一节，名为《明湖居听书》。我做中学语文老师时，这一课教案写得特别满意，学生们听得也很认真。其实依我的标准，这一节属于过于精致的部分，有违全书的朴素、大气。

《老残游记》的作者刘鹗，只是一位业余作家，他是省政府的幕宾，帮办治黄工程，经商，创办实业，最后因向八国联军购粮赈饥，被朝廷流放新疆，五十二岁客死异乡。《老残游记》成书于20世纪初，流传至今。我所存是人民文学出版社1979年版。近年来各种古典文学的版本层出不穷，这本书似乎比较寂寞。

·对联抄·

昔日曾有种种爱好，其中之一，就是抄对联。街上抄，书中抄，旅游胜地抄，前后抄了十多年。仅抄而已，自己不作，也不深入研究，所以仍是外行。现在大城市中很少能见到对联了，门上不贴，家中不挂，作为一种独门文化，对联似已日见衰微。其实不然。对联的实用价值的确大大降低了，而其思想文化价值却仍存在。比如近几年来，出版了不少有关对联的书，我也购有数册。但读起来，总不如自己抄的过瘾。

我至今能成诵的对子有："漫扫落花留作庭前锦绣，莫惊啼鸟权当堂上笙簧"；"进门来三杯酒醉我也，出门去一拱手歪之乎"（酒馆联）；"按律吕点破炎凉世态，借衣冠描尽古今人情"（戏联）；"架上不存三日货，柜内广积四方财"（生意联）；"双足登开花世界，两手扳动锦乾坤"（织布机联）。还有关于处世哲学的："天不欺人欺有限，人不忍我忍为高"；"人莫心高自有生成造化，事由天定何须巧用机关"；"静坐常思自己过，事无不可对人言"；"岂能尽如人意，且求不愧我心"。还有写弥勒佛的："大肚能容容天下难容之事，开颜一笑笑天下可笑之人”……

仔细想想，自己抄对联还是颇挑剔的。首先，不喜欢那些辞藻华丽单玩语言游戏的；其次，不喜欢平淡无味缺乏意境的；第三，不喜欢用语古奥难以理解的。我认为词语浅显而意味无穷的对联才堪称上品。对联的用途，或贴门上，或镌柱上，或悬挂于室内，无论哪一种，都是让人反复读的，都有点座右铭的味道，若是词语乏味，内容苍白，那才大煞风景！

书上说，对联最早起源于五代，宋、元稍有发展，至明太祖朱元璋，建都金陵，忽发奇想，令全城人家，除夕均贴春联。对联自此普及天下。以我浅见，朱元璋此举，无非追求天下太平的喜庆气氛。破房陋舍，黑门灰墙，贴上大红对子，顿时面目一新，词语如何，倒不甚重要。而对联的文化底蕴，如咏物寄情，抒发心志，玩弄趣味等，却是由历代智者文人所造就。或曰：对联乃古诗词的变种。有些诗词，本身就是好联；大多诗人，同时又是对联名家。旧时私塾，设有作对功课，桃红对柳绿，三江对五岳。总之，对联这东西，俗也俗得，雅也雅得，内容三教九流，无所不包，是真正的中国货，其中学问大了！

·乡村诊所·

一位画家从美术学院毕业后，找不到合适的工作，曾在乡下的老家里闲居，无聊间，每天去一所乡村诊所画速写和素描，画医生，画各种各样候诊的病人。他一边画一边和他们聊天，知道了他们的病情和许多心理伤痛。于是他笔下的人物就带上了感情色彩。陈丹青看到这些作品后大加赞扬，认为别具一格，表达深刻，远远高于学院派那些被印成范本的素描作品。有人建议将这些写生作品出版。但这类作品通常是被当作艺术技巧范本、绘画素材或作为艺术品欣赏的，如果出版，主要购买者也只是专业学画的人，与一般大众无关。但是，编辑通过与画家交谈，了解到这些画的创作过程后，认为画中的乡村医生以及每一位候诊或正在接受治疗的病人，都有许多独特的、富有乡村和地域色彩的人生故事，包含着非常丰富的内容。编辑得知，画家在作画的同时，还记下了所画人物的故事，他们对病痛的抱怨和对生活中种种困难的态度，以及画家本人的思考和感悟，于是建议画家将这些文字整理出来，与素描写生一起出版，做成一本有人物（都有名有姓）、有故事、有情感的图文书。如此，这本书就有了一般人文书的特质，读者面一下子扩大了。

很显然，这本书体现了编辑在书稿中最好的桥梁作用——所谓最好的桥梁作用，是指这里的桥梁作用是主动的、积极的、建设性的，是在原本没有桥梁的山谷或河道上，经过一番努力，克服一些困难建起了桥梁：你瞧，那些本来不适宜出版的写生素材，经过编辑构思、组织，作者加工，成为读者能够接受而且喜爱的读物。当然，在这里，作者是第一位的，先有了素描写生，而后编辑架设桥梁。

作家王安忆在那一年底回忆当年读的最好的一本书时，就选了这本书，并写了一篇评论。这本书的题目就是——《乡村诊所》，作者谢宏军。

·关于“选本”·

近些年，在文学书的出版方面，“文集”之风很盛。即以现代作家散文集而言，各种编法、版本不啻数百种，其实大致还是那些篇目。这如同摆积木，拆来装去，花样翻新，最终仍是个“假”。若是建真正的楼房，就不会这样轻巧了。

“文集”，以我所见，或可称为“选本”，绝非仅仅是把文“集”起来。“文集”与“全集”不同，首先有个取舍问题。好的选本，应是一种再创造，充分显示选编者的见解、水平乃至承载选编者的情感。中国文学自古有“选本”的优良传统，如《诗经》《昭明文选》《词选》《唐诗三百首》《古文观止》等。《诗经》又称《诗三百篇》，据传是孔子删订而成。可考的是，孔子整理过《诗经》的乐章，并用来教育学生，“皆弦歌之”。《唐诗三百首》则是在清朝学者沈德潜的选本《唐诗别裁》基础上，再加选汰而成，它与清初文选本《古文观止》二三百年来脍炙人口，至今无可比肩者。

中国现代文学选本，20世纪五六十年代人民文学出版社出了一套诸作家选集，每人一册，二十万字左右。编选严谨，堪称上乘选本。还有一套《古代散文选》，是人民教育出版社中学语文编辑室编选的，编选者为隋树森、王泗原、张中行等，每篇后面有题解、作者介绍、注释等内容，很适合自学。“文革”前只出了上、中册，下册是1980年出版的，前后二十年。

外国文学选本我了解不多。小时候看过一本《德国古典短篇小说选》，是外国人所选，刘德中翻译。是一本特别棒的选本，所选十篇小说，风格参差，都很精彩，而且有详尽的注释，书后每篇还有几百字的题解。还有三联书店早年出版的《美国读本》，跨越文学和政治，薄薄两小册，概括了美国的民族精神史，点题要言、作者简介都编写精妙，选者的个性十分鲜明。

如果仔细研究一下《唐诗三百首》和《古文观止》，对当代选家会有启发。首先，选者都是学者，选本是作为学者个人“作品”来对待的，这与如今名人挂名主编，其他人做具体编选工作的方式大相径庭。其次，这两本书都很短小，入选作家作品也以短为主，而所选时间跨度和作品底数都很大，堪称高屋建瓴，精中选精。其三，两本书都有恰如其分的“附件”——凡例、序言、简介、按语、眉批等等，仍以简为要，够用则止。

好的创作能够传世，好的选本亦能传世。在如今信息爆炸、好书差书泥沙俱下的情态下，好的选家、好的选本更是需要啊。

罹患"时代病"的奥勃洛摩夫

2012年，俄罗斯中央银行发行一枚纪念银币，纪念作家冈察洛夫诞辰二百周年；同年，冈察洛夫纪念邮票发行。银币和邮票所用冈察洛夫半身像，均选自俄罗斯巡回展览画派领袖克拉姆斯柯依1870年代所画的作家肖像。看来，俄罗斯人没有忘记这位作家。冈察洛夫是较早而且比较全面地介绍到中国的俄国作家之一。他的三部小说《平凡的故事》《奥勃洛摩夫》《悬崖》，早在1940年代就出版了中译本。2000年，中国少年儿童出版社还出版了改编本《奥勃洛摩夫—— 一个懒汉的故事》。可是，如今几乎没人再关心他笔下那些患有"时代病"的怪异人物，那个时代终究离我们已有一百五十多年了。

1

1812年6月18日，冈察洛夫生于莫斯科以东伏尔加河中游岸边一座名叫西姆比尔斯克的小城。苏联时期，这座城市曾改名乌里扬诺夫斯克，因为这里也是弗拉基米尔·伊里奇·乌里扬诺夫（列宁）的故乡。在这座城市里，有一条“列宁路”，还有一条“冈察洛夫路”，冈察洛夫故居则已建为冈察洛夫纪念馆。冈察洛夫的祖父因军功被授予贵族头衔，父亲从事粮食生意，做过市政长官。他在故乡度过童年，七岁时，父亲去世，由他的教父—— 一位退休海军军官负责教育。这位军官倾向贵族革命组织十二月党人，反对农奴制，眼界开阔。他给孩子们讲库图佐夫与拿破仑大战于鲍罗金诺的故事，描述他航行世界所见到的各地风物，还有许多有趣的知识。有时他带冈察洛夫去邻近的庄园主家做客，那种无所事事、吃喝享乐的沉闷生活场景给冈察洛夫留下难忘印象。

十岁时，冈察洛夫被送到莫斯科商业学校读书，一读就是八年。学习生活枯燥无趣，幸亏校图书馆里有不少书，除了古典名作如《伊戈尔远征记》外，还有茹科夫斯基翻译的欧洲作品和普希金的作品，甚至有十二月党人雷列耶夫的诗集。冈察洛夫浸淫其间，完成了从少年到青年的精神转变。1831 年，他决心弃商从文，自学希腊文，考入莫斯科大学语文系。

19 世纪上半叶是俄罗斯历史上最黑暗的年代之一，作为国家体制的农奴制度在全世界文明进程中显得野蛮和可怕，国内有识之士以各种方式要求废除农奴制和专制极权，沙皇和大地主们则以各种方式力图保住这一制度，社会矛盾达到白热化程度。审查、监禁、流放乃至绞刑直接施之于知识分子——思想家、社会活动家和作家。然而，在青年知识分子聚集的莫斯科大学里，严酷的专制无法遏制革命思想的传播，反而激起更为强烈的逆反情绪。与冈察洛夫同校的，有莱蒙托夫（比他小两岁）、别林斯基（比他大一岁），还有赫尔岑–奥加辽夫读书小组（前者与他同岁，后者比他小一岁），他们富有智慧、激情和勇气，对现时的俄国严厉批判，对俄国未来充满期待。冈察洛夫虽没有参加他们的活动，但深受其影响。1831 年普希金的《欧根·奥涅金》发表，一时洛阳纸贵，大学生们更是激动万分。普希金来莫斯科大学访问时，陪同的教育部长指着诗人说："这，就是艺术！"刚进大学的冈察洛夫顿时感到"一道阳光照耀了整个教室"。从那天起，他坚定了把文学作为终身事业的决心。

1834 年冈察洛夫大学毕业，先是在家乡做了一年省长秘书，尔后去首都彼得堡，一边在外贸部做职员，一边阅读和写作。他在笔记中写道："一个文学家，如果他在文学中的追求并非是浅尝辄止的，而是意义严肃的，那就需要在这个事业中放进几乎整个的自己和整个的生命。"1837 年普希金在决斗中被杀，冈察洛夫痛哭一场，又重读了普希金的全部作品，其语言、细节描写和深邃的思想令他叹服。1840 年莱蒙托夫发表《当代英雄》，第二年步普希金后尘，也在决斗中身亡，年仅二十七岁，这对冈察洛夫又是一次极强的刺激。在首都，他业余为画家迈科夫的儿子讲授俄语和文学，得以经常参加迈科夫家的文艺沙龙，在那里见到《祖国纪事》撰稿人巴纳耶夫、年轻的作家屠格涅夫、涅克拉索夫、陀思妥耶夫斯基等；他还帮忙编辑迈科夫家庭刊物。迈科夫给这些刊物配上精美的装帧和插图，冈察洛夫则在其上发表了最初的一些作品（如中篇小说《癫痫》），但正式发表作品还要等到1847年，那时冈察洛夫已经三十五岁。在这个年龄，一大批作家早已成名。这一方面说明他严谨的创作态度，另一方面也许由于他敏感的自尊心和难以克服的不自信。在巴纳耶夫和巴纳耶娃各自写作的关于那个年代文学的回忆录里，几乎看不到冈察洛夫的影子，可见他还没有进入文学圈子。

冈察洛夫的第一部长篇小说《平凡的故事》经朋友介绍，发表在刚刚改刊，由涅克拉索夫和巴纳耶夫接手的《现代人》杂志上。这份杂志1836年由普希金创办，堪称“文学第一刊”，影响俄罗斯文学走向长达三十年，许多俄罗斯名家都是由这儿起步的。涅克拉索夫和批评家别林斯基看过小说手稿后立即给予高度评价，发表后轰动了整个彼得堡。这提升了冈察洛夫的自信心。通过《现代人》，他认识了许多作家，但因生性腼腆、内向，交往不深。《平凡的故事》交稿后，他立即着手下一部篇幅更大、内容更复杂的小说《奥勃洛摩夫》，不久在《现代人》发表了其中的一章《奥勃洛摩夫的梦》，同样获得好评。1848年果戈理从外国养病回来，途经彼得堡，冈察洛夫随涅克拉索夫前去看望。果戈理对他比较冷淡，谈起《平凡的故事》也漫不经心，令总是怀疑自己的冈察洛夫感觉受了伤害。其实果戈理只比他年长三岁，却是当时的文学泰斗。他呢，还只是初出茅庐的作家。

《奥勃洛摩夫的梦》发表后，冈察洛夫回了一趟老家。后来他在回忆录中写道：“我看到尚未消逝的宗法制生活，也看到新的萌芽。青年、老人、花园、伏尔加河、两岸的悬崖、故乡的空气、童年的回忆，这一切都浮现到我的脑海中来，几乎扰乱我写作《奥勃洛摩夫》的计划。”一部新的长篇小说在他心里发芽，它就是二十年后才完成的《悬崖》。而当时，他不得不暂时抑制新的创作冲动，全力完成《奥勃洛摩夫》。他每天清晨即起，但写得并不顺利，总觉得还不能把握小说的内核。这个时期俄罗斯的社会气氛非常阴沉，书报检查制度威胁着作家们，不断有人被捕、被流放，别林斯基只是由于死亡才幸免牢狱之灾。冈察洛夫担心，按照自己的构思写完《奥勃洛摩夫》，发表时会遇到障碍，甚至有更严重的后果。这一切令他无法安心写作。恰在此时，他得到一个跟随战舰环球考察的机会，于是决定暂时放下《奥勃洛摩夫》的创作，作为海军上将的秘书随行。这趟航行前后近三年，途经数十国，历经千难万险，1855年才返回彼得堡。根据旅行经历，他写了一部长篇散记《巴拉达号三桅战舰》。

在旅途中，冈察洛夫随身带着《奥勃洛摩夫》的手稿和提纲，从未停下对这部小说的思考。渐渐地，主题和艺术形式愈

写作《奥勃洛摩夫》时的
冈察洛夫

《奥勃洛摩夫》插图之一

加明了，一俟《巴拉达号三桅战舰》付梓，就一鼓作气续写这部以批判农奴制为主旨的大作。1859年起，小说在《祖国纪事》上陆续刊登。此时，距沙皇正式发布政令废除农奴制已为期不远（1861年）。

在旅行归来一段时日里，他与比他小六岁的屠格涅夫来往较多，经常把自己酝酿中的人物形象和创作想法与之交流，尤其是一直萦绕于心，而未及动笔的《悬崖》的话题。他很看重这位学养深厚、艺术感觉敏锐的朋友的意见。可是，还在《奥勃洛摩夫》陆续刊载之时，一向以中短篇小说创作为主的屠格涅夫却连续发表了《罗亭》《贵族之家》《前夜》等几部长篇小说，敏感的冈察洛夫认为其中许多东西是他与屠格涅夫交流时提到的，与他构思中的小说相仿。他痛心、气愤，怀疑对方是伪善的剽窃者，两位终至绝交。他本来就不擅与同行交往，这次事件更使他转向自我。他病了，在病中一边写作，一边感觉精神萎靡，甚至打算放弃文学。不过，病愈后，他选择放弃的是外贸部的公职，辞职后专心写作《悬崖》。写完开头部分，交给《现代人》新的主持者、批评家车尔尼雪夫斯基，后者对小说中把俄罗斯庄园地主理想化的倾向不满，退稿了。创作不顺，他又回到官场，主持政府机关刊物，出任出版咨询机关的委员和检察官，一边执行公务，一边断断续续写作。《悬崖》终于在1869年出版，这部小说从构思到完成几乎贯穿他的整个写作生涯。此后二十多年间，冈察洛夫没再写小说，只在公务之余写了一些评论和回忆文章。作为一位小说家，他的创作生命实际上到 1869 年就结束了。

冈察洛夫终身未娶，1891 年在彼得堡逝世。

2

《平凡的故事》讲述一位名叫阿杜耶夫的贵族青年，离开舒适单调的庄园生活，来到城市寻找自己的梦想，从一个天真热情的浪漫者变成一个冷静务实的官吏的故事。作家通过这个故事，展示出农奴制改革前俄国两个冲突的世界：一个是庄园地主的世界，这是作家童年就已十分熟悉的世界；另一个是处在萌芽阶段的资本主义世界。作家通过对后一个世界改变前一个世界的描写，为当时的俄国社会勾勒了一幅生动而完整的图景。

小说围绕着小阿杜耶夫的三次恋爱展开。他来到彼得堡，投靠叔叔——官运亨通而又有实业的老阿杜耶夫（其实不老，四十岁左右）。叔叔首先把侄儿珍藏的乡下相好姑娘告别时送他做纪念的头发和戒指扔到河里，又把侄儿自以为神圣的诗稿拿去糊墙，极力嘲笑他的幼稚和浪漫，让他抛弃过去，面对彼得堡的现实世界，老实做一个小职员。小阿杜耶夫在城里第一次恋爱的对象是朋友的女儿，两人山盟海誓、如醉如痴，前后一年。正当他准备求婚时，一位伯爵的到来使女人变了心。失恋的他陷入绝望，在叔叔和婶婶的劝解安慰下，将全部精力投入小说创作中。半年后呕心沥血的作品脱稿了，他求叔叔推荐给一位编辑朋友，编辑给叔叔回信说：“你厂里做出来的最容易破碎的东西也比这个结实得多。”气急败坏的年轻人把手稿投入壁炉付之一炬，并且喊道：“一切全完了，现在是没有什么可做了！”叔叔回答：“只有在乡下，人们才可以无所事事。可是这儿——你为什么要到这儿来呢？简直是不可思议！”为了让他振作起来，叔叔为他安排了一个差使：去获取一位年轻寡妇的欢心，以便让叔叔生意上的合伙人不再迷恋她，免得对公司不利。小阿杜耶夫成功完成了任务，同时与年轻的寡妇一同跌入情海。经过两年耳鬓厮磨的恋爱，一次次重复同样的话语和故事，渐渐令他厌倦，终下决心离开，而那寡妇使出各种手段想留住他，更使他对恋爱倒了胃口。这就是他的第二次恋爱。第三次恋爱是在河边钓鱼时发生的，一位纯情少女与他邂逅，他作为情场老手，出于一种难以解释的心理，有意无意间引诱、玩弄少女的心，眼看着少女陷入感情的深渊，他又有些动情。这次恋爱游戏以被少女的家长果断打断而告终。又过了许多年，小阿杜耶夫升了六品官，而且要结婚了，陪嫁有三十万现钱和五百个农奴，让见多识广的叔叔也大吃一惊，不胜艳羡……这就是那个“平凡的故事”。

别林斯基评价这部小说时说：“丝毫没有学究气，没有辞藻的堆砌和摆文学架子……它对于浪漫主义、爱好空想、温情感伤和乡下人的保守落后等现象是一个多么可怕的打击！”我当年读完这部小说的中译本后（记得是 1982 年夏天），曾在书页批注："精彩的，也是夸张的；虚构的，也是现实的。"由于喜欢《平凡的故事》，我随后买了《奥勃洛摩夫》和《悬崖》（上下册），共计七元二角一分，在当时实属价格不菲。

《奥勃洛摩夫》是冈察洛夫的代表作。他能进入俄罗斯经典作家之列，主要因为这部小说。"奥勃洛摩夫性格"已被作为没落的农奴制时代的"时代病"而载入文学史册。

小说讲述了一位聪慧、善良、有教养但却懒惰到极点的地主老爷奥勃洛摩夫的一生，共分四部。第一部用足足二百页的篇幅，写奥勃洛摩夫躺在沙发里接见来访者和处理家族事务，终篇都未下地。其中以梦的形式，穿插回述了奥勃洛摩夫的童年。他的童年是在偏远的世袭领地奥勃洛摩夫村度过的。"在这个庄园中，人们遵循着尚未被触动的宗法关系，沿袭着千年不变的生活方式。在这里，老爷们唯一操心的是饮食：酿蜂蜜和克瓦斯、用核桃喂火鸡催肥、节日前把鹅吊在口袋里长膘……家奴们整天为这些忙碌，农人们则在烈日下，像黑土上蠕动的蚂蚁一般，在无休无止的劳动中终其一生。"在这里，每当中午吃饱喝足之后，整个庄园就进入了睡梦之中。日复一日，年复一年，造就了一个个丧失一切创造兴趣和行动能力的懒虫，贵族地主变成无所事事、不劳而获的废物。小说第二部讲述奥勃洛摩夫的同窗好友、富有进取心、已成为实业家的希托尔兹为了让他站起来投入生活，介绍纯洁、富有活力的姑娘奥尔迦与他相识。他们一起读书、参加音乐会、郊游，奥尔迦还为他唱歌。奥勃洛摩夫对艺术有很好的感受能力，他被奥尔迦迷住了，奥尔迦也喜欢这个单纯、真诚的男人。他们相爱了，终于走到谈婚论嫁的一步。小说第三部讲述奥勃洛摩夫为婚礼做准备，不堪忍受一件件烦心的事情，经济方面也发生了问题，结婚成了一件要克服种种困难的大事，他退缩了，同时不无高尚地认为，让奥尔迦嫁给自己这样一个无能、无趣的人，是一件罪孽。他提出分手。奥尔迦明白自己改变奥勃洛摩夫的努力完全失败了，伤心、痛苦，跟着家人去了国外。他们各自大病一场。小说第四部讲述奥勃洛摩夫病了一年，换了住处，得到年轻守寡的房东太太无微不至的照顾，几乎不用再操心任何生活上的事情，似乎又回到奥勃洛摩夫村无忧无虑的日子。他与房东太太结合了，生了一个儿子。为了纪念希托尔兹的友谊，为儿子起了与希托尔兹相同的名字。伤心的奥尔迦在国外与希托尔兹重逢、相爱并结婚，可是在心底里一直没有放下奥勃洛摩夫。又过了几年，奥勃洛摩夫两次中风后，在一次睡梦中安详死去，他的妻子为了孩子的教育，同意希托尔兹把儿子带走抚养。她坚持认为，丈夫是了不起的老爷，孩子也不应该留在自己这样的人家里。

《奥勃洛摩夫》刚发表时，反响平平，许多人认为它过于冗长、沉闷，就像奥勃洛摩夫这个人物一样。可是年轻敏锐的批评家杜勃罗留波夫立刻写了长篇评论《什么是奥勃洛摩夫性格》，发表在《现代人》上。文章中说："这个主题要是落到了别的作家身上，就会把它写成另一种样子了：他可能把它写成五十来页轻松而又赏心娱目的文字，可能把它创作成可爱的笑剧，可能嘲笑一通他的懒惰，可能赞美一阵奥尔迦和希托尔兹，于是事情就这样完结了"；"可是冈察洛夫却用另外一种方法来进行这个工作……一切凡是和奥勃洛摩夫有关的，在他都不是空洞而卑微不足道的东西……当你开始读它的时候，你会觉得有许多东西好像都不能证明它们是严格的必要的，好像都不能符合艺术的永久性的要求。可是很快，你就会习惯于他所描写的世界"；"在这个世界里，你找到了一种亲切的东西，在你的面前展开的，不只是每个人、每件事物的外表形式，还有他们的内部，还有他们的灵魂。"这与我的阅读体验完全相同。

《悬崖》的主角赖斯基仍旧是个贵族地主的儿子，仍旧是从乡间来到彼得堡，仍旧是与三个女人恋爱的故事。赖斯基有艺术才华，也不愁吃穿，但一事无成。也许是冈察洛夫对庄园主生活的看法发生了变化，抑或不愿意重复已被屠格涅夫使用过（他认为是剽窃）的主题和人物形象，小说没有按最初构思把女主人公薇拉描写为被英雄吸引，跟随她所崇拜的人离家走遍了整个西伯利亚的人，而且定稿的小说中，原拟的带有明显民主革命色彩的"英雄"形象，蔑视一切旧思想、旧规矩的马克·伏洛霍夫，已经变成不负责任、不诚实、不善良、玩世不恭、利己至上的人物。所以，这部小说发表后，遭到进步人士的尖锐批评。

3

奥勃洛摩夫被称为俄罗斯文学中最后一个“多余人”形象。翻开俄国文学史中“多余人”的名单，会发现那几十年间，文学经典严重雷同。普希金的欧根·奥涅金“资质聪慧，而且富于情感。他的心灵深处隐藏有高贵的憧憬，而社交场中的游乐很快就使他厌烦了，他看出了上流社会的空虚和庸俗，从而对一切都感到了幻灭……充满了心灵的怠倦，毫无目的地打发日子，成为一个什么也不能做，只是整天想着他自己的多余的人”，但他是一个“痛苦的利己主义者”，他的痛苦是真实的，不由自主的。因为无聊，奥涅金在舞会上追求朋友连斯基的情人，一位轻浮的姑娘，只是为了看看年轻的连斯基的窘相。然而连斯基当真，约他决斗，并死在他的枪下，令他悔之莫及，感到人生更加无趣，甚至可恶可恨。莱蒙托夫的毕巧林也是一个聪明、富有，却没有生活目标的人物，同样因为无聊，撩拨一位年轻小姐的情感，而与一位痴情的军官决斗，杀死了本来与他毫无恩怨的军官。还有屠格涅夫笔下的罗亭，侃侃而谈改造社会的理想、道德和勇气，极具热情和煽动性，其实完全是空话，他不知道怎样做哪怕任何一件有意义的实事。相比奥勃洛摩夫，以上这三位“多余人”还有一点激情，有一点骚动。奥勃洛摩夫却懒得做任何事情，只是吃了睡，睡了吃，连爱情也不能使他离开沙发。他的懒惰是骨子里的，是一代代农奴主不劳而获的生活习性所塑造的。可以说，他达到了“多余人”的极致。

在塑造“多余人”典型，揭示“时代病”的同时，这几部小说还有一个雷同的地方，就是都有一位纯朴、高贵、热情、富有献身精神的女主角，这位女主角偏偏爱上作为男主角的“多余人”，结果当然是失望而痛苦，或者虽然另外找到归宿，却在心中留下永远的阴影。比如普希金的达吉雅娜、莱蒙托夫的梅丽公爵小姐、屠格涅夫的娜达丽亚、冈察洛夫的奥尔迦。“多余人”复杂、矛盾的内心世界通过这些女子，或者说通过恋爱故事刻画得更为深入、动人。这一点是值得注意的：几位作家都没有简单地丑化、批评笔下的“多余人”，而是深入细致地刻画他们的心灵脉动，他们的自私自恋、冷静无情，他们的忧郁彷徨、痛苦哀伤，他们的不由自主、无可奈何。作者明显是同情“多余人”的，认为他们也是没落时代的受害者，是罹患“时代病”的病人。

……不知为何，重读《奥勃洛摩夫》，我有时会想到生于 20 世纪 50 年代的我们这一代人，曾经的事业理想、情感经历和心灵创伤。如今，那一切是否已经烟消云散、了无痕迹？

《青年近卫军》之殇

许多年前，读矫健的小说《河魂》，有一种难忘的感想：任何一个你身边看上去平凡、简单的男人女人，如果能一层一层地探入其内心深处，就会发现，里面埋藏着巨大的创伤和复杂的故事。所谓作家，唯一的工作，就是发掘它们，揭示给世人，别无其他。随着年龄增长，我越来越相信，所有表面上光鲜、美妙的人、事、物，如果能够到其背后看看，或者究其历史过程，一定会有令人唏嘘不已、感慨万分的东西。苏联文学中的肖洛霍夫及其《静静的顿河》是这样，法捷耶夫及其《青年近卫军》也是这样。

1

关于法捷耶夫的悲剧，无论是苏联、俄罗斯还是中国，早有多人研究，尤其是 1990 年他的遗书披露以后。他生于 1901 年 12 月 24 日，自杀于 1956 年 5 月 13 日，短短五十四年半的生命中，经历了十月革命、大清洗、卫国战争、赫鲁晓夫上台等大事件。十八岁参加红军，在战斗中负伤；1927年二十六岁时写出《毁灭》，被称为苏联文学里程碑式的作品；1930年，比法捷耶夫大二十岁的中国文豪鲁迅将它翻译成中文，使其在中国的名望仅次于高尔基。毛泽东曾说："法捷耶夫的《毁灭》，只写了一支很小的游击队，它并没有想去投合旧世界读者的口味，但是却产生了全世界的影响，至少在中国，像大家所知道的，产生了很大的影响。"从1926年至1956年，法捷耶夫一直担任苏联作家组织的主要领导和最高领导；1943年他根据苏联共青团中央建议，写作以克拉斯诺顿城青年抵抗德国法西斯的真实故事为题材的小说《青年近卫军》，1944年完成，获文学最高奖斯大林金奖。斯大林去世后，他开始反思，并为当年的一些冤案申诉，言辞激烈，直指党的文艺政策，因此不受欢迎；赫鲁晓夫在苏共二十大作全盘否定斯大林的秘密报告之后，他的心情极为复杂。他得知肖洛霍夫在会上发言，批评他是一个"贪权"的人，并说"我们从他那里窃取了十五年最好的创作年华，到头来既没有了总书记，也没有了作家"，这句话击中了他的痛处；其实两年前他已被免去总书记的职务。他曾是前两届党代会的中央委员，二十大上被降格为候补委员……种种因素之下，终至开枪自杀，留下遗书：

我看不出再活下去的可能，我为之奉献终生的艺术已被党的自负而无知的领导所扼杀，现已无法挽救。优秀的文学干部在当权者罪恶地纵容下，或被从肉体上消灭，或被折磨至死，其人数之多，甚至历代沙皇暴君做梦也难想到。优秀文学人才过早夭亡，余下的多少能创作具有真正价值作品的人，活不到四五十岁。

…………

列宁死后我们被贬低到孩童地位，被消灭，被意识形态恫吓，却把这一切称之为“党性”。而现在，到了一切都能改正的时候，肩负改正的人所表现出的却是粗浅、无知和无以复加的自负。文学落入平庸、卑劣和爱记仇的人的手中。少数心存妒火的人陷入贱民的处境——况且他们年事已高，不久于人世，心中已无任何创作欲望……

…………

但把我变成一匹拉车的马，一生吃力地拉着不计其数的平庸的、不合理的、任何人都能胜任的官僚主义事务。甚至现在当我总结自己一生的时候，多少呵斥、训斥、训诲以及不过是思想意识的毛病向我袭来，而我本应是我国优秀人民引以为荣的人，因为我具有真正的、质朴的、渗透着共产主义的天才。

…………

但作为作家我的生活失去任何意义，我极其愉快地摆脱这种生活，有如离开向我泼卑鄙、谎言和诽谤脏水的世间。

…………

请把我安葬在母亲墓旁。

（注：此《遗书》摘自蓝英年发表于1996年《读书》第六期的文章《作家村里的枪声——法捷耶夫之死》）

他的自杀令党中央和赫鲁晓夫极为被动，他们封存了遗书，编了一个冠冕堂皇的理由发布讣告，并无视他的意愿，把他葬在莫斯科新圣女公墓。有一段传说，在向法捷耶夫遗体告别仪式上，按惯例，赫鲁晓夫和中央领导成员参加守灵，一位老作家哭着对赫鲁晓夫说："太可怕了！出了什么事，萨沙（法捷耶夫昵称）向自己开枪？"赫鲁晓夫尖刻地回答："他是向党开枪，而不是向自己。"此后，文学界渐渐形成一股从政治和艺术两方面批判他的潮流，苏联解体后情况更甚，他的作品被否定，新出版的文学史著作取消了关于他的专章，还有许多难以证实的流言对他进行人身攻击。由此可以想到，他之自戕，实在有先见之明。

一般人都把法捷耶夫的错误和斯大林的专制联系在一起，这符合逻辑，在清洗和批判数以千计的作家中的"异己分子"时，他是作协的领导人之一。但研究者查阅资料，没有发现哪位作家被迫害是由他签字的，也未发现他检举别人的材料。反之，他曾为改善被批判的阿赫玛托娃和左琴科的处境做了一些事情，所以阿赫玛托娃认为他是一个好人。他由衷佩服布尔加科夫的《大师与玛格丽特》，真心喜欢帕斯捷尔纳克的诗，随口能诵……还有一点：他从未写过歌颂斯大林的文章。反之，作家西蒙诺夫认为，他的文学趣味可能影响和提高了斯大林。现在看来，无论再钩沉出多少新鲜的资料（比如他曾向斯大林告贝利亚的状，贝利亚想谋害他而未果），无论对法捷耶夫的争论有多么复杂，其实有一点是很明白的：他是在斯大林时代成功的，也是在斯大林时代被推上了悲剧的舞台。如果不是他，一定会有另一个人充当这个角色。或许会有一些个性的差异，但大的趋势不会变。有人拿周扬比之法捷耶夫，正是这个道理。

值得特别写一笔的是，法捷耶夫 1949 年 10 月曾率苏联文化代表团访华，出席中华人民共和国开国大典。他在《人民日报》发表文章，高度赞扬鲁迅："鲁迅与契诃夫是近似的。但是鲁迅对于旧社会的批评比较契诃夫来得尖锐，有更明确的社会性质，而在这一点上就与高尔基相近了"；"鲁迅是中国文学的光荣，而且是世界文学的著名代表人物"；"鲁迅是短篇小说的能手。他善于简短地、明了地、朴素地把思想形象化，以插曲表现大的事件，以个别的人描写典型。"

2

1942 年 7 月至 1943 年 1 月，德国法西斯短暂占领苏联西南部小城克拉斯诺顿，以武力进行凶残的统治。当地一些未能撤退的青少年，组织了地下“青年近卫军”，进行勇敢而巧妙的抵抗，使占领者吃尽苦头，老百姓受到鼓舞。令人痛心的是，在小城被红军收复前夕，由于叛徒出卖，一大批近卫军成员被捕，他们虽然大多只有十六七岁，但受尽酷刑，顽强不屈，最后被全部杀害，埋入矿坑。这就是小说《青年近卫军》的真实依据。

法捷耶夫在卫国战争中，作为战地记者，采访了许多第一线的人物和事件，写了大量特写和通讯，他对战争中的一切都很熟悉。接受写作任务后，他在深入克拉斯诺顿小城调研的基础上，重点刻画了以政委奥列格为首的六位青年近卫军的核心人物（总部委员），使之个性鲜明，有血有肉。他既充分描绘了这些充满理想主义、英雄主义的年轻人的机智勇敢，又恰如其分地表现出他们稚气、善良、可爱，有时让读者为之担忧着急的大胆的、不计后果的斗争方式，比如他们在敌人的鼻子底下将红旗插满全城，再如明知一位同伴自大而软弱、被抓后可能叛变，却又不忍心怀疑他，错过了逃走的时机，几乎被一网打尽……唯其如此，这些年轻人的事迹才更感人，他们从容赴死的作为才更令人崇敬和震撼。法捷耶夫以高明的作家之笔，不但叙述这段鲜血淋漓的故事，而且让人物活起来，让他们按照各自不同的逻辑走完短暂、悲壮的一生……然而，这些主人公又有着某种代表性、典型性。毋庸讳言，这种代表性、典型性来自民族英雄的传统，也来自斯大林时期的价值观。

这部重头小说，法捷耶夫只用了一年多就写完了，先在报刊上连载，随即出版单行本，接着被拍成电影，一片叫好之声。可是两年后，斯大林忽然批评小说不完善，《真理报》发表文章说："小说没有写出能说明共青团的生活、成长和工作的最主要的东西——这就是党和党组织的领导和教育的作用。"这种批评在当时是严重的，何况，克拉斯诺顿的上级党委在撤退前确实对敌后斗争做了部署，留下干部进行地下工作和组织打游击，"青年近卫军"成立后，派专人对其进行指导。不知为何，法捷耶夫在创作中忽略了这方面的内容。他真诚接受批评，决定重写小说，"一次不成，将写两次、三次"。从 1948 年着手，到 1951 年新的版本才与读者见面，比创作这部小说用的时间还多得多。小说篇幅扩大了，整整加了十章，关于党的地下组织活动以及对青年近卫军指导的描写大大加强。据说，法捷耶夫对修改这部小说花了那么多时间流露过复杂心情，他对朋友抱怨："您瞧，增写了十章，如不这样，我能写一部不比《毁灭》差的小说。"但总的来说，无论是他自己还是外界，对这次修改还是满意的，1951 年的版本成为定本。

然而围绕着《青年近卫军》的争论没有停止。先是，法捷耶夫去世后，西蒙诺夫在《纪念法捷耶夫》的文章中首先提出新版本"把愿望当作现实"，还是老版本更有内在的完整性。1960 年，小说中叛徒斯塔霍维奇的原型特列季亚克维奇得到平反，有确切的证据证明他没有叛变，而是英勇牺牲了，于是有人指责小说凭空捏造，歪曲事实；到了1990年代，冒出一位自称来自美国的人，说自己才是叛徒的原型，而且说“青年近卫军”根本没有什么“政委”，是一个民族主义地下组织建立的，于是一些好事者又闹得沸沸扬扬……不过，至今尚存的克拉斯诺顿市“青年近卫军博物馆”保留着许多历史照片和青年近卫军手写的誓词等遗物，展馆内有六位总部成员塑像，展馆外广场上，青年近卫军的纪念雕塑仍在，这尊雕塑曾经作为中文初版的封面画。奥列格的母亲的回忆录《我的儿子》亦于1940年代末出版，1949年翻译成中文出版。如今，七十多年过去，斯大林被批，苏联解体，乌克兰独立，作为乌克兰边境城市的克拉斯诺顿，生活早已进入新的秩序，这些少年英雄和这部英雄小说，其存在有些让人尴尬。细想一下，这些青年近卫军，如果活到今天，也不过八九十岁。历史离我们很远，又很近……

3

20世纪五六十年代，《青年近卫军》在中国极为流行，可能仅次于《钢铁是怎样炼成的》。最早的中文译本1947年根据苏联1946年版翻译，译者水夫，由上海时代书报出版社出版；1954年9月人民文学出版社第一版是水夫根据苏联1951年新版修订的，首印十六万五千册，一销而空；1958 年人民美术出版社出版了王素改编、华三川绘制的连环画上卷（一百八十八幅），同样大受欢迎。1960 年全部三卷六百二十七幅连环画完成，但因中苏交恶，被令“暂缓出版”，直至 1977 年才推出合集，首印高达一百二十万套。直到今天，无论是小说还是连环画，《青年近卫军》仍在中国出版发行，而且被作为主流图书推广。我猜想，它在中国的影响恐怕已经远远超过俄罗斯和乌克兰。法捷耶夫地下有知，也会感到欣慰吧！

我是在和小说主人公一样年龄，十六岁时读到这本书的。那时苏联小说盛行，《海鸥》《收获》《奥德河上的春天》《茹尔宾一家》《远离莫斯科的地方》《金星英雄》《暴风雨》……碰到一本读一本。我确实从这些小说中感受到苏联的伟大和美好。我的小学同学杨克的母亲是苏联人，三年级时，他去苏联读了一年，回来后分给大家奶油糖块，好吃极了。大家都很向往。“苏联”“近卫军”这些称呼给我一种庄严感、神秘感。那时我正迷恋俄罗斯巡回展览画派，尤其苏里科夫，他的代表作之一就是《近卫军临刑的早晨》（不过，这个近卫军是彼得大帝时代的）。我特别喜欢 1954 年版《青年近卫军》里的插图，那幅为了庆祝十月革命节，华丽雅和谢辽萨在深夜爬到德国人办公楼顶挂红旗的插图，真是精彩，虽是简朴的素描，但美丽的形象、紧张的气氛和勇敢的精神跃然纸上，令人过目不忘。我至今保存着这幅插图。遗憾的是，2004 年人民文学版“名著名译”

中文1954年版的《青年近卫军》插图

插图本《青年近卫军》，虽然有十多幅品相不错的插图，但比1954年版插图差远了。

因为写文章，我重温了《静静的顿河》和《青年近卫军》，惊奇地发现与我小时候阅读感受大不一样。以文学性、艺术性而言，两者根本不在一个层次：前者是真正的史诗，表现出十

中文21世纪版的《青年近卫军》插图

月革命新政权建立过程中，边远的顿河哥萨克人，无法把握的人生命运和经历血水浸泡后人性的觉醒，纵深、恢宏，充满了诗意，故事把主角葛利高里逼上了人性的搏斗场，堪称跨越时空而不朽；后者只是一篇精致、真切的故事，朴素、生动、感人，但单薄、狭窄，虽立足于对侵略者的仇恨和反抗者的赞扬，但对卫国战争这段大历史、大时空的动荡，缺乏广阔、深刻的描述，缺乏历史感和人性高度。（顺便说一下，关于二战，苏联和中国这两个受害最深的主战场国家，有那么多大起大落、可歌可泣的人生故事，却没有出现真正称得上经典的文学巨著。这个问题值得我们深思。）也许，从文学才华上说，法捷耶夫并不输于肖洛霍夫，然而，命运和机缘决定了他一生的主要时间在忙碌作协和政府事务，而这些事务由于历史的悖论，大多成为“失误”。最要命的是，法捷耶夫的灵魂也因此被拘束甚至扭曲，纵有天大才华，也无法写出《静静的顿河》那样的华章。

当然，这一切对于逝者已经毫无意义，重要的是，他来过这个世界，而且，至今还有人在念叨他。

《为书籍的一生》出版的故事

1961年晚些时候，时任人民出版社副总编辑的范用得到一本俄罗斯出版家的传记，苏联国家政治书籍出版社1960年版，系“俄罗斯图书史和出版史丛刊”之一。他先请懂俄文的朋友帮忙看了一下，了解大概后即寄往上海，请与三联书店有多年合作关系的叶冬心审阅并翻译。叶冬心看后于1962年3月17日回信说：

……这部图书出版家的自传体回忆录我已看完，感到非常有趣。我觉得这是一本不可多得的好书，值得把它译出来。这本书虽然写在四十年前，但在苏联刊印出来也是不多几年前的事情，看书上的《代序言》，知道（对）它的评价是很高的。作者将他毕生的精力都贡献在出版事业方面，我们读后不但对他本人的身世感到有趣，同时获得不少有关俄国出版业发展的历史（知识），知道了许多文坛上的掌故。有许多东西，看来像是琐碎的，但是在研究俄国文学史的人看来，可能都是很珍贵的资料，同时作者绥青对出版事业的经验、见解，做出的努力，采取的方法，也未尝不可以供我们做一些参考。像这样的外文书，在我国介绍出来的的确还不太多。

这本书大体可以分为两部分，前面是作者的回忆录、俄国书报业的历史，以及作者对一些名作家的印象和描写，摘译比较困难，因为前后的事往往是有一些贯串性的；后面第二部（约占全书篇幅六分之一）是同时代的一些作家们给绥青的信，以及有关绥青的回忆等，这些信和回忆录，有的是可以略去的。

假定这本书全部译出的话，估计有二十万字。由于内容涉及的面比较广，译时要多有一些参考书，可能就要多用一些时间来译。我打算把手头的一本书译完后，在7月里即开始译这本书，预计可以在今年12月内全部交稿。不知这样能否配合您的出版计划，尚希便中告知。

书名拟暂译为《书业春秋》，候全书译完后再定名，请您斟酌。

收到叶冬心的信以后，范用决定以三联书店名义出版这本书（当时三联书店是人民出版社的副牌）。签约后，叶冬心于当年7月开译，1963年1月译毕。接读译稿后，1月29日，正月初五刚上班，范用就给叶冬心写了一封信：

春节以前，收到您寄来的绥青回忆录的译稿，我们一口气读完了它。它真是一部很有趣的书。今天上班，我们就把它发排了，打算早一点印出来，因为我们出版界里也已经有很多人知道这部书了，都想读它。

对您在这部译稿上所做的认真仔细的工作，我们很满意。谢谢您的帮助！

在发排以前，我们还删去了几章（讲他见沙皇、维特的）以及最后的两篇附录。这些，我们将照样付给您稿费。

信中范用还请叶冬心补译一篇附录，内容是关于出版柯罗连科的《马卡尔的梦》的插图的。他强调说："尽可能把书籍装潢得漂亮一些，是绥青的工作特色。现在我们在出版工作上，对书籍的插图也还没有给以足够的重视。因此，把这篇译出来给大家看看，可能是有意义的。"

信刚发走，范用又给叶冬心写了一封信。信中说：

昨天寄上一信，有个问题忘了写，就是书名用哪一个？现有三种意见：

《把生命献给书》

《为书籍而生活》

《为书籍的一生》。

我们打算采用最后一个，即《为书籍的一生》。您所拟译的《把生命献给书》，似乎说得过重了一点。您的意见如何？

插图尽可能都采用了，几幅彩色的也照样复制。

叶冬心欣然接受了范用关于书名的意见。此书于1963年7月出版，上市后，得到读者极大好评。

俄罗斯出版家绥青生于1851年，他只在乡村小学读过三年书，不会写严格的自传，只是晚年记下的一些往事的片段。苏联作家富尔曼诺夫（小说《恰巴耶夫》的作者）当时在出版社做编辑，他读了这些片段后说："它的内容太有趣了，哪怕是用来写一部小说都行。"书稿1922年交给苏维埃出版局，但后来找不到了，直到三十多年后才由绥青的儿子在他的遗稿中发现，从而得以出版，而此时绥青已去世多年了。

为书籍度过一生并非绥青个人的选择。他十五岁从乡下来到莫斯科，原打算到皮货商那儿学生意，因无位置，暂且到一家书铺打杂帮工。这家书铺主要经营印制粗劣的宗教或伦理内容的木版年画，供乡下人在年节时挂；再就是一些市场写手拼凑的惊险故事、恐怖小说以及圆梦书、尺牍大全、歌曲本，也有一些传统童话，供穷人消遣。

小绥青一边做擦鞋、洗碗、挑水、买菜的杂务，一边跟着师傅们学做书画贩卖业务。他勤快肯干、机灵忠厚，很得老板喜欢，几年后成为书铺的骨干。到他二十五岁，已经不满足别人供给的书画质量，自己投资开办了一家石印厂，印刷大画家瓦斯涅佐夫等的画；他可以自由选购市场写手们拿来的稿子，要求他们将普希金、果戈理的小说改编为通俗故事。他的印刷品印得漂亮，内容新颖，销路大开。他不满足已有的成果，聘请最优秀的画师和第一流的匠人，“从来不跟他们讲什么价钱，只是向他们要求最高的质量”。1883 年，他与另外三人一起组建了“绥青图书出版股份公司”。他总结十七年图书出版的经营之道是：“它们是非常有趣的”，“它们是非常便宜的”。有了这两条，就能在市场站住脚。

事业成功的同时，绥青也深知图书市场上的种种缺陷，其中重要的一点就是，“我们离真正的文学很远”。1884 年底，列夫·托尔斯泰的追随者们成立了一家“媒介出版社”，目的是面向平民，用有益且价格便宜的书籍取代流行的、有害的读物。他们动员了作家列斯科夫、迦尔洵、奥斯特洛夫斯基、谢德林、柯罗连科、契诃夫和画家克拉姆斯科依、列宾、苏里科夫一起工作。出版社的负责人希望找一家可信赖、负责任、印制质量高的出版商合作，而绥青图书出版股份公司是当时声望最著的出版商。绥青和媒介出版社整整合作了十五年，从而使他的图书从市场写手的通俗故事一步跨到列夫·托尔斯泰，进入主流文化和时代前沿。其间，列夫·托尔斯泰常常指导编辑、印刷和销售工作。他喜欢到书铺里看望绥青，喜欢和聚集在那儿的各地来的书贩子们谈话。他穿着农民的衣服，书贩子们不知道是在和谁谈话，当听到他问生意如何时，就回答说：“怎么着，你也要学这一行吗？你老了，老大爷，太晚了……”列夫·托尔斯泰听了哈哈大笑。绥青特辟了一个部门，专门推销列夫·托尔斯泰的著作。剧本《黑暗的势力》一年竟销了一百多万册。

除了在书铺接待列夫·托尔斯泰，绥青还常与其他作家交往。他和契诃夫、高尔基成了好朋友。在与这些作家交往的过程中，他渐渐懂得了，出版不仅关乎“生意”，而且关乎“文化”；书铺不仅是为“读者”服务，而主要是为“平民”服务——“读者”是现成的，“平民”却需要出版人去造就成“读者”。他的眼界宽了、见识高了。

绥青几乎在所有的图书门类出版中都是开创者。他编辑出版新的历书和年历，里面有各种各样新鲜的文化和生活知识，是包罗万象的参考咨询手册和百科全书。他改革儿童读物，将普希金的童话配以精彩的插图出版，将世界公认的经典童话引进俄国，低价销售；他以巨大的热情出版十九卷本的《军事百科全书》，有上百人参加了撰写、编辑和出版工作，为此在彼得堡设立了专门的编辑部、排字车间、绘画室和制版工厂，前后用了五年时间，投入巨资。他还编印了《平民百科全书》《儿童百科全书》；列夫·托尔斯泰去世后，他接受了出版《列夫·托尔斯泰全集》的工作，廉价销售了一万套精装本，十万套平装本，从中没有赚钱。他说：“我们都受到了列夫·尼古拉耶维奇的好处，如果现在不响应遗产继承人的呼吁，那可是一种忘恩负义的行为。”

在俄国近世出版史上，绥青无疑是个大人物。高尔基评价绥青出版的书是“对俄国社会的重大贡献”……

范用非常喜欢这本书。他不但因出版了这本书而满意，还深受这本书的影响。在他身上可以看到绥青的影子。可以说他念念不忘这本书。1982 年初，上海出版局局长宋原放给范用来信，说上海新成立了学林出版社，这个社打算着重出版有关出版史、出版工作的书籍，希望三联书店把 1963 年版的《为书籍的一生》转交他们再版。范用批了一个意见给本社出版部：

此书我原拟列入再版书目，考虑到彩色图版费事，迟疑未定。请出版部表示一个意见，如果我们任务很多，这种再版书排不上，彩色制版太麻烦，是否可让上海去再版？

出版部回复的意见是：“如果编辑部能找来原书插图页，我们仍能设法复制的。至于是否转给上海，仍请范用同志决定。”

1983 年 8 月，三联书店依据 1963 年版重印《为书籍的一生》，印数一万册。不知为什么，部分彩色插页变成了黑白的。范用看到样书，很不满意，当即给出版部写了一封信：

我见重版本《为书籍的一生》删去了其中的彩色插图，不知何故？是找不到版子、原稿，还是偷工减料？为此，我在数月前将《为书籍的一生》原文书送给你社，供你们将彩色版拍摄底片存档，以备再印时恢复原貌。现在不知道此书是否已到出版部，如已到，请尽速拍摄，将原书退还我保存。如未到，请即查一查。

一本书的插图，再版时随意删除，这不是一个严肃的出版社（而非书商）所应当做的。须知，书的插图是一本书的不可少的部分，当初编入是有道理的。买书的人绝不愿意自己买到的书是残缺的……

可惜的是，1983 年重印后，《为书籍的一生》一直未能再版。20 世纪 90 年代，三联书店总经理沈昌文退休后协助辽宁教育出版社策划选题，将这本书的版权签走，但最终也未见出版，直到 2005 年才由广西师范大学出版社北京贝贝特出版顾问有限公司再版，作为“影响过一代人的书”系列的一种，但彩色插图仍未得到恢复。如此，这本不起眼的小书，由于范用的努力，跨越几个时代，至今仍为中国出版人、读书人所爱。这恐怕是绥青万万想不到的。

范用：最后的书时光

记得是 2005 年底，范先生交给我一页“范用编著书目”，嘱我印在即将出版的《叶雨书衣》的后勒口上。他还分别标注了排印时的字体和字号。书目所列共十二种，其中《我爱穆源》《泥土 脚印》《泥土 脚印（续编）》等三种署名“范用著”，《战斗在白区》《漫画范用》《郑超麟回忆录》《买书琐记》《文人饮食谭》《爱看书的广告》《存牍辑览》等七种署名“范用编”，《莎士比亚画册》署名“范用、葛一虹编”，《叶雨书衣》署名“范用作”。其实还有一本《晚翠文谈新编》，不知为何未列。后来又出版了“范用编”《凭画识人——人物漫画集》《买书琐记（续编）》两种，总计范用编著图书十五种。

十五种里，除了《我爱穆源》和《郑超麟回忆录》出版较早，其他都是 2000 年以后写作或编辑的，范先生在每种前面写了简短的引言或说明。在此之前，他很少写文章，也从未作为选编作者那样编书。他经手很多名家名作，都是为人作嫁，是作为出版人履行本职和本分。可是，从 2000 年至 2010 年他

书桌前的晚年范用

去世，这十年间，他完成了从出版编辑、出版社领导、退休后热心介绍书稿者到写作者的渐变。这也许是他一生热爱书的最后一种方式；也许是夫人丁仙宝和老一辈作者朋友先后离世，他在越来越孤寂的情状下的一种自我振作。2008 年 12 月，我们在三联韬奋图书中心二楼做了一个“范用与三联书店七十年展览”，同时出版一本小册子，名为《时光》，内容分为四部分，第一部分通过老照片展现范先生生平；第二部分“书时光”回顾他主持出版的《傅雷家书》等几种书刊；第三部分是“朋友时光”，以照片和书信记录他和文化人的交往；第四部分“仍是书时光”，即是介绍作为写作者的范用编著的作品。

在《泥土 脚印》“作者的话”里，范用写道：我不善于写作。偶尔写点怀旧文字，怀念故乡，怀念母校，怀念同学师友。我是用真情实感写的。他是这样说的，也是这样做的。在最后这十年里，他写了一百多篇文章。陈乐民先生读了《我爱穆源》后评论：没有训世的“警句”，也没有任何豪言壮语，但却有今天最需要、最可珍贵的真情。所谓大人者不失其赤子之心是也。

葛一虹比范用大十岁。《莎士比亚画册》是根据葛先生收藏的一本极为珍贵的画册编排的，1966 年春天打出大样不久，就被扔进了垃圾堆，正在劳动改造打扫卫生的范用捡回去一幅幅贴在笔记本上收藏，三十多年后请葛先生为这幸存的四十五幅铜版画复制品手写了说明，交给山东画报出版社印成书。他在前言中讲述了这段奇缘。

汪曾祺比范用大三岁，他们是最贴心的朋友。《晚翠文谈新编》出版时，汪曾祺辞世已经五年，范用说“印这本书聊表怀念之情”。

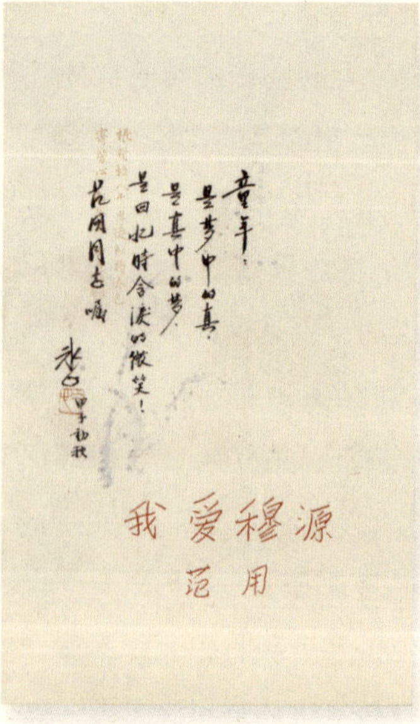

《我爱穆源》初版
（三联书店，1995）

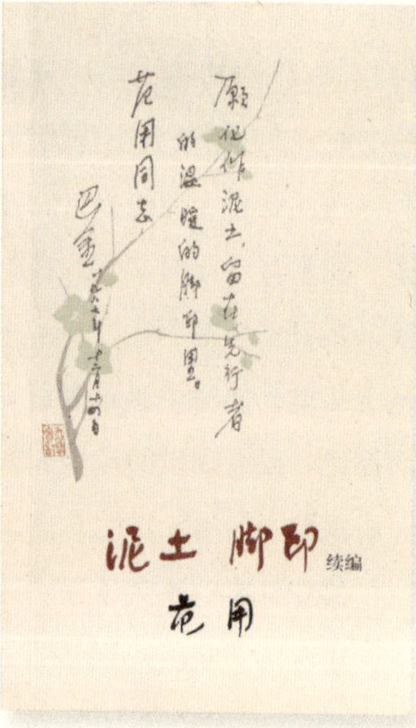

《泥土 脚印（续编）》初版
（三联书店，2005）

编辑《爱看书的广告》时，我刚到三联书店工作，范先生为这本书给我写了几封短信。第一封写于 2003 年 3 月 15 日：

我编好了《爱看书的广告》，先送您看看。

一般读者不会买这本书。推销对象主要是出版社的领导、编辑、发行人员。书出版后，我拟在《出版广角》写篇东西，以引起出版社注意，建议他们买来参考。

他在《编者的话》中说：用短短的百来字介绍一本书，是很用心的。出版社的编辑应当学会写广告文字，这是编辑的基本功之一。广告文字要简练，实事求是，不吹嘘，不讲空话废话……他的这种说法，似乎不合“广告”的原理——广告哪有不夸大其词的？可是真懂出版的人，知道他说的是经验之谈。读了书中汇集的鲁迅、叶圣陶等人写的图书广告，更易理解。范用特别重视广告的设计，他把几十年剪贴保存的图书广告式样影印在书中，供大家参考。

《叶雨书衣》是范用设计图书的结集。叶雨即业余的谐音，是他的笔名。交给我“范用编著书目”时，《叶雨书衣》尚未出版，另外一本《存牍辑览》更是仅有一个构想。范用做出版，朋友遍天下。他雅好收存友人的书信，整理装订成册，多达五十二册两千多封。他起意编一本友人书信集，起码始自 2005 年（也许还要早）。此后他一边抄写，一边整理，断断续续，直

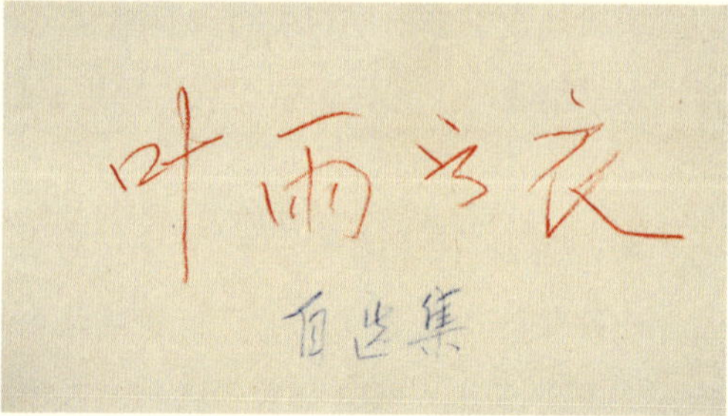

范用用彩色铅笔手写的书名

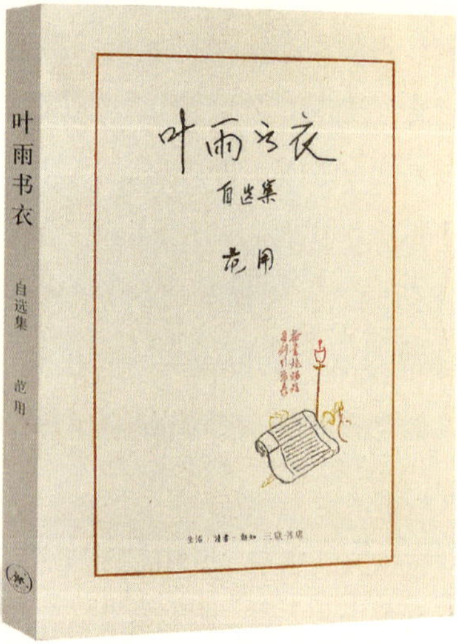

《叶雨书衣》（三联书店，2007）

到去世。遵范先生生前所嘱，我接下这部遗稿。正像他去世前已经写好向朋友告别的信一样，这部遗稿的编者说明、封面设计都已完成，请黄苗子题写的书名也已备妥。这本堪称范用一生最后的书，于 2015 年 9 月他去世五周年时面世。

2000 年和 2001 年，范用还编过两本小册子，一本是新知书店老前辈朱希的《八十自述》，一本是《朱枫烈士》。朱枫 1938 年进入新知书店，1949 年 9 月被中共派往台北，1950 年 6 月因叛徒出卖被台湾当局枪毙。范用特别要求在这本小册子上印明：纪念品，范用编印，叶雨装帧，“以示负责”。

2008 年秋，范先生的身体和精神急速衰萎，去看他时，往往需要动员他起床到客厅坐着聊天。他不再在意仪表，头发乱乱的，腰弓得厉害。住了一次院，后来就很少起床，很少说话了。2009 年 9 月 24 日，我请他在小册子《时光》衬页上签名

范用编辑的《朱枫烈士》
（非正式出版物，2001）

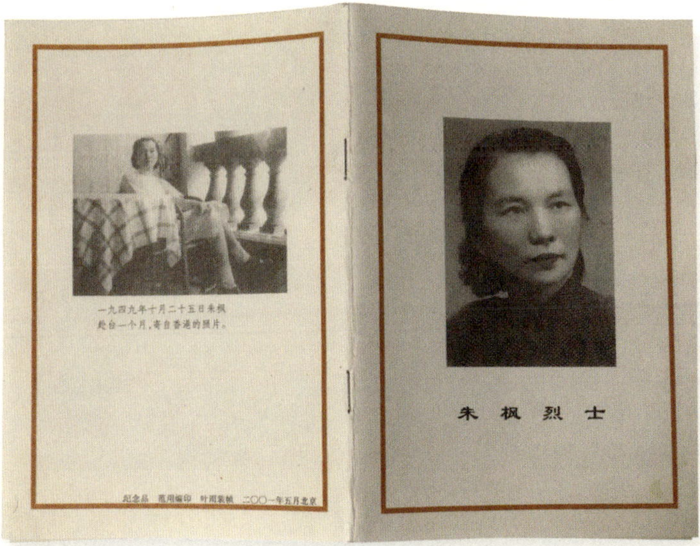

留念，写时手虽抖，字依然秀气。几日后他让人带给我《书痴范用》书稿。稿子很乱，包括一些剪报、书和刊物的复印件等，都是别人写范用行状的。我知道还有一些人写过他，但未收在书稿里（也许是不知道）；另有很多人与他交往很深，肯定愿意写一点。我和范用好友戴文葆的儿子、三联同事杨进商定分头约稿。岁末年初时候，范先生写来两张便条，其中一张说：前带上《书痴范用》想已见到……几篇访谈记，请在篇名上角印“访谈之一”“之二”“之三”……《回家》等几本书复印后，请退还我。另一张便条说：《书痴范用》编者署名为“叶琛编”……这个叶琛，是范先生自己的笔名，不知含义若何。

2010年9月14日下午，范用先生在协和医院去世，终年八十七岁。悲恸之余，深悔没能早些完成《书痴范用》，让他带着未竟的念想离去。于是约稿、催稿、整理、编辑。年底，书出来了。如今想来，或否可说，这本书才是范用先生与书最后的分别……

范用先生五周年祭

我是1997年认识范先生的，那年他已七十四岁。所以，我了解的是老年范用。七十七岁那年，范先生的老伴去世，最后十年，他真正是以书为伴。我2002年调到三联，起初有一年时间住在方庄，与范先生家只隔一条马路，抬腿就到。我常去他家喝茶聊天，或者到楼下的华储烤鸭店吃饭聊天。主要是谈书。除了书之外，范先生晚年还有一个寄托，就是老三联。2007年以前，三联的老同志每个月的第一个周二聚会一次，有曹健飞、仲秋元、王仿子、许觉民、倪子明、刘大明、李志国、俞筱尧诸位先生，范先生是实际的组织者。每次聚会以后，照例去沪江香满楼吃中饭，都由范用结账。聚会一开始是在三联书店三楼中国版协的茶室，后来四楼装修了三联会议室，就改在那儿。我的办公室也在四楼，差不多每次我都去坐一会儿，帮着倒倒茶，听听他们聊天。聊的都是三联书店。范先生是其中年龄最小的，一般不说话，只是笑嘻嘻地坐在那儿，或者去找三联的同志，办一下书和信的事情。他总是随身带着一个大

范用
（2007年7月31日）

每月第一个周二，老三联们在三联书店四楼聚会。
左起：倪子明、刘大明、仲秋元、曹健飞、范用、李志国。经常参加聚会的还有许觉民、王仿子等

布袋子。这样的聚会，随着范先生身体不适（没力气），无力组织，就停止了。这些老同志之间的感情很深，他们对范用感情更深。我至今记得范先生去世的追思会上，一向坐轮椅的曹健飞先生站着发言和哭泣。其实曹先生比范先生大好几岁。

范先生去世五周年了，这次三联书店出版的三本书，我都参与编辑了，而且为每一本写了一篇文章。我自想，如果把这三本书联系起来看，能够看出范用一些什么特点？首先，这三本书都来源于范用令人佩服的档案保存和整理工作。《爱看书的广告》中的20世纪三四十年代广告样式和文字，是他在半个多世纪里剪贴保存下来的（作家李辉也提供了一些材料）；《叶雨书衣》是他自80年代以来设计的图书封面的大样，整张的，用对开纸粘贴保存的；《存牍辑览》更不用说，大约两千封来信，足有五十多本粘贴本，他还为每本设计了封面，编了目录。时间跨度从1940年代李公朴、戈宝权给他的信，一直到2003年黄裳的信。这些信都保存得极好，连信封也完好无损。范用的这种恒心和细心可以称为奇迹。

那么范先生为啥这么能保存东西，为啥有这样的恒心和细心呢？我认为首先就是因为爱书。他是我所见的最最爱书之人。因为爱书，所以喜欢书的广告；因为爱书，而为书穿衣打扮，业余做设计。他曾说过："我最大的乐趣就是把别人的稿子编成一本很漂亮的书，封面也很漂亮。"因为爱书，所以爱书的作者，爱作者的书信。总之，这一切都源于爱书。那么，爱书的

范用出版的
《为书籍的一生》

本质又是什么呢？其实就是爱文化、爱思想、爱真理。这又联系到一个特殊的方面，就是爱三联。爱文化、爱思想、爱真理是三联的真谛。范用并没有明确总结过什么是三联的编辑传统，但他的文人气、书卷气的确形成了三联传统。董秀玉总结得好："范用留给《读书》，留给三联书店的，正是这种对知识、对文化的尊重，是深切的人文关怀和出版人庄重的使命感。这是三联书店文化精神的根本。"

范用那一辈 20 世纪三四十年代参加三联书店工作的人，三联情结是很深的。他们曾经一起出生入死，许多同志牺牲了。为什么范先生那么热心出版朱枫烈士的事迹？为什么王仿子、曹健飞、仲秋元在修改《三联大事记》时，要下力气查找一些烈士的名字和事迹？都是因为此。他们是真正要继承三联书店传统的，要把三四十年代的三联和八九十年代的三联连接起来。在这方面做着实际工作的，主要是范用，因为 1949 年后，尤其是改革开放以来，这些老同志中只有范用一直在三联书店工作，对这三十年的三联有重大影响。我有一个看法：从三联书店八十多年历史综合来看，前期三联的代表人物是邹韬奋，后期三联的代表人物就是范用。范用在三联书店是承上启下的人物，也是三联书店在新时期兴起的领导者和灵魂。从《存牍辑览》即可看出，打倒“四人帮”以后，老一辈文化人，是如何在范用这里找到他们的第二次文化生命。他们中的许多人本来就与老三联有着亲密的关系，七八十年代出书很不容易之时，是范用热情地、主动地寻找他们、帮助他们。他们在信中表现出的感激和谦卑都是真诚的（包括杨绛为了《干校六记》给范用写的信，而范用为了《干校六记》在香港和内地出版费尽心机）。所以说，范用把老三联和新三联连接起来，也把三四十年代夏衍、叶圣陶、巴金等一大批文化人的事业和他们在新时期的文化事业连接起来，使新三联有了扎实的文化根基，其中，《读书》杂志更是老一辈三联人的共同努力的结晶。陈原、倪子明、史枚等都是三联人，范用在其中起了关键作用。我还有一个看法：没有《读书》杂志，就没有改革开放以后三联书店的崇高地位。范用是 1938 年进入读书生活出版社的，读书生活出版社是在《读书生活》半月刊的基础上建立的。这

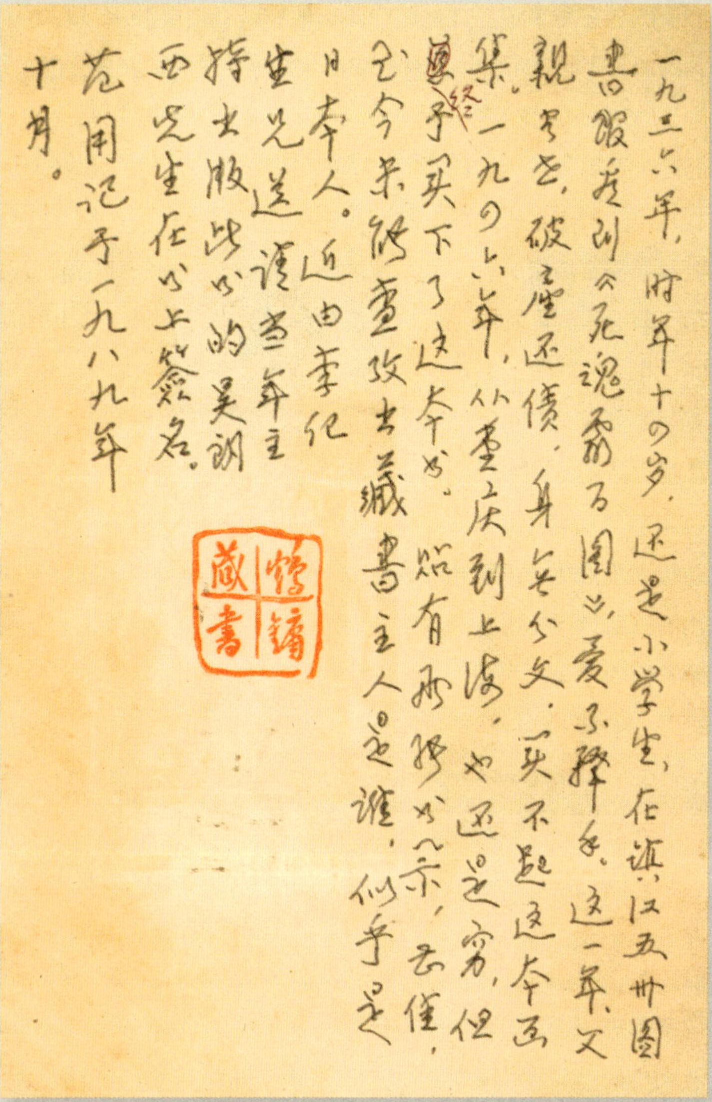

一九三六年，时年十四岁，还是小学生，在镇江五卅图书馆看到《死魂灵百图》，爱不释手。这一年，父亲去世，破屋还债，身无分文，买不起这本画集。一九四六年，从重庆到上海，也还是穷，但终于买下了这本书。书有两颗书的印章，不佳，至今未能查考出藏书主人是谁，似乎是日本人。近由李允经先生送请当年主持出版此书的吴朗西先生在书上签名。

范用记于一九八九年十月。

范用在鲁迅编辑出版的《死魂灵百图》书上的题记

也许是他在干校时就与人合计创办一本《读书》杂志的特别的文化背景。

可以说，范用爱三联胜过爱自己的家，这种爱是不由自主的，全身心的。直到去世，三联书店始终牵扯着他的心。

除了爱书、爱三联之外，能够留存下来这样多与书有关的东西，还有一个原因，就是他独特的性情。他有一种发自内心的真诚，有一种发自内心的，对好的东西、美的东西的爱惜。他虽然爱书，但不是藏书家。与许多爱书人不同，他的爱书没有丝毫的休闲意味，也不是爱书的版本价值，而是因为爱书的内容，而爱与书有关的一切，是真爱。比如作者的签名本，比如鲁迅编印的书，比如一些画片、贺年卡，比如作者题签、手稿（丰子恺写的《读书与出版》、李一氓写的《一氓题跋》、唐弢写的《晦庵书话》等墨迹，杨绛《干校六记》的手稿等）。他脑子里根本没有商业价值的观念。作家池莉写过一篇文章《爱惜究竟什么意思》，就是讲范先生的“爱惜”，收在《书痴范用》那本书里，感兴趣的同仁可以看看。

除了爱书，爱三联，爱惜美好的一切，作为一个出版家，范用先生给我的最大启示是：发现一部好的稿子，就迫不及待地想让更多的人看。我认为这是一个出版工作者最重要的品质，也是衡量当今出版人的最有分量的一把尺子。

《存牍辑览》编后记

范用先生在世时候，交给我一部稿子——他最后编纂的书稿:《存牍辑览》。这部书稿，他约莫编了五年，从 2005 年到去世。

熟悉范先生的人都知道，他平生编书的传奇中，其中一奇，就是保存了两千多封作者的来信——不是一般的保存，而是像档案整理那样，一封封贴在自制十六开的牛皮纸本上；每本封面编号，并在正中贴一邮票（未付邮的），作为装饰；封二写有本册所存通信之人名录，是范先生一笔不苟、秀气的钢笔字；封底也有同样手写的名录，许多人名边上画了红圈或打了红钩，表示其人已经去世。同一人的信尽量贴在一起，同一类作者的信尽量贴在同一本之中。这些牛皮纸本和这些由收信者本人整理过的信件，可谓出版史上辉煌的一页。

《存牍辑览》的内容，全部选编自这些来信。做了一辈子编辑，范先生却用了最笨的办法编纂这部书稿：五年间，他亲笔一封一封抄写选出一百零三位作者的三百七十五封信。信抄在

范用自制的牛皮纸本子，
用来粘贴珍藏的信函

三联书店编稿废弃的校样背面。不知为何，有的信重复抄了一遍、两遍、三遍；这样重复抄的信件，也有数十封，总计所抄不啻二十万字，摞起来半尺高。既是为了发稿，抄写一笔一画，不容潦草；抄写同时，进行编辑加工——对一些旁人不明的词句加以注解；对一些套话或无意义的段落斟酌删节；对一些难认的笔迹做出判断。抄写之前，是选择：选哪些人？哪几封信？范先生在信纸上拟了一份又一份名单，在一份显然是最后的名单后面，仍注有“可能还不止这些人”的字样。你不能不惊叹范先生通信之广，一些陌生的名字，一查，竟是某一文化行当贡献非凡的人物。很难看出范先生选择抄写的标准。贴在牛皮纸本里的两千多封信，本来就是经过选择的（比如，20 世纪 90 年代我给范先生写了几十封信，只选贴了一封）；如果说，侧重文化大家来信，可是其中许多名流未选；如果说，选择是与重要出版物相关，则也有一些关涉范先生经手名作的信件落选……所以，我宁可揣测，与自己感情深笃或趣味相投，是范先生选择和抄写的助力。陈白尘选了十六封，萧乾、楼适夷各选了十二封，三位是范先生亲近敬爱之人；黄裳选了三十九封，唐弢选了三十五封，姜德明选了十五封，三位都是藏书家，是“书痴范用”的书友、“毛边党”同好。

尽管如此，这些入选信件里还是披露了《傅雷家书》的来龙去脉，《读书》杂志的光彩与坎坷，《珠还记幸》题目的来由；保留了《随想录》《懒寻旧梦录》《干校六记》《云梦断忆》《郑超麟回忆录》《一氓题跋》《聂绀弩杂文集》《编辑忆旧》《读书随笔》《语文闲谈》《北京乎》《诸神复活》……一大堆书背后有趣或曲折的故事；另外，还雪泥鸿爪般呈现出通信人对学问和社会的真知灼见，比如叶圣陶先生关于汉字简繁体的意见，就似未见诸书刊。其中也反射出范先生作为文化寻矿者、发现者的执着和赤诚，反射出一个活生生、有血有肉、有情有义的范用。那种人与书的难以割舍，编者与作者之间的相濡以沫，经历过无数磨难的书写者展开在纸上的丝弦一样颤抖的情愫和思绪，让人感动而又感慨。这不仅是一封封信函，分明是一代文化人的心灵史，是劫后中国三十年文化史、出版史一个侧面之缩影。

然而我却从这些抄件中看到了范先生的寂寞，深深的寂寞。

抄写这些信函之时，范先生八十多岁了，七八年间，书苑老友一个一个离世，一次一次的噩耗让重感情的他心酸心伤。我还记得陪他去协和医院看望弥留之际的楼适夷和韦君宜的情景，其时楼先生已不省人事，韦先生虽然认得范先生，却动不了，说不出话来。探视出来，在医院门口，他停下脚步，拄着拐杖，泪如雨下，白发微微颤着、颤着……2000 年 9 月 5 日老伴丁仙宝的去世对他是一个沉重打击，在场者告诉我，范先生跪在地上大哭。愈到晚年，他的肺气肿、哮喘病愈厉害，呼吸粗重频繁，身骨日见虚弱；延续多年的、每月第一个星期二与三联书店老同事的聚会，随着许觉民先生去世、众友老迈而停止了；喜欢吃的东西，吃不下了；喜欢喝点洋酒的习惯放弃了；唯一余下的，就是对书的爱好。抄这些信函，也是对自己经手的书，因书交往的人、发生的事的一种怀恋和思念吧！抑或是对自己为书籍的一生的回顾（牛皮纸本中有李公朴 20 世纪 40 年代写给他的几封信，称他为“大用弟”）。可是我无法想象，在方庄芳古园一区一号楼一单元十楼寂静、整洁的书房里，数年如一日，范先生一笔一画抄写亡友信函的凄苦心境。

说是“范先生在世时候交给我的书稿”，其实范先生直到去世也未编完。最后两年，我每去看他，总问：编好了吗？我们等着出哪！他总回答：快了，等我有空……可依我看，他天天有空，只是躺在床上不起，心情抑郁。这本书的构思，恐怕不止十年；书名“存牍辑览”，早已请苗子先生题写，就放在

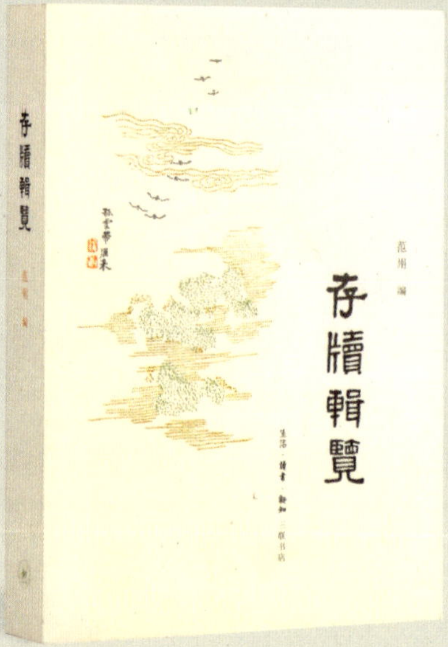

范用生前编就的《存牍辑览》，在他去世五周年出版（三联书店，2015）

范先生卧室的桌子上，和那些抄件在一起；《编者说明》也已写就；他甚至设计好了封面，选定了封面用的画片，用玻璃纸小心地封住……如果说，《叶雨书衣》是范先生最后的个人著作，《存牍辑览》就是他最后的编纂著作，是遗作。

范先生去世后，范里和范又把他们亲爱的父亲的抄稿移交给我。蹊跷的是，那幅苗子先生的题字怎么也找不到了。我通过黄大刚，求年届百岁的苗子先生又写了一幅。过了几个月，范里整理父亲遗物，那幅字又找到了，这样，就有了两幅苗子先生题写的“存牍辑览”。这两幅字，体现着两位文化人至死不渝的友谊。范先生去世半载，我调离三联书店，来到人民美术出版社，忙于社务，一晃五年。断断续续，一直在编这部书稿。信函原稿，已捐上海出版博物馆。捐去之前，三联书店老一辈书籍设计家宁成春先生与朋友一起做了精心翻拍。成春先生在范先生领导下工作多年，感情很深。我与范先生商定，此书由成春先生设计。对照抄件和翻拍件，明显看出范先生编纂的意见和过程，以及他的心路；其中难解的词句，除范先生注释以外，又加注了一些；对偶尔抄错的文字，做了再次判断——如此而已。一处较大的编辑是，为了方便阅读，把一百零三位通信人，约略分入三卷：一卷为敬爱之人（年龄均比范先生大一旬以上），二卷为亲近之人，三卷为喜近之人。并不严格，乃揣摩范先生心意而为之。

呜呼，斯人已逝，英灵不朽。君不见，“天空没有留下鸟的痕迹，但它已然飞过”。

2015 年 8 月　北京双井桥畔

·附:《范用存牍》编者小识·

范用先生是三联书店前辈，他在七十多年出版生涯中，曾保存两千多封编辑通信。他晚年做得最费力气的一件事，就是从这些信里选抄一部分，编为《存牍辑览》。

《存牍辑览》所选，仅占全部范用存牍的六分之一左右。据我所知，这两千多封信跨越几个时代，由于范用的文化品格、编辑成就和所处岗位（三联书店、人民出版社领导），涉及许多重要的作者、出版人和出版物，实是中国出版史的第一手资料，绝无仅有，应当全部付梓。上海新闻出版博物馆作为范用存牍的收藏者，赞同我的意见，欣然参与这一工作。

存牍贴于自制的五十多本牛皮纸本册里，范用生前整理过多次。来信者凡四百余位，包括作者朋友、编辑同行、书店人、媒体人、普通读者，以及三联书店同仁、范用母校穆源小学的学生等；其中有个别信缺页，也有一些写给别人的信（如戴望舒写给陈敬荣），还有与信相关的资料剪辑（报纸、文件）、信封、明信片、贺卡。除将牵涉隐私、简单问候起居的内容作了删减，其他全数收入。

书信不是文章，大多感情直接，行文随性，错字、病句、数字用法混乱时而有之；更多的是，字迹潦草，无法辨认，而且信末签署有日无月，有月无年，一人多信时难定前后。因之，编辑时，参考了范用编辑《存牍辑览》的方法，内容为上，尽量保留原信面貌，数字用法一仍其旧；反复咀嚼内容以分辨（猜测）草字，并厘定次序。一些信件还请相关人士和信主本人帮忙核校，如黄洛峰的女儿黄燕生、郑超麟的孙女郑晓芳、黄苗子郁风的儿子黄大刚以及张昌华、陆灏、顾军等，解决了一些几乎无法解决的问题。三联书店的编辑同仁，孜孜矻矻，细校多核，做了最后的打磨。

2020 年是范用先生去世十周年，出版这部书，也是对他的追念吧！

2020 年 7 月 15 日

《爱看书的广告》重印赘语

《爱看书的广告》要重印，编辑问我，是否写几句话，因为我是初版的责编。我说，不写了，范用先生《编者的话》已说得很充分。时光匆匆，此书初版已经过去十多年了，范先生仙逝也已五年。可是近日整理范先生给我的信，发现他在一封信中曾写：“书编好后，请你写一个序，《编者的话》可改作《编后赘语》。”不知为何，当时我没应命。如今，这已是“遗命”，我有必要写点什么，为范先生，为我自己，也为后来的读者。

其实早在20世纪70年代末，范先生就已编了一本《书籍广告》小册子，只有两个印张，是作为“参考资料”印的，编者署名“三联书店资料室”，每册“酌收工本费0.15元”——这本小册子曾在“文革”后1979年长沙全国出版工作座谈会上分送与会代表。内容为三部分：一、钱伯城的文章《30年代书籍广告》（署名辛雨）；二、生活书店、读书生活出版社、新知书店的书刊广告式样（影印）；三、鲁迅写的书刊广告文字。虽为“参考资料”，但设计印制颇为经心：文字竖排，书页右

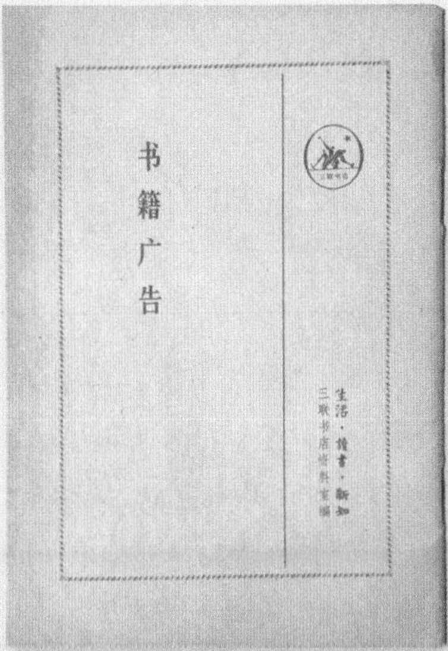

范用1979年自编并设计的内部资料《书籍广告》

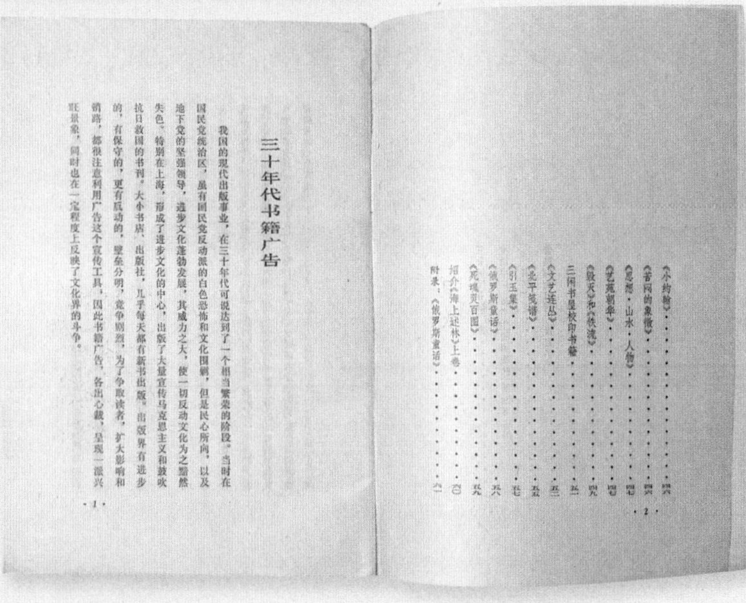

《书籍广告》内页

翻；版面疏朗，每页仅排十二行；目录五号仿宋，正文五号宋，题目扁宋；封面用 120 克胶版纸专色印；内文 70 克胶版纸——毫无疑问，这一切都是范先生手笔，目录页虚线所用独一无二的“范用点”即可证明。由于并非正式出版物，范先生在设计时大概过了一把 1930 年代书籍风格的瘾。不过，小册子的内容都是那个年代的，这样设计也不过分。

二十五年后，范先生又编了这本《爱看书的广告》，三联书店正式出版。内容仍由三部分构成，只是每一部分都大大扩展了：“广告文字”除鲁迅外，又汇集了叶圣陶、巴金、施蛰存、胡风等十多位名家所写，以及 20 世纪三四十年代文化生活出版社、北新书局、新月书店、良友图书公司等的广告文字，共计三百例，这些广告文字，堪比微型文学作品，许多是短小的书评，传达出撰写者的感悟；“广告式样”五十多幅，每幅刊登书籍广告三四种、十数种不等，设计美观实用而富变化；“广告

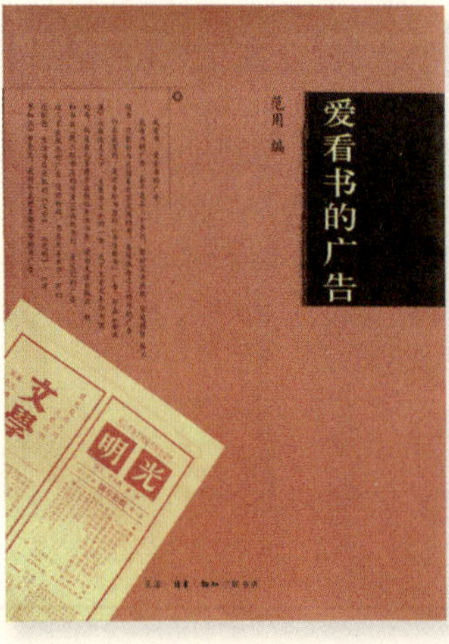

《爱看书的广告》初版
（三联书店，2004）

谈”收入李一氓、赵家璧、叶至善、姜德明、李辉等共计十六篇文章，介绍中国现代书籍广告的史实掌故，论述书籍广告的要点和意义。以上三部分内容互为映衬，形成立体效果，既饶有文化趣味，又不乏实际指导作用。

正如范先生所说，爱书人，都爱看书的广告。而出版人，为自己编辑和出版的书写广告，也有莫大乐趣。范先生小时候就喜欢看报刊上的图书广告，1938 年进入读书生活出版社，就学着自己编写设计广告，后来出版社的广告就让他包办了。一干十来年。1948 年生活书店、读书生活出版社、新知书店合并为“三联书店”，解放后三联书店并入人民出版社，范先生到人民出版社任职。此后“运动”不断，虽然书仍在出，但在计划经济模式里，书的广告越来越不被重视。直到 1979 年，《读书》杂志创办，底封和封三有两面广告，他又有了设计广告的机会。凡《读书》的读者，都不会放过这两页设计新颖悦目、文字简约实在的图书广告。这些广告与正刊融为一体，成了《读书》特色的一部分。他曾满意地给我看某期《读书》杂志封底广告，三十二开大小地方，预告七本三联新书，每本所写文字，恰好填满一个方框。如其中的《西谛书话》(郑振铎著)：

辑自遗著，凡二八〇篇，近四十万言。内容广泛，涉及唐代至清代古籍：珍本、刻本和抄本，包括小说话本、杂剧、诗词、杂记、版画。附有书影多幅。(排印中)

连标点在内仅七十个字空。其他几本,《译余偶拾》《傅译传记五种》《红楼梦人物论》等,上下之差不过一二字空。为了美观,煞费苦心,“削足适履”,却又自然流畅,堪称高手。

范先生自称,他不过是学习前辈如鲁迅、叶圣陶、赵家璧等做广告的优良传统罢了。五六十年间,出于爱好,他剪贴收藏了许多报刊上的图书广告,书友们知道他的癖好,也帮他搜集,最终编成了这本书。还记得那些大小形状不一的纸片交给我不满一个月,他已经几次打电话问我书出了没有。范先生做了一辈子出版,明知出书进度,不可能这么快。他只是心急,像孩子一样,心急得不讲道理。每次接到他这样的电话,我都忍不住笑,但又感动,因为我们爱书人、爱出版的,都是这样啊,都恨不得稿件一经编完,明天就看到成书!还记得给他送样书时,他的表情,用一个俗气的词儿,就是“喜上眉梢”。他不要稿费,要很多样书,寄给他的朋友们——那几天他真是忙得很……

范先生在《编者的话》中说:“用短短的百来字介绍一本书,是很要用心的。出版社的编辑应当学会写广告文字,这是编辑的基本功之一。广告文字要简练,实事求是,不吹嘘,不讲空话废话。”也许有人不解,广告广告,不吹嘘还叫广告吗?“某某牌雪花膏,让君永葆青春”,消费者听了,并不大惊小怪,反觉理所当然。为什么图书广告却不能吹嘘,不能讲空话废话呢?若不这样,怎么“广告”呢?范先生没细说,但从书中所收的广告文字范例可以看出,“突出图书的原创性、唯一性,突出图书的特点”，是撰写图书广告的要义所在。无须吹嘘，即可吸引读者。比如叶圣陶为《冰心著作集》所写：

作者以诗人的眼光观看一切，又用诗的技巧驱遣文字。她的作品，无论诗、小说，还是散文，广义地说都是诗。二十多年以来，她一直拥有众多的读者。文评家论述我国现代文学，谁也得对她特加注意，做着详尽的叙说，这原是她应得的荣誉。现在她把历年的作品整理一过，定个总名叫做《冰心著作集》，交由本店（开明书店——编者注）分册印行。

“诗人的眼光观看一切”“诗的技巧驱遣文字”，这是冰心独有的艺术特色；作者自己“把历年的作品整理一过”，包含了诗、小说、散文，也属少见。短短一百四十来个字，凸现了《冰心著作集》特别值得关注的、和别的图书不一样的地方，又毫无夸张之语，令读者一目了然，心存信任和喜欢。

我曾为孙犁《书衣文录》写过一则广告，刊登在《文汇读书周报》上，引起范先生注意：

这是一本奇特的书，是书话，是题跋，又是日记、随感，甚至可看做文字极简的历史记录，从中可略窥那个非常年代最真实的情状和氛围。其写作方式，是整理旧书，包书皮后，将所见所闻、所思所感随手题写在书皮之上（当然是用毛笔），作者谓之为“书衣文”；其主要内容，写于1974年至1976年“文革”期间。80年代后，又陆续为之，心绪不同，着意之处亦不同矣。

1980年代初，范先生主持出版过许多书话，如陈原的《书林漫步》、黄裳的《榆下说书》、唐弢的《晦庵书话》等，孙犁的《书林秋草》也在其间，书中就收有部分“书衣文”，所以他会关注《书衣文录》的出版。看到广告后，他写信向我讨一本，顺便称赞了这则广告，同时认为：“现在发展市场经济，出版社又开始重视图书广告了，但好的图书广告太少，有向前辈学习的必要。”我是服膺范先生观点的，深受他的影响。我曾对书籍广告做过一点调查。现时的书籍广告有多种形式，常见的有说明型、内容梗概型和评论型，大多发表在报纸上、网络上，也有在书的封面封底和腰封上印的宣传语。为了有说服力，我特意搜集一家名牌出版社和一家大报发表的书籍广告，如《中国文人的活法》（节录）：

《中国文人的活法》是著名作家李国文最新结集出版的随笔集……所写的虽多为文人，却也是国人的一面镜子。本书凝聚着这位阅历丰富的老作家对人生的洞悉和感悟，见解精辟深刻，笔锋犀利传神，风格独特，既渊博厚重，又很有文学欣赏价值。

如《士气文心：苏轼文化人格与文艺思想》（节录）：

……本书材料详实，分析透辟，论证严密，结论稳妥，具有较高的学术价值。

再如《20世纪文学的东西方之旅》（封底宣传文字）：

本书内容丰富，观点鲜明，见解独到，对于经济全球化时代的中国文学如何对世界文学做出更大贡献，具有现实和理论的意义。

这几则广告中的评价之语（见解精辟深刻；风格独特；分析透辟；论证严密；内容丰富；见解独到……），空洞无物，夸大其词，没有给读者有用的信息，用在任何一本同类书上都可以。这正是范先生所反对的。何况，书名明明是《中国文人的活法》，怎么又说“所写的虽多为文人”，难道其中还有不是文人的吗？那么书名就值得商榷了。

以上所举之例，不过九牛一毛，同类者几乎比比皆是。时间虽然已经过去十年有余，但情况并无多大好转，由此可证范先生编选《爱看书的广告》针对性之强，意义之深。虽然他的动机原本也许只是出于一个爱书者爱看书的广告而已。书中选登的广告样式，十之八九是三联书店前辈早年所为，堪称本店优良传统，其实也是中国现当代出版的优良传统。我想，作为后来者，继承出版传统，从阅读这本书开始，也不失为一条路。

2015年8月22日

《老照片》二十年

参加《老照片》二十年展览和研讨会，我一直有些恍惚：二十年了。真的二十年了吗？邀请函上写的我的身份，一是《老照片》创办人，二是人民美术出版社社长。其实，创办人，也只是创办人而已，这二十年来基本都是冯克力在做这本丛刊——似乎现在称之为MOOK或“杂志书”才比较准确。那时我们用书号出版，怕因以书代刊而被禁止，只好叫丛刊，不敢用某某期的名义，只能用某某辑排序。好在当时的分管领导很有文化情怀，与我相熟，其实以他的精明，当然一眼看出我们的心计，却睁一眼闭一眼。结果这一睁一闭之间，二十年就过去了，一百一十三辑了。克力先是白了头发，然后是没了头发，它们都融进了岁月，融进了《老照片》。按我们一开始的约定，二十年是一个取舍稿件的界限，不满二十年，就不算老照片。这样约定，并无根据，只是觉得，二十年就是一代人了，二十年前上一代人，那还不老？如果按此约定，前三辑《老照片》本身已经是老照片了。1997年5月7日，我们在三联韬奋书店举办“老照片与《老照片》”出版座谈会，参加者有刘方炜、李辉、王学泰、雷颐等。现在看，这个题目如果用在今天这个研讨会上，也挺合适。

1993 年 4 月，国家新闻出版总署批准成立山东画报出版社，我从唐代褚遂良的法帖里，集了“山东画报出版社”这七个字，由美术编辑王玉平修整了一番，一直用到现在。我曾经定过一个严格规定：在任何时候出现“山东画报出版社”这几个字，都必须用褚遂良体，不准用印刷体。如同出版社的 LOGO, 人们很容易记住这几个书法字。那年 5 月 13 日，新成立的出版社负责人到北京培训，会余我到牡丹宾馆见老朋友刘亚伟，他得知我下一步的工作，说他们正在构思一个选题，就是用照片表现一百年来的中国。你们既然是摄影出版社，那很合适。两个月后，我专程赴京，见到中央党校文史部语文教研室主任李书磊和刘亚伟的弟弟、作家刘方炜，正式商量《图片中国百年史》编辑出版事宜。这部书的编辑就由中央党校文史部的老师组成，后来又加入党史部的朱乔森（朱自清的儿子）、刘德喜，以及毕业于南京大学的中国第一位民国史的博士李继峰。这样，从 1993 年 5 月动议，到 1995 年 4 月付印，前后整整两年，一部两千七百余幅照片、十多万字、大八开上下两册、重十八斤的大书出版了。这部书很快得了全国大奖，在很长一段时间里，成为各种媒体的必备书，或用来翻拍资料，或直接剪下来用。为这部大书，我们总计花费二十多万元，通过各种渠道买了六千余幅照片，但实际使用不到二分之一。下面的故事大家都知道了:《老照片》就是在这些剩余照片里诞生的。1995 年 10 月，我在年度选题研讨会上提出这个设想，一开始我想的名称是《照片与往事》，但总觉得不像个连续出版物的名字，可是苦思冥想不得其果，后来有一天凌晨 4 点，梦中忽然开窍：就叫老照片！第二天跟大家一说，都说好。所以我说《图片中国百年史》是《老照片》最初的源头。

《老照片》的另一个源头，或说参照，是三联书店的《读书》杂志。那时《读书》如日中天，我和克力都是它的拥趸。我在构思《老照片》时，无论是内容设置，还是印张开本定价，甚至内文版式设计，都以《读书》为蓝本。比如那时《读书》有一个专栏叫作《抒臆集》，内容是随便发表感想和畅想，于是我就设了一个栏目叫作《凝望集》，凝望照片产生联想、感想和畅想;《读书》有一个与读者交流的栏目，叫作《说〈读书〉》，其实就是读者谈论前一期刊出的文章，我就设了一个《再品斋》。大三十二开，一百二十八页四个印张。这一切都像极了《读书》。《老照片》在北京开座谈会时,《读书》老主编沈昌文先生就看出了门道，他说，你这是老照片版的《读书》。其实，与《读书》最重要的重合，是读者受众的重合。可以说，《老照片》编辑中，我们心目中的读者，就是《读书》的读者，所以，甫一出版，就有一大批读者在那儿等着呢。从某种程度上说，我们借了《读书》的势。

所以，《老照片》的成功，有几个关键点：一是借助老照片这种特殊媒介，观照历史，客观审视历史，力图挖掘历史本来面目——这一点我们在编辑《图片中国百年史》的时候就已经尝试过了，但还远远不够；二是世纪末普遍的怀旧心理，也就是我在书末感言里说的，怀旧是一种美好的情感；三是这份读物的新意，我们的定位是“图文并茂，高品位的通俗读物”，此前还没有这样的读物；四是借《读书》之势。当然，编辑的认真和创造性也很重要。我当时提出的办社方针就是“一本书主义”——把每一本书都当作唯一的书，倾尽全力去做。

回想起来，如果说我这个创办人有什么功劳的话，就是选对了冯克力这个人。山东画报出版社成立时，我动员他从画报杂志社那边过来，一开始他担任第一编辑室主任，刘瑞琳刚进出版社时，就在他那个编辑室当编辑。有了《老照片》的打算，我请他来主事，他很犹豫，因为总体上他是一个比较懒散、不求名利的人。但我了解他，他在《山东画报》杂志已经工作了十多年，经验丰富，而且当年我们一起对画报的内容和形式进行改造时，他的摄影选题总有独到之处。再一个，他是个读书人，尤其喜欢文史和政治。最后怎么说动他的，我想不起来了。《老照片》编辑室成立于1996年春天，我答应克力，无论是出版进度还是经济效益，都不给他压力，而且我和社里其他人会

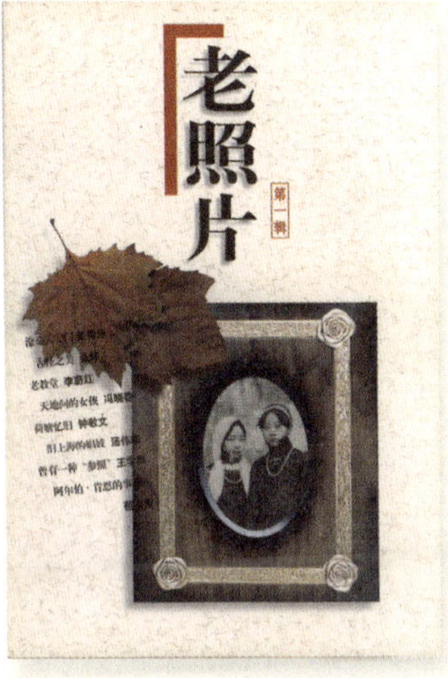

《老照片》创刊号（山东画报出版社，1996）

全力支持。1996 年 12 月出版了第一辑，薄薄一本，只有半厘米厚。我没想到，就是这本小册子，引发了图文书的出版热潮，推动了读图时代的到来。

《老照片》在 20 世纪 90 年代中期异军突起，还有一个技术问题一直被忽视了。是一个印刷问题。在《老照片》出现之前，凡是印照片，都是用铜版纸，可是文字量大的图书，用铜版纸太重也太贵，所以如果要加图片，只好与文字分开（一般把图片放在全书之前）。那时山东画报为了降低成本，希望黑白版面能用一般的胶版纸，可是试验多次，胶印黑白照片效果不好。

山东人民印刷厂一直配合我们做试验。随着技术的进步和制版师傅的钻研，用胶版纸印黑白照片的问题基本解决了，这样就可以用同样的胶版纸图文混排了。《老照片》从一开始就是图文合一，图文互照，方便阅读，每册价格只有 6.5 元。当时出现的大量跟风图书，之所以渐次销声匿迹，在印制质量上与《老照片》无法抗衡也是一个原因。这一点我们坚持得很好，直到今天还是这样。

2017 年 8 月 20 日　深圳

扬之水的《棔柿楼集》

记得是2003年3月的一天，我调到三联书店工作还不满三个月，就请《读书》的编辑吴彬约扬之水谈稿件事。那时我策划“细节阅读丛书”，希望通过放大事物的局部，讲出背后的道理，引导作者和读者的趣味，躲过学界的浮躁。我列了几个假设的名目:《两座基督教堂》《十二把明代椅子》《二十位人性的见证者》……扬之水所做古代名物考证，也是从细微处入手，甚合此意。不久，三联书店为这套丛书组织了一次讨论会，与会者有楼庆西、杨泓、尹吉男、鲍昆、孟晖、张琳等，扬之水也参加了。

那时称呼扬之水的本名赵丽雅，后来知道她还有一个名字是赵永晖。年龄相近的人都知道，“丽雅”这个名字来自苏联小说《古丽雅的道路》。“扬之水”来自《诗经》，“赵永晖”有什么典故就不清楚了。

“细节阅读丛书”的第一本是孟晖的《花间十六声》，以散文笔法考证了《花间集》中涉及的十六种古代贵族妇女的用物，很受读者欢迎，至今还在重印。丛书陆续出版了多种，但没有扬之水的，因为她的稿子很抢手，不必放在一套丛书里，比如她的《桑奇三塔》是应我之约给三联书店的，作为单本书出版了。也许就此结下了缘分。

2011 年 4 月，我调人民美术出版社工作，不久就与扬之水谈，想把她二十几年来关于名物的书稿出一套合集，一套最好的版本。转眼一年过去，这期间她陆续出版了三卷本《〈读书〉十年》，然后腾出时间整理其他书稿。2012 年 5 月 23 日，我到她家初步谈定《棔柿楼合集》十三卷。她列了一个目录，包括《诗经名物新证》《唐宋家具寻微》《宋代花瓶》《两宋茶事》《物中看画》《藏身于物的风俗故事》等。我很兴奋，当天就与宁成春老师通了电话，请他做设计师。这套书很适合他设计，很需要他设计。出于一贯对我的支持，宁老师一口答应。告诉扬之水，她也很满意。

所谓"棔柿楼"，是因为扬之水家的院子里有一棵柿子树、一棵合欢树，合欢树又名棔树。扬之水 1991 年出版《棔柿楼读书记》时求启功先生题写书名，启先生一并题了"棔柿楼"三个大字横匾，这三个字正好可以用在丛书名上。商谈多次，最后定下出版十二卷，前十卷都有现成稿子（以扬之水做学问的严谨，还需要逐篇修改，另外找高画质的图片也非易事）；十一、十二卷《中国古代金银首饰》《中国古代金银器》她还要下功夫从头写过，不过放在最后出也不耽误。这年 8 月 30 日，香港中和出版社的总经理陈翠玲（原香港三联书店总编辑）和编辑部主任吕爱军在我办公室，与扬之水商定，人美版出版的同时，由他们出版繁体字版。12 月 5 日三方签订了出版合同。责任编辑由王铁英担当，她是北京大学林梅村教授的研究生，来人美社多年了。

一套皇皇大著的出版就这样开始了。出书顺序并非按卷次排列，而是哪卷完工就先出哪卷。最早出版的是第三卷《香识》和第四卷《宋代花瓶》。《香识》谈的是古人焚香、熏香故事，篇目有《莲花香炉和宝子》《香合（盒）》《两宋香炉源流》《宋人的沉香》等七篇，文章不过十万字，图片却有二三百幅，索引足足二十页。作者认为："中土香事原有着久远的传统，一是礼制中的祭祀之用，二是日常生活中的焚香。魏晋南北朝时期随佛教东传的香事之种种，不过是融入本土固有的习俗，而非创立新制。至于两宋香事的兴盛发达，却是与高坐具的成熟密切相关。其时士人的焚香，原是实实在在的日常生活，后世看得是风雅，而在当日，竟可以说风雅处处是平常。"

《宋代花瓶》也由七篇文章组成，内容稍微开放些，除了谈花瓶，还谈到与花瓶相关相近的《笔筒、诗筒与香筒》《宋人居室的冬和夏》《名刺、拜帖与拜匣》等。

此后的数编，大致是这两种体例，或者专门一些，或者敞开一些；图片多，注释繁，索引长。纵观这套书，最大的特点是见微知著，从细节出发，考证和阐释古人的生活方式和文化追求，得出前人未曾涉及的结论。扬之水特别喜欢“寻微”这两个字，几次用到，大概因为它比较恰当地描绘出她做学问的方法和方向。她的“寻”，表面看比较随意，以能够吸引她的兴趣为前提，实际上正像她自己说的，谨记老师的教诲，“把琐细的考证结系到历史发展的主线”，在写文章之时，“背后也几乎都有一个大题目的预设”，而另一方面，正因为她对所选择的课题有兴趣，所以能够耐住性子，一点一滴考证和梳理，并时有意外的发现（比如她从今人所谓“狞厉”的造型与纹饰中发现温暖、温柔的东西），这是她坚持自己的研究的底气。

这套书表面看有点“杂”，有文学（《诗经名物新证》），有艺术（《物中看画》），有生活（《两宋茶事》），有宗教（《桑奇三塔》），但杂而不乱，似杂而统，说到底都是通过名物考证还原古人的生活。她说，“一个时代的风气，多半是嵌在日常生活的细节里”。她的研究不是古玩欣赏，不是文物鉴定，而是从错错落落的精致中，收拾一个两个迹近真实的生活场景，拼接一两页残损掉的历史画面。正是这个“杂”，撑起了扬之水的学术房厦。从扬之水身上，我清楚地看到王世襄先生从“冷门”课题进入研究领域的传统，而她比王世襄做得更专，更深入。

因为研究对象比较“冷”，比较“杂”，在论证过程中就比较“险”，为此她特别重视流传至今或新旧出土的视觉资料的作用，这些古画、古物是她研究的前提之一。有时候为了一幅图专程旅行数千公里，去博物馆，去考古现场，而这一幅图有时就决定一个课题的成败。除了依据视觉资料进行考证，她还频繁使用多重考证法，从古文、古诗、乡谚、俚语等中寻找蛛丝马迹。这些考证本身也是饶有兴味的。她考证《孩儿诗》和《百子图》时发现，“中国古典文学中，却是最少表现这一类情感的作品”，“偌大一个古典文学王国，‘童趣’竟是稀有之物。一个成熟的文明，却没有为童心和用童心创作出来的童话留出足够的空间”。于是她的考证就有了空谷足音的意义。

学者罗世平认为，扬之水的名物研究，是“具体而微的近距离观察，接近微观的史学方法”，“做好这件事，必定要在文献和图像上同时用力，这一点，既是名物学的传统，又表现出现代学术的性格……除了方法，作者呈现的是鉴识名物的立场，或称之为‘名物观’”。扬之水的研究的确既有独自摸索出来的方法，也有鲜明的个人立场，从来不随大流。

有意思的是，扬之水的读者群大大越出了名物之辩的专业范围，得到一般文化人的喜爱——除了有趣的题目，还与她的文笔好有很大关系。她的考据文章其实都是雅致的散文，比如《宋代花瓶》的开篇：

瓶花的出现，早在魏晋南北朝，不过那时候多是同佛教艺术联系在一起。鲜花插瓶真正兴盛发达起来是在宋代。与此前相比，它的一大特点是日常化和大众化。其间的区别又不仅在于规模和范围的不同，且更在于气象和趣味的不同。影响欣赏趋向的有一个很重要的物质因素，便是家具的变化，亦即居室陈设的以凭几和坐席为中心而转变为以桌椅为中心。高坐具的发展和走向成熟，精致的雅趣因此有了安顿处。瓶花史与家具史适逢其时的碰合，使鲜花插瓶顺应后者的需要而成为室内陈设的一部分，并与同时发达起来的文房清玩共同构建起居室布置的新格局……

文字明白晓畅、干净平实，而又有书卷气。

设计版面时，为了不打断文字的“气”，同时顾及图、文和注释的同页对应，我建议用一种特殊的格式：每页文字排在订口一侧固定位置，占三分之二空间，上方三分之一位置留给图片，横向接近切口的三分之一位置留给注释，如此，打开书页一路翻阅下去，则书页上部成为图片的展览带，下部则是完整成块的文字；如果有的图片需要放大，或者图片太多，需要更多空间，则宁愿整页上下全部印图片，文字版块直接跳到下一页，读起来还是连贯的。

为了这套书的设计，宁成春老师找了一幅有树的古画，经过勾勒修改，作为图案，以粗纹纸压凹放在每本的封面；书脊包深灰色布，烫金“棔柿楼集”字样。有人评价这一设计有宋人雅韵。正文的图片经过设计助理鲁明静逐幅加工，在扬之水的亲自参与下，色和形尽量接近原物原貌，精美清晰，以能够

《宋代花瓶》
（人民美术出版社，2015）

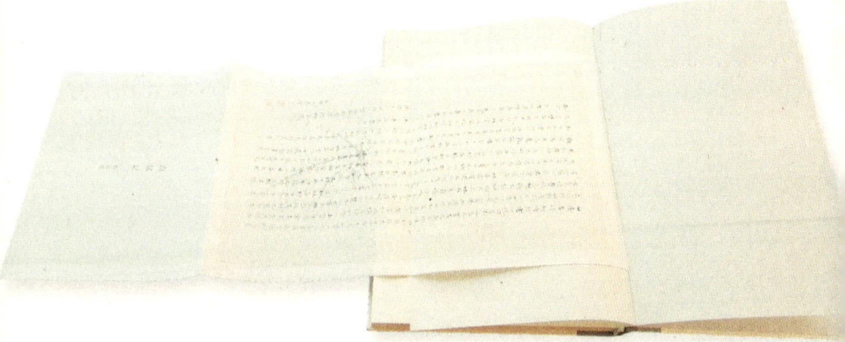

《宋代花瓶》内页

说明考证内容为是……

在版权页上，我的身份是“选题策划”。出版专业的概念里，策划是一个高大上的词，要对一部书稿进行全面的策动和谋划。可是我只是提出在人美社为扬之水出一套最好的版本，至于篇目选择和具体内容的安排，都是扬之水亲力亲为，所以能做到周到熨帖，尽善尽美。在每本书后面加一件赠送读者的纪念品，也是扬之水提出来的。她认为集子中的许多文章是发表过的，有的整本书也出版过，完全一样，对不起读者。所以，除了每本书都有增删修改之外，再加上一件小礼品，多是扬之水用毛笔书写的古文、古诗的手卷的仿真品，精雅的小楷，也符合这种珍藏版图书的性质。

2014 年春节后刚上班，工厂送来《香识》《宋代花瓶》样书，看上去如工艺品般，真令人爱不释手啊！以后各卷自是以此为标，本本用心。其中《唐宋家具寻微》一卷还获得中国图书评论和中央电视台中国好书奖。《棔柿楼集》（十卷本，最后两卷惜未完成）堪称我出版生涯中做得最精美的套书，也是最好看的书。

2022 年 3 月 12 日　北京十里堡

《七札》：编了十五年的书

《七札》终于出书了。这么一本小书，写了二十多年，编了十五年，做了二十个月。一个做出版的，一辈子不一定能碰上一本做十多年的书。所以，这本书对作者冷冰川重要，对作为编辑的我也很重要。

冷冰川早年是画画的，也是写诗的。那时候不会写诗的画家不多，就像我们古代的画家，其实都是文人，如王维、苏轼，所以又叫文人画。可惜这个传统现在丢失了。这本书的第二札《那些在荷兰将死的日子》，很能看出冷冰川是一个什么样的诗人。他的诗有种独特的美，也可称为凄美，比如："鸟声瘦成的一条小径里，春天长长落日脚的齿痕，咬过小操场后边的无名草花，至今不知道它的名字"。再如："夏夜慵懒的虫鸣贴着白云"。他说过："深谙诗，才能深究其它。"

十五年前的一次见面，我跟冷冰川说，你的文字很好，你应当写作。如果你多写一些，我给你编一本纯文字的书。他毫不犹豫就答应了。为什么这么肯定，就是因为我从他的文字中，

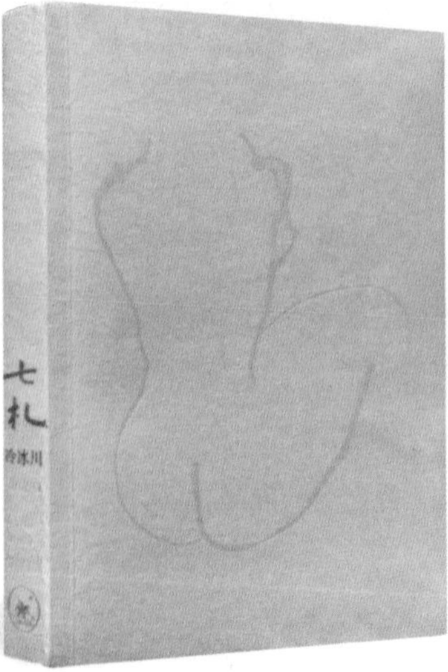

编了十五年的书：冷冰川著《七札》（三联书店，2019）

感受到浓郁而又和别人不一样的诗意。为什么这么痛快答应，很可能冷冰川心里仍有一个文学梦。

我和三联书店有缘。1993 年成立山东画报出版社时，就是照着三联去做的，想方设法与三联人交朋友。所以，冷冰川的《闲花房》一出版，我就拿到了，非常喜欢（我本来就爱版画），复印放大了许多幅镶在镜框里挂起来，还送给一些作家朋友。2002 年我到三联书店工作，见到冷冰川，立刻成为好友，并且与祝勇和洁尘合作，以他的刻墨为由头出了两本书（做出版有个最大的乐趣，就是喜欢谁的书，就能亲自做一本这个谁的书，做得符合自己心意）。其中祝勇撰文那本《最后的罂粟》的跋文，是冷冰川写的，其中有这样的文字：

几年前，当我和祝勇在某个无不良印记的春夜聊到这本“情色”读本的时候，我就猜到祝勇无论怎样用他的力量，都写不到那个流水落花的地方。果然，祝勇只写到他的矜持就“不爱真理”了……

我的作品细节结实、繁复，含有轻微的催情成分——但它的抚慰是真诚的，只使人迷醉，没有毒素。其实我与画中的人儿都没有什么享乐，“我”和“她”只是展示一种对自由的个人化的造型，一种素朴的性命的滋味；一切不过是“人”性情中的即兴之作。但它的妙处，在于这种不着边际的对自由和情色的心花顿发的机锋唱答……

像深深地在我们心里埋下的诗句。埋下了，就是栽种的意思。

这样发自内心的诗性，而且不乏小小的幽默，其驾驭文字的能力是一目了然的。我几次在参加冷冰川画册发布会时鼓吹冰川有文字才能，可是没人当回事。大家关心的只是他的画。他的文字一直是他的画的陪衬。为了更正这一点，这本《七札》里原本没有画。现在每札前面的简笔画，是设计师强烈要求，冷冰川专门为这本书画的。

说到文字，冷冰川喜欢用一些特别的字词。编辑过程中，与校对和质检部门打了招呼，请他们别按所谓文字规范改动那些看上去生涩的语句。比如“不着边际的对自由和情色的心花顿发的机锋唱答”。比如写张仃先生那篇《山里的冬日》：“渐渐地两人靠近着悠曼着说着过去”——“悠曼着”；在荷兰“通夜的听雪松的鲠直风景”——“通夜”“鲠直风景”；“平安的心忽然乱将，总在幸福的时候感到特别悲伤”——“乱将”；创作的“初构乱思时，我百无禁忌，只凭天真”——“初构乱思”……书中有很多生僻的词：“罄吐”“寻叫”“醒亮”“忧乱”“蚀朽”……这些词在电脑上打字不会自动跳出连接来，因为电脑的语词库里没有。有时并非语词生僻，而是用法生涩：“我常故意在相当关键的地方儿戏一下，特别是对待古典传统时，故意突兀、便宜一下”中的“便宜”；“我也曾成熟过，深沉又美丽，但从来没有及时过”中的“及时”；“每天在工作室劳作，收工后连个说话的气力、另念也没有”中的“另念”；“喜欢你尘埃里开出的欢喜（一万里长空，二万里山河，三万里你和我）”；“古琴深美的瑕疵，声音的固执”——“声音的固执”，这个词句写得真好！最可贵的是，他不是故意要这么写，而是他的本性如此，不这样写，就无法表达他的心意，就写不下去，拿不出手。现在有些作家，善玩文字技巧，也漂亮，也别致，但并非出于本心，不是出于真诚。冷冰川绝不属于这一种。这中间的差别是很大的。他曾明确说：“我一直想象文无定体、画无定法、不拘一格的好。”他的文字和他的画，都是一样的“别扭”，像是别着一股劲儿，让人不能一目了然，非要停下来想一想、咂摸咂摸才行。我觉得，他的文字比他的画还要涩，还要愣。

画家或会画画的作家的文字也是《七札》的一个特点。画家在写文字时心里有形象，所以自然而然地含有诗意和画意，尤其讲求细微处的精准、整体上的别致。我的阅读经验，跨行艺术家作品往往有异趣，如徐渭、舍甫琴科、齐白石、竹久梦二、丰子恺、汪曾祺。

编了十五年的书是怎么编出来的？其实这只能算是一个噱头。一开始是，听了我的建议之后，冷冰川把他 2003 年前写的文字都发给我，我看后觉得好，只是字数太少，编不成一本书，请他再写。他很认真，经常是在语言不通的巴塞罗那的家里，做饭和画画之余，一边读书一边思考一边记下点点滴滴，然后发给我。我在电脑上建了一个“冷冰川文字”文件夹，起初把稍长一点的和短句分开存，时间久了，就按年存起来。每次接到新稿，把文字粗粗整理一遍。经常有重复的，有的只有一两个字不同，我就选一个，删去一个（选得对否，冰川并不知道）。那时他还不会电脑，不会发手机短信，都是他太太根据手稿打字发给我。其间有些文字在他的画册上有用，也是从我这儿拷给他的。准确地说，我十多年来做的不是编辑，而是秘书……怎么也想不到这事儿足足做了十五年！

这不仅是我出版生涯中编得时间最长的一本书，也是最难编的一本书。作者高度信任，而且不厌其烦配合，但除了七八篇稍长的文字外，都是短句，多达几千条。他想起来就写，我按年存放，内容和性质毫无头绪。总不能一股脑选出一些“金句”就印出来吧。一本书总需要一个结构，一种节奏，不然读者没法接受，出版社这关也过不了。我的办法是打开一年一年的文件夹，一条条过；先按内容分几个筐，大致属于哪个筐的就扔进哪个筐。分几筐开始也没谱，最后理出七筐，就是现在的七札。前三札是冰川的夫子自道，纯主观；后三札是以比较客观的口气谈艺术和创作（其实也很主观）；中间一札则是格言——每段只有一句；每一札又根据同一主题不同方向分为几章，每章收入若干条，每条编号。总之，我认为每一条都重要，都有单独存在的必要，所以要给它们安个名号。为何叫“七札”，是因为在捋的过程中，把一句一句、一页一页短句像扎辫子似的，用不同颜色的头绳扎起来；又像收割后的麦子秸，一札一札捆起来立在田野上。不过，当我在一个盛夏的黄昏，劳作初成，往细里打理那一札札文句时，竟忽发奇想，写下了下面的文字：

这里的七札二十二章八百八十五节短句和短文，外加七札之外的几篇文章，是冷冰川二十多年间陆续笔记下来的。它是什么？一部文艺论？一通宣言？一本散文诗？或是一束格言？

难以结论。我宁可把它看作闪电——频繁的、炫目的、形状万变的闪电。

…………

自然界的闪电，我们见得多了；人类精神的闪电，在漫长的文明史中也频频发生。但在当今这个非精神主导的时代，一位艺术家高频率聚集、紧张、刺激、闪光，循环往复，竟不能止，是否算得上一种奇迹？

不是每一次闪电都能造就倾盆大雨，也不必在意。稍纵即逝的闪电，哪怕万分微弱，也曾划破了一点黑暗。这就够了。何况这里聚集了八百八十五次闪电呢？

《七札》就是这么出来的。知道了这一点，也就知道了这本书的读法——随便翻开哪一页读下去就行。七札其实就是一札，其精神实质是完全一致的。我认为这是冷冰川十分宝贵的一面——纯粹、素朴的创作态度、艺术思想几十年一以贯之，在如此混乱动荡的艺术环境里，没有被腐蚀，没有取巧，也没有投降和软弱。《七札》可以看作面对艺术界多年乱象的“固执的声音”，是重述被遗忘的艺术观的鲜明之作，是一本“及时”的或亡羊补牢的书（虽然他认为自己从来没有“及时”过）。这本书的关键词可以列出一个军团的阵容：

素朴、天真、真诚、本色、痴心、意外、陌生、即兴、不成熟、不完美、偏执、差异、谬误、简纯、残骸……

就从这些关键词入手来思考冷冰川，思考当下的艺术界吧！尤其是思考这些语词背后的东西。冷冰川不是说过吗：深刻的体验都拙于言辞；不论何时，真正想说出的东西总是无法用言语表达。

2019年10月末

“故宫三书”的故事

我第一次到故宫，是十三岁那年，除了大，对故宫没留下多少印象。后来又去过几次，也是走马观花。真正开始了解故宫，还是读了香港商务印书馆出版的“故宫三书”以后。

最先读到的是《国宝》。那是 20 世纪 80 年代，我在画报社工作，天天与图片打交道，也编辑过画册。第一次见到《国宝》，既为它的精美、格调所震撼，更为它的通俗、好看而喜欢。名为画册，文字并不少。100 件国宝，每件、每图都有详尽的说明和故事，统共足有 10 多万字，但丝毫不掩盖图片的斑斓和辉煌，尤其局部放大的技巧，让我叹为观止。一件“黄杨木雕对弈图笔筒”，通高不过 17 厘米，其中局部一组两位骑马前行老者的高浮雕，方寸而已，放大铺满八开大画册两个页码，毫发毕现，栩栩如生，让人一目了然欣赏到古代匠人的高超技艺，非如此编排设计而不能，观看原件反而难以达到这种效果。这就是影像出版的特殊魅力。这个画面让人过目不忘。

《国宝》的主编朱家溍是大才子。其父朱文钧是金石学家，曾任故宫博物院专门委员，负责鉴定院藏古代书画碑帖等文物。朱家溍受家学影响颇深，青年时代已能鉴定书画碑帖，抗日战争胜利后，他到故宫博物院从事鉴定研究和陈列展览工作，此后一生都在故宫。故宫及国家购买的许多珍贵文物字画，他都参与了鉴定。他对古代美术史、明清历史、戏曲表演艺术造诣很深，直到年逾八旬还能登台演出。这样的人做主编，已是顶尖儿了。

20 世纪 90 年代初，一次因公去港，我见到《国宝》的策划出版人陈万雄先生。他告诉我，《国宝》打出彩样以后，有的珍宝怕与原件颜色有偏差，是带着彩样到故宫仓库里对照的，真是下了功夫。从他那里得知，他还出版了《紫禁城宫殿》和《清代宫廷生活》，与《国宝》同一体例，同样受到读者热捧，《紫禁城宫殿》被中国领导人当作国礼送与外国领导人，而且欧洲、日本都买了版权。这消息让我惊喜。

先拿到的是《清代宫廷生活》。三位主编，万依是明清宫廷史学者，有多部著作问世；王树卿是清史专家、故宫博物院副院长；陆燕贞是故宫陈列专家。这是我读到的最好的关于中国宫廷生活的著作。我曾戏想：有此一编在手，可以对付所有宫廷影戏。抠图的手法在这本书中运用最多，乐器啊，仪仗啊，服饰啊，抠图后才能看出精彩。这又是改变我们在日常生活中观看的效果（我们日常看任何物件都是和背景连在一起的）。要知道那时没有先进的电脑，所有抠图都是用手剪裁拼贴的，然后在制版时反复修图，真的很难。

对我影响最大的，当然还是《紫禁城宫殿》。看这本书时，如前所述，我已去过多次故宫，每次都是和不同的战友、同事、朋友一起。建筑看上去都差不多，只是大小高矮不同、地位不同而已；珍宝馆等展览的文物也不知所以然。那时参观的人虽不很多，但管理有些凌乱（还有卖零食的）。是《紫禁城宫殿》让我第一次清楚了解故宫的建筑过程，主要建筑、布局、建筑之间的关系，乃至那些梁架、斗拱、天花藻井、彩画的奥妙。不用说画册中收入的一些建筑尚未开放，常人看不到，即便是开放的建筑，稍高一点的地方（如檐角琉璃瓦上的祥兽）观众也是看不清的，另外，要了解这些建筑和装饰的意义，也很费劲——这些，一卷《紫禁城宫殿》在手，全可解决。为了保护文物，故宫里如今到处是铁栅栏围挡，想拍一幅可心的风景照不容易。《紫禁城宫殿》成书于 1982 年，那时的故宫还很少有这种围栏。况且此书是与故宫合作的，其拍摄条件之方便是不言而喻的。

《紫禁城宫殿》的主编是古建专家、学者于倬云。他 1942 年毕业于北京大学工学院建筑系，一辈子都在做古建筑保护工作，是故宫古建部副主任、高级工程师（教授）。前几年故宫还为他举办了百岁诞辰纪念展。他是 2004 年过世的。

通观“故宫三书”，其最大特点就是权威性、通俗性、欣赏性。

2002 年我调三联书店工作，遂向香港商务印书馆总编辑张倩仪提出购买“故宫三书”的版权，在内地出版简体字本。但考虑内地读者消费水平，我希望将大八开改为小十六开。可是若用原照重新编辑设计，那工作量就太大了。最后采取的是原版缩印的办法。也就是说，用原版菲林，扫描形成电子文件，然后缩小再出十六开的菲林。三联版强调“书感”，而非“画册”，所以平装，正文用的是一款芬兰轻型纸，书很轻，纸基有点发灰，照片还原不是很好，差强人意。

几年后我调到人民美术出版社工作，三联版权已经到期，我又拿来出了人美版。这次用的是铜版纸，精装。书很重，但图片印得好，文字也更干净了。

如今已经是第三次出简体字版了（广西师范大学出版社），距离港版首版已过去将近四十年，距三联简体字版也过了十五年。一部书稿，过了这么多年，还在重版，而且隆重推出，这不能不说是一个奇迹。当然，随着社会发展，读者阅读习惯的改变，传统的编排设计方式已经不太适合了。此次新版最大的特点就是编排设计现代化，凸显原版书本身就有的雅俗共赏的追求——对文字重新进行梳理分层，更紧密地和图片咬合在一起；能抠图的图片尽量抠图，白背景，突出每一张图片的主旨；放大细节，放到超出实物尺寸的地步，给读者以冲击力；为读者方便，增加许多正文的背景资料，这部分是由编辑完成的……总之是下了功夫，只问耕耘，不问收获。

还好，查豆瓣，以往三本书评分在 8.9 分到 9.4 分。如此，可期：“故宫三书”新版本又可流传四十年！

2021 年 11 月　北京

《小艾，爸爸特别特别地想你！》新版序

记得那年编辑丁午先生这部遗稿时，北京一直淅淅沥沥下着秋雨，而今年整整一个冬天，雨雪似乎忘记了这片土地。城市一片枯槁，我所在的小区院落更是落寞静寂。在枯槁静寂的包围中，重新编辑这本书，做一些调整，心底里却仍响彻着情感的轰鸣。

转眼间丁午先生去世六年多了，《小艾，爸爸特别特别地想你！》（以下简称《小艾》）初版也已五年，而距这些信件的写绘，则已将近五十年。我敢说，因为这本书，丁午先生仍然活在北京，活在中国，活在当下，活在人世间。那特殊年代特殊遭际中的父爱，那倾注于八岁女儿身上的感情依恋，那一览无余显露在蓝黑色钢笔线条之下的心的抖颤，在任何时间、任何时代都会令人感同身受，触动我们灵魂深处最美好的部分。书出版后，我收到和看到许多读者的短信和微信，微博、网站

和其他媒体也有很多评论。常有女性读者说是流泪读完这本书的……2014 年 4 月 23 日晚，中央电视台直播的中国年度好书颁奖会上，郎永淳朗读《小艾》片段，全场嘉宾潸然泪下……

是什么感动了不同年龄、不同身份的国人？

作家王小妮写文评论这是一本“奇书”：“一位父亲用一整本可爱的有字有画的信，努力地屏蔽掉了不想孩子看到的全部的现实的恶行和谎言，它都被藏在大人的世界里。这本书让我们发现了什么年代都会有美好的童话，而它的珍稀在于它是一本真实的童话。”

作家梁文道在他主持的凤凰卫视《开卷八分钟》节目中，用了两期的篇幅推荐《小艾》。他在节目中说：“我认为这是去年我们到现在为止，看到中国出版的一本最感人的书。”“我基本上是一个不太哭的人，但是去年有这样一本书，确实你翻看了几页以后，会有一种不忍卒读的感觉。我觉得不能再看下去，看下去眼眶就会发热。可是隔一会打开，又忍不住再看……”

一位网友总结：《小艾》战胜了历史的恶意，征服了时光。另一位网友评论：我读到的童心不是意淫，不是揣度，不是装饰的善良，不是回不去的昨日，是简简单单、踏踏实实的继续生活，乐观向前。还有一位网友感慨：看到一半就想，把生个女儿也当成人生一个梦想吧。有人断言：《小艾》是一部父亲之书……

我曾经反复揣摩怎么去做这本书。丁午先生画的这些信和别的画不一样，他在干校不能进行艺术创作，他的所有才华和创作愿望都集中在这些信里了。干了一天活，晚上没什么事，他画得特别认真，改来改去。很多画先在漫画日记里画了，然后又重画给女儿。但是怎么编呢？他写信是过几天写一封，或者过半个月写一封，本身没有连贯性，也没有情节。怎样去结构它？还有，这本书做成什么样子，做多大的开本？因为都是画，用什么纸张？是精装还是平装？

有三点是我想明白了的：

第一，这不是一本画册，这是一本书。这本书要突出的不是艺术作品，而是历史真实的记载和父女特殊的感情。第二，必须四色印刷，不能印单色。原画是用钢笔画在变色发黄的胶版纸上，有墨抹过的地方，眼泪流过的地方，钢笔水有深有浅。如果单色印刷，锐化以后变成了纯黑线条的，那些情感的东西、历史的痕迹就没有了。第三，要找一位适合这本书的设计师，就是陆智昌。我知道陆智昌对这本书会感兴趣的。别看他在香港长大，但他对内地这几十年的历史特别感兴趣。而且我知道，一旦对这部书稿感兴趣，就不用你来催他了。不过能请他来设计这本书，我还是费了不少口舌。我们总是约在一家咖啡馆见面，带着稿子，在小圆桌上，有过许多次沟通。

已经五十岁的小艾恰好从美国回到北京，她看了信后很激

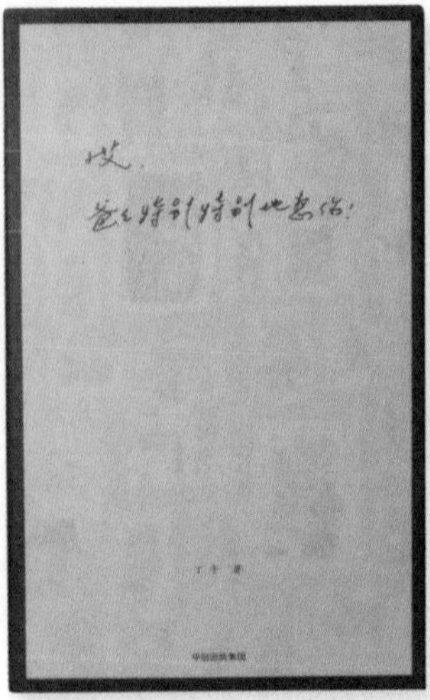

新版《小艾，爸爸特别特别地想你！》（中信出版社，2018）

动，因为爸爸后来把这些信收回去保存，她已经很多很多年没有见到了。书出版后，我们给她寄了样书。重温这些信，她的心情和想念是我们无法想象的。她给家乡读者写了一封信，讲了更多爸爸的故事。令我们感动的还有小艾的妈妈——丁午的第一个妻子张馨从美国来信。她毕业于中央戏剧学院，1950 年代在人民艺术剧院工作。信中写道：

这书真不一般。捧着它好像捧着个宝。我有种直觉，它就是个宝物，一个不寻常的礼物。……丁午是用心和笔在和女儿说话，他的字和画是一体的，分不开的，一笔一划都透着感情。这个版本恰恰用了丁午的原信，用了手写的字而不是铅印的，太高明了，否则信将失去一半的魅力。

后来读库的老六（张立宪）在798尤伦斯组织了一场活动，他、陆智昌、我，三个人谈论《小艾》，题目是“把一本书做对”。来的人真多啊！

特别感谢老六，感谢中国图书评论学会和中央电视台读书频道的书评专家，感谢线上线下各位媒体朋友和热心读书人。靠他们的推动，《小艾》引起普遍、持续关注，不断再版，还出版了“农家书屋”版和黄湖干校特制本。

此次修订版保留了原画原色。为方便读者阅读，将每封信的排印文字与原信穿插接排在一起，并征得小艾同意，把她的《给家乡读者的信》刊于书末。

2018年3月11日　北京十里堡

《三馀笺韵》跋

古今书法名作多为楷、行或行草，延绵百家，各具风骚；唯草书寥落，两千余年，名家不多。然书法之为艺术，表达情感、意境、韵律、线条勾连、布局疏密、无意间的奇崛和妩媚……草书之作堪称极致。沈鹏先生曾说：“世间运动着的事物是美的，高速度、剧烈的运动，往往带有神奇、壮美的色彩。以怀素的大草千字文与小草千字文相比，虽然都达到了高度的艺术成就，但大草千字文上下相连，大小错落，笔画萦带，行间穿插，更具有令人惊骇、紧张而出奇制胜的美感。”显然，草书对于书家来说，有着特殊引力，但又是一道仰之弥高的门槛。即便是沈鹏先生喜欢的傅青主那幅《赠魏一鳌书》，他将复制件挂在家里多番赏析，发现最少有三处败笔，“有的字一笔用不好，就再描一下，但描的速度很快，一下不行，很快就再来一下，本来这一笔应该短的，他一下写得长了，但他继续写下去，在别的地方寻找协调，这样有了另一种完美，似乎也别有味道”。沈鹏先生从不惑之年始，倾力的主要书体，恰恰就是草书，这与他那儒雅风致和文弱身骨形成对比。他自知，“真正的艺术家，要善于从历史的坐标上找到自己的那一个点”。我敢说，从年轻始，他就有着鸿鹄之志，瞄准了最难、最高的那个点。

如今沈鹏先生早已是世所共知的草书大家了。

沈鹏先生写诗和作书几乎是同时开始的，诗书双修，相得益彰，“字外功夫诗内得”，既讲究传统章法，又看重个人风骨，尤其推崇“诗言志”“书，心画也”的经典格言。他的艺术精神，承续古人神髓，又能似古异古，趋古变古，以古为鉴，出古为新。四百多年前，徐文长在《叶子肃诗序》中说：

不出于己之所自得，而徒窃于人之所尝言，曰某篇是某体，某篇则否；某句似某人，某句则否。此虽极工逼肖，而已不免于鸟之为人言矣。若吾友子肃之诗，则不然。其情坦以直，故语无晦；其情散以博，故语无拘；其情多喜而少忧，故语虽苦而能遣；其情好高而耻下，故语虽俭而实丰。盖所谓出于己之所自得，而不窃于人之所尝言者也。

想必沈鹏先生心如子肃，不屑“鸟学人语”的逼肖，尤喜出真性情，并以之为自己的诗魂：“吊瓶何物苦张扬，哂尔权充滴漏忙。我有灵犀通六合，尔当捷足退三江。恼人春色慵睁眼，如梦诗情委断肠。愧对白衣频嘱咐，贪灯开卷又清狂。”（《吊瓶输液》）“三馀呵冻写苏辛，心地无邪自有春。笔落方惊风雨骤，书成未计墨鸦陈。独崇山谷轻流俗，偏爱襄阳任率真。曲直方圆谁管得，明朝跃马逐轻尘。”（《跋自书宋词长卷》）最后两句，饶有稚趣，作者音容跃然纸上。“柳条湖畔蒙羞日，桑叶版图遭毒虫。岁岁逢时我初度，周身热血撞金钟。”（《八三初度之二》）诗人生于1931年9月，与“九一八”事变同年同月，每逢生日，想起国耻，心不能静。

沈鹏先生写诗，和他作书一样，有“语不惊人死不休”的劲头，一些字句，锤炼雕琢乃至朴素自然，“诗经百炼气生柔”“风和雨细映垂虹”“此地尘嚣远，萧然夜雨声。一灯陪自读，百感警兼程”（《雨夜读》）；又如“开眼初惊疑入梦，过庭尚悔欠凝神”（《台北博物院赏“毛公鼎”》），“逢场有戏大欢喜，子曰诗云无可邪”（《答友人》）；有的句子则是忽发奇想，灵感所得，“奇书哪得千回读，磨墨人磨夜混茫”（《红楼梦馆促题匾额》），“只缘识得侯公子，扇溅桃花血未凉”（《南京李香君故居》）。“夜混茫”说法新奇，“血未凉”让人惊心。

沈鹏先生喜欢在旅途中行吟即兴写诗。有人统计过他的诗作，旅途之作占了很大比重。近年因年龄和身体原因，外出少了，有时感喟：“虽仍不辍，离开源泉，难矣！”但以我之见，对一位有着丰富阅历，一直关心国家、民族兴衰，关注现实的诗人来说，外出少了，反而延展了他的另一艺术特色：从日常生活细节里发掘浓郁诗意和深厚哲思，化而为诗，为书。如《丁亥新秋偶成》：“叶落秋风至，仰天长一呼！凭窗无远目，伏案可幽居。暇日休窥镜，忙时要读书。夜来闻蟋蟀，能入我床无？”住在高楼林立的小区里，当然“凭窗无远目”，可是诗人的心灵和情感却是无际无涯。再如《目镜遭吾压损》：“昨夜心神何所之，无辜目镜损容仪。纵横扭曲情难忍，扑朔迷离景大奇。视力苍茫赢懒惰，功夫深浅决雄雌。且将闲杂束高阁，斗室行空独运思。”眼镜压坏，反而生出一番智慧、俏皮的联想。还有：“能敌老牌花露水，却遭新产‘灭瘟神’。西风逐日吹凄厉，捱进南窗候夜昏。”（《秋蚊》）

“岁月怦然晚”，沈先生今年八十四岁了。愈老诗情笔意愈浓，新作如醇厚老酒，经得起反复咂摸。试看2015年清明前五日所作：“节近清明细雨来，随风飘洒涤尘埃。雾霾预警新规则，泽润可消前劫灰？售价压低高级酒，开盘看好股民财。二千六百余年事，谁个追询介子推？”清明节前寒食本是纪念介子推，可是在沈先生看来，介子推那段“轶事”，原本是热衷功名利禄，因为与晋文公二人炒作过度，酿成悲剧。介子推的境界比之往后魏晋文人的清高，不在同一起点。再看《笔诗》：“小大由之两自如，颂恩认罪切时需。毫毛驯服随心使，工具循良任性呼。识字催生忧患始，诵经打造睿思除。在齐太史贵操守，寸管身微独展舒。”从一管笔，写到惨痛历史教训，写到古之史官秉笔直书的操守，这就是我们常说的“春秋笔法”，或像有人说的：得“迅翁”（鲁迅）、“聂公”（聂绀弩）三昧。

沈鹏先生作为人民美术出版社的老编辑、老领导，从1951

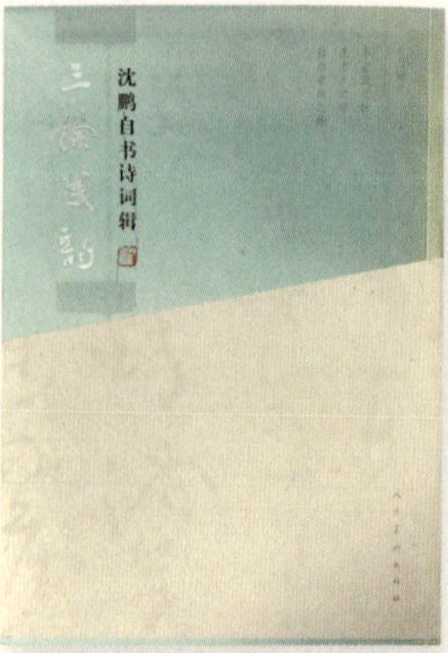

沈鹏交给我出版并让我写跋的《三馀笺韵》（人民美术出版社，2015）

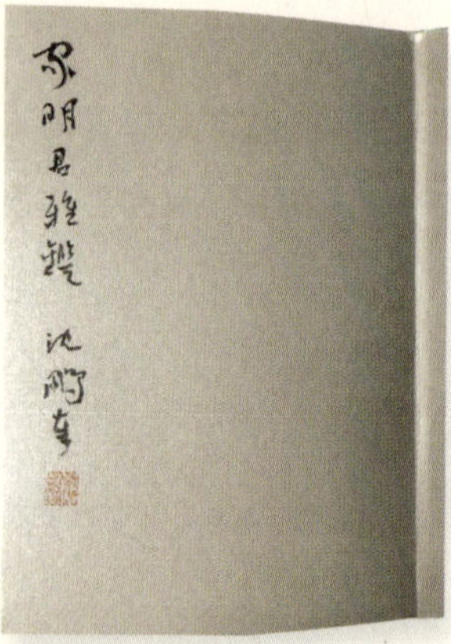

沈鹏先生的题赠

年建社至今编审或责编了五百多种书刊，有的成为不断再版的“看家书”和名刊。编辑之余，他精于美术评论，发表多达两百篇，早在1985年就出版了专集《书画论评》。在任期间，他写诗作书均属业余爱好。近十多年，他执着于草书和古体诗词，佳构迭出，著作连连。新著《三馀笺韵》将成，我有幸先睹，反复赏读，诗书俱妙，不觉竟日，又想起了徐文长。万历才子袁中郎在《徐文长传》中道：“文长喜作书，笔意奔放如其诗，苍劲中姿媚跃出……诚八法之散圣，字林之侠客也。”我知沈鹏先生属意文长，此语移写先生，未必形似，但神似尔。

2015年3月　北京

《北总布胡同32号》序

我第一次走进北总布胡同32号，正是三月春暖。那天阳光灿烂，迎面土坛上是高大的塔松，树荫笼盖了整个小院；塔松后面，老藤爬满花架；柿子树下，白色玉兰花和紫色丁香花盛开，花香弥漫；再往里看，东楼高墙布满爬山虎，只露出幽幽窗洞，台阶之上门廊之下，白地红字、周恩来手书的“人民美术出版社”牌匾跃然在目；北楼和南楼以青砖建筑，楼前间有柏树。楼栋虽已陈旧，但给人以历史感和生活气息。我知道，从此与此地此社分离不开了。

社办公室的同事引我去各部门看看。我无法一下子记住那样多的人和那样多的屋，但我记住了到处都是书刊：柜子里、书架上、桌上、地上、礼堂里、过道里……有的同事介绍：这是邵宇用过的桌子，这是刘继卣坐过的椅子，这是王叔晖和任率英的办公室（画室）……在东楼地下二层资料室，我看到几十年前出版的一架架图书和一卷卷年画，其中很多是我小时候看过的：《我们热爱和平》《鸡毛信》《西厢记》《芥子园画传》

我在拆迁前的
北总布胡同32号留影

《门采尔素描》和《连环画报》……

此后，我渐渐知道，20 世纪 40 年代，这里曾是北平国立艺专所在地；新中国成立初期，国家出版总署在这里创办，随后成立人民出版社、人民文学出版社、人民美术出版社……可以想见，在这个院落里，曾经留下齐白石、徐悲鸿、胡愈之、胡绳、郑振铎等文艺大家的身影，更不用说萨空了、邵宇、邹雅、徐燕荪、卢光照、古元等人民美术出版社的开创者以及后来加入的曹辛之、黄苗子等一大批艺术家、编辑家，他们最初在北总布胡同 32 号工作时，大多只有三四十岁，可以说艺术创造最好的年华是在这里度过的。没有以上这一位位先贤，北总布胡同 32 号就是一座普通的，而且被不断改造和逐渐破败的院落，就不会有那一本本一卷卷流布全国的书画刊，这些书画刊就不会进入无数艺术家和爱好者的记忆；反之，如今这个人民美术出版社的旧址即将不复存在，但有了一位位先贤，有了他们为人民美术出版社所做的业绩，它就载入青史，永远不会消失。为此，当得知同事林阳打算写一写人民美术出版社的老一辈先生们时，我由衷赞同。这里呈献给读者的，就是林阳在工作之余，费时数年、孜孜矻矻、爬梳研判的结果。

这是研究人民美术出版社历史的一次重要尝试，这个尝试由于作者是人民美术出版社的子弟并在本社工作而有了特殊意味。林阳的父亲林锴先生 1951 年到人民美术出版社工作，一直在此工作到退休，因此林阳从小就与所写的前辈熟识，有着各种各样的交情往事，甚至一同在咸宁干校生活过、劳动过。比如他十三岁跟曹辛之先生学诗词格律，再如任率英先生鼓励他学篆刻，等等。因此，他的写作就有了情感，有了亲近感，也更有真实感。

除有亲身感受之外，作者对材料的爬梳也下了功夫。我阅读书稿时，长了很多知识：

——“人民美术出版社”的社名是萨空了请周恩来题写的，他的首任社长的职位是周恩来签署、国务院任命的。

——另一位本社创办人邵宇居然是皖南事变的重要亲历者，是和叶挺将军一起被捕的八位新四军干部之一。他做社领导时主持出版了《宋人画册》《清明上河图》《齐白石画集》《徐悲鸿画集》《列宾》《珂勒惠支》和《伦勃朗》等画册，并坚持为古元、王式廓、董希文、黄胄、李少言、叶浅予等中年画家出版高档画册，弥补了本社精品出版的不足。

——抗美援朝时期，风靡一时的宣传画《我们热爱和平》是本社创办人之一邹雅策划的，可惜他于 1974 年在阳泉煤矿体验生活时遇难，年仅五十八岁。

——毛泽东曾接见过刘奎龄、刘继卣父子，看了刘继卣的画称赞道：“博古通今，刘氏出人才！”

——《印度尼西亚共和国总统苏加诺工学士、博士藏画集》装帧设计的主持者是曹辛之，而曹辛之的笔名“杭约赫”来自一句劳动号子。

——黄苗子被错划右派后才来到人民美术出版社，所以除了下放劳动，在社里也只能在资料室打打杂或在编辑室看看稿。可是正因此，他才专心整理了数千张资料卡片，编辑点校了《历代名画记》和《元代画塑记》等，并策划了一套《中国美术论著丛刊》，列目七八百种。丛刊虽然未能如愿出版，但对人民美术出版社古典美术理论建设起到重要作用，也为他晚年撰写《画坛师友录》和《艺林一枝》奠定了基础。

——卢光照不但编辑了俞剑华的《中国古代画论类编》等重要美术史论图书，还写作了《历代画家故事》等通俗易懂的美术读物，受到读者欢迎。“人们都说，教学相长，我认为，编创也可以相长。卢光照在编辑岗位上作出了杰出贡献，在绘画创作上也自成一家。”这段作者的评语，端的有见识。

——老同事对王叔晖创作的评价则是：“将普及者提高，将提高者普及。”我认为这应该作为本社的出版宗旨之一。

——《邵宇》一文中的这句话让我怦然心动：“外地画家朋友到了北京，人民美术出版社创作室是他们必去的地方……”今天的人民美术出版社是否还有这样的魅力？如果没有，就从我们前辈的事迹中找找缘由吧！……

所有这一切故事和感想，都来自北总布胡同 32 号。这只是人民美术出版社故事的一部分，还有许多先贤、许多故事等着我们去回忆、去寻觅。

2013 年 11 月　北京北总布胡同

写在《斗蟋小史》付梓之前

在全国大中城市开书店，曾是20世纪90年代三联人的梦想之一。这梦想来自民国时期三联书店曾在七十多个城市开书店的繁华往事。正如《读书》来自1934年创刊的《读书生活》半月刊，《三联生活周刊》来自1926年邹韬奋主编的《生活》周刊一样，开办三联书店分销店也是继承和复活老三联精神之举。我与白峰相识，就是在三联书店济南分销店。他是书店经理，妻子刘莹是他的帮手，还有几个趣味相投的员工。

三联在全国办了十几家分销店，品味纯正，每家店都成为当地读书人的精神家园。三联主管发行并兼任北京三联韬奋图书中心总经理的杨进，堪称分销店的总头。每当举办全国书市，这些分销店经理总要借机聚会。我与杨进要好，常常厕身其间。白峰在这些经理中是比较特殊的，瘦而高，长相年少，但性格内敛，不苟言笑，事事认真，说话一板一眼，有点夫子味道，看不出一点商气。他最与人不同之处在于：他是一位蟋蟀迷，非常投入。家里专修了地下室，数十个蛐蛐罐摆放有序（也许上百？）。有段时间，书店业务不景气，大家戏说他玩物丧志。我是见过他的蛐蛐罐阵容的，但懵懵懂懂，没太深印象。未想他锲而不舍，居然几十年过去，仍在孜孜矻矻此事。这体现了他的个性。他是一位个性很强、恒心十足、内方外圆的人。大家都喜欢他。

过去时代的男孩子，几乎没有不玩蛐蛐的。我小时在青岛，常去逮蛐蛐的“宝地”是万国公墓。都是外国人的坟墓，“文革”兴起，被挖掘了，石碑东倒西歪，缝隙里有蛐蛐。逮蛐蛐须在夜晚，到墓地终有些怕，但不知怎的，那乐趣似乎恰恰由于这个“怕”而加深了。当然，最大的乐趣在第二天一早，小伙伴们带新得的蛐蛐相斗，若自家有个个儿大的，厉害的，得胜后回家，宝贝得不得了，挑最好的罐，喂最好的食（大米、辣椒、饼干面包渣），一天不知要看多少遍……后来我写了一篇作文《蟋蟀的故事》，就是纪念我养过的一只“大黄牙”。养到冬天，它的腿都朽落了，我把它连罐一起埋在院子里梨树下。

2000年秋，白峰约我到柏良先生家。是济南蛩家聚会。从小至今，我唯一一次见到什么是真正的斗蟋。印象中，那些参斗的蛐蛐，绝不乱奔乱跳，反而神态自若，打斗时不吭气儿，得胜也不死追猛打，叫声矜持，似有君子风度，与我小时所玩绝不类同。柏良先生客气，题赠我一本他的著作《秋战韬略——鲁虫的相选、调养、训斗》。翻阅得知，小小蟋蟀、民间玩事，学问大了。我儿时所玩、所养，与专业斗蟋真乃天壤之别！我与白峰同有读闲书嗜好，多年来搜求了不少杂七杂八的书籍。其中蟋蟀的书，存有四种，除了柏良先生所赠，还有孟昭连辑注的《蟋蟀秘谱》，边文华、杨平主编的《蟋蟀图谱》以及王世襄先生纂辑的《蟋蟀谱集成》。可是都未好好研读。

2002 年我调到三联书店工作，与白峰有了“同事”关系；王世襄先生是范用先生的好友、三联作者中的“自家人”，我曾几次拜访。听袁荃猷先生绘声绘色讲王先生如何逛獾，如何打鹰，如何养虫，听得心里直痒痒。后来策划“中学图书馆文库”，我就想着把王先生写的这方面的文章编成一本，最适合中学生。2009 年得以如愿，选文二十二篇，起名《京华忆往》。遗憾的是，书正付印，王先生离世（袁先生早在 2003 年秋去世），于是换封面，改为纪念版发行。其中《秋虫篇》原名《秋虫六忆》，曾作为附录收入《蟋蟀谱集成》，内容是王先生回忆 1930 年代北京玩蛐蛐的一些情况。

关于本书的撰写因缘，白峰在代自序里说，始于二十年前与王世襄先生相识。最近几年，他先是与柏良先生合编《中华蛩家斗蟋精要》，又遵王先生生前所嘱，完成《蟋蟀古谱评注》，再著《解读蟋蟀》，直至这部《斗蟋小史》——稍思可见，他是由古至今，由史料辑注到要义深研，再到梳理成史，其治学逻辑是谨严的，其写作方法是持恒连贯的。中国斗蟋起码已越千年，但迄今未见一部斗蟋史著作。说不巧也巧，这个因缘就落到白峰头上了。因缘就是因缘。以我寡闻，很难再找到像白

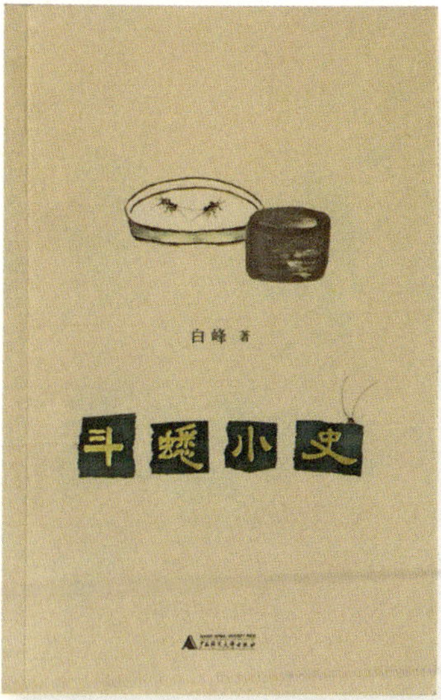

《斗蟋小史》初版
（广西师范大学出版社，2017）

峰这样合适的作者：既多读书，人文素养深厚；又擅文字，勤于动笔；更是位秋战高手，所养蟋蟀的出将率令“老玩家”刮目相看，而且曾与王世襄先生多有交往。我打心里欢喜老友白峰完成春秋之作，相信蟋蟀研究会更上层楼，也欣慰王世襄先生玩出的文化、玩出的学问后继有人，后继有书……

2017 年 6 月　北京

关于《美术日记》

近几年，高雅的文化用品渐渐热了起来，比如笔记本、书签、书皮儿、信笺乃至印画的扇子、手帕、口杯、绣花手包等等。这些文化用品，可以实用，也可作为饰物摆设、馈赠礼品。大家给它起了一个好名字："艺品"。其实，人民美术出版社早在六十多年前就开始制作这种创意产品了，那就是《美术日记》。

最早的《美术日记》出版于1954年12月，全名《一九五五年美术日记》，三百一十六页，布面圆脊精装，封面字画烫红压凹，外有套盒。编者曹辛之、张路，装帧设计曹辛之；北京美术印刷厂制彩色铜版，公私合营京华胶印一厂制胶版；非卖品，印一千册。曹辛之是名诗人，书籍设计家，在文化界大名鼎鼎，张路却不为一般人所知。张路原名张学廉，1919年生，浙江上虞人，早年毕业于国立杭州艺术专科学校西洋绘画科，1950年调入人民美术出版社做编辑，业余从事木刻创作。1958年被错划为右派，下放黑龙江垦区劳动，后成为北大荒版画的创始人之一。"文革"中遭劫难，1977年去世，年仅五十八岁。

这本《一九五五年美术日记》的时代感十分鲜明。版权页注明，“这本日记里所刊载的美术作品，大部分是从人民美术出版社、朝花美术出版社和荣宝斋新记所出版的图片画册和期刊中选出来的”，共计三百七十多幅，全部是中国作品，有古代的，也有现当代的，如去世不久的徐悲鸿的许多作品，还有民间作品，如“泥人张”第三代张景祜的《惜春作画》等；体裁则包括国画、油画、版画、雕塑、年画、连环画、宣传画、剪纸等等。开篇第一页是毛主席像，名为《东方红》，其后是关于抗美援朝的画、山水画《江山无尽》、敦煌壁画、天津杨柳青年画、革命历史画、关于新婚姻法的宣传画、关于少年儿童的画等等，连环画《梁山伯与祝英台》《东郭先生》《鸡毛信》等（各选十幅）则穿插其间。内容编排似乎并无章法，只是根据设计者的喜好随意安置，反而显得缤纷、丰富。每一个月首，以铜版纸印一张彩画，其他页为胶版纸专色印刷。彩画背面有月历，月历下面标出本月纪念日，如 2 月 14 日“中苏友好同盟互助条约签订纪念日”，4 月 4 日“匈牙利人民共和国国庆日”，4 月 22 日“列宁诞辰（1870）”，9 月 25 日“鲁迅诞辰（1881）”，10 月 19 日“鲁迅逝世（1936）纪念”，甚至还有 2 月 23 日“苏联武装部队建军节”。

综观这本《美术日记》的特点是：一、印装精美豪华有收藏价值；二、图片量大丰富但编排随意；三、内容包罗万象时代感鲜明。此后几年的《美术日记》基本上延续了这三个特点。

《美术日记》红卷

《美术日记》蓝卷

内页插图都是人民美术出版社六十年的经典图书

想必这个新生事物大受欢迎，1956年的《美术日记》开始走进市场，由中国文化用品公司经销，分为豪华的二十五开“甲种本”和普及的三十二开“乙种本”两种版本，印数前者两万册，后者高达二十万册。政府企事业单位纷纷把《美术日记》作为奖品或重要会议的纪念品，并在封面另行印烫奖项、会议的名目。可能是不断有定制业务的原因，现在我们看到的1956年以后几年的《美术日记》有不同的开本、不同颜色的布面和不同形式的包装，出版单位则除了“人民美术出版社”之外，还以本社的副牌“朝花美术出版社”“中国古典艺术出版社”的名义出版，但内容并无二致。

《美术日记》出版到1959年底。随着三年大饥荒的到来，国家和人民挣扎在生死存亡的边缘，无心也无力继续这种高雅的事项。灾难过后，各种插图笔记本日渐多起来，质量、价格大大降低，而且脱离出版领域，成为真正的“文化用品”，《美术日记》已经失去了靠品质独占天下的地位。算起来，其风光前后不过四五年而已。如今，经过几十年历史坎坷留存下来的《美术日记》，早已进入收藏家的囊中，市场上价格不菲。作为人民美术出版社的后来者，随着人们的生活水平和精神需求的提高，有意衔接前辈遗留的激荡的条条彩线，努力编织六十多年未断的辉煌，奉献广大读者。我想，《美术日记》也是这样的一条彩线。

编书手记

·编辑：与文字亲近·

闻一多评庄子：“到他手里，辞令正式蜕化成文学了。他的文字不仅是表现思想的工具，似乎也是一种目的。”的确，一个国家、一个民族的大作家，不仅因为其写出了好的内容，而且因为其语言文字方面有巨大的成就和影响；反之，一个作家，文字缺乏特色，缺乏创造性，他就成不了“大作家”。比如鲁迅开拓了中国现代汉语和现代文学形式，无论小说、散文、论文（杂文）、散文诗乃至现代戏剧（《过客》）都有建树，其文字的独有魅力是公认的；英国的狄更斯、俄国的普希金、美国的马克·吐温等都是其各自国家文学语言的开拓者。遗憾的是，中国当代文学中，除了过世的孙犁、汪曾祺等，文字有鲜明特色者寥寥无几。我们做编辑的，虽然不是文字的创新者，但作为“弄文字的”，每日里孜孜矻矻，一字一句，精打细磨，对文字的亲近恐怕比作家也有过之而无不及呢。

一个编辑，首先要对文字有感觉，能分辨什么是好文字，什么是坏文字；什么是有味道的文字，什么是无味的文字。鲁迅做了多年编辑工作，他在出版萧红的处女作《生死场》时，就特别提到“女性作者的细致的观察和越轨的笔致，又增加了不少明丽和新鲜”。“越轨的笔致”，多么准确而形象！那时《生死场》是和萧军的《八月的乡村》一起出版的，如今，《生死场》的生命力远远超过了《八月的乡村》，其中，“越轨的笔致”恐怕起了重要作用。萧红后来的作品，尤其是《呼兰河传》，茅盾称之为“一串凄婉的歌谣”，骆宾基则说它“文笔优美，情感的顿挫悠扬犹如小提琴名手演奏的小夜曲”，都与其妙不可言的文字相关。

一个编辑，要敬重作者的文字。好的作者不愿意用别人用滥了的语词，他要出新，要别致，编辑绝不能拿“规范”或依据自己的经验大笔一挥，而应换个角度，站在作者立场上，思考他为什么这样写，为什么这样使用语词。孙犁就曾叹气有编辑把他文章中的“周围五里”改成“周长五里”。他也做了多年编辑，经验之一就是“作者原稿，可改可不改者，不改。可删可不删者不删”。

一个编辑，对文字要有锲而不舍的钻研精神。我编过叶至善先生的一本《舒适的旧梦》，记得他对收入书中、此前已发表过的文章做了大量小改动。比如写父亲叶圣陶“以前每隔一两年，总要到苏州看看”，下半句改为“总要回苏州看看”，一字之差，感情色彩大不一样；“对吃的爱好”改为“对吃的癖好”；“小时吃过的，还能说出几十种名目来”，下半句改为“还能报出十几种名目来”；写关良先生画了画，有时寄来“让我父亲题辞”，改为“让父亲随便题点什么”；“很可纪念的”改为“很可记念”；等等。我想，这种严谨的文字功夫，是承继叶圣陶先生的，也是他做了一辈子编辑训练出来的。

一个编辑，要热爱文字。汉字丰富、深广、有趣，是中国文化的根本，你想象不出它有多么神奇。汪曾祺的小说《受戒》中写女孩小英子趴在小和尚明子的耳朵旁边，小声地说：“我给你当老婆，你要不要？”明子眼睛鼓得大大的——“鼓得大大的”重点是“鼓”这个动词，表现出明子听后难言的情绪，其内涵是不确定的、含蓄多元的，假如用形容词“明子很紧张”“明子很吃惊”之类就单薄了——这就是文字的奥妙。汪曾祺热爱文字达到极致。他称赞阿城小说里写“老鹰在天上移来移去”非常准确。老鹰在高空，是看不出翅膀搏动的，看不出老鹰在“飞”，只是“移来移去”。同时，这也写出了知青的寂寞心情。他甚至认为：“小说作者的语言是他人格的一部分。”

·故事与书·

孙犁原名孙树勋，曾用笔名芸夫。他1933年毕业于保定育德中学，做过小学教师，参加抗日工作后，任冀中抗战学院、华北联合大学、延安鲁迅艺术学院教员和晋察冀通讯社、晋察冀边区文联、晋察冀日报社编辑。1949 年以后在《天津日报》工作，编辑文艺副刊。十四岁开始文学创作。“文革”前出版有短篇小说和散文合集《白洋淀纪事》、长篇小说《风云初记》、中篇小说《铁木前传》等；1977 年后写了大量作品，主要是散文，结集为《晚华集》《尺泽集》《无为集》《曲终集》等十种。

孙犁的创作生涯长达六十多年，以“文革”为界，分为风格不同的前后期。前期作品明净柔美，以淡笔勾勒出如画的乡土民风，被称为“诗体小说”，代表作是《荷花淀》《芦花荡》《铁木前传》等，模仿者很多；后期作品趋于平淡简洁，明显继承了中国古典的精髓，于平淡之中深蕴着文化和人生的思考，代表作如《芸斋小说》《报纸的故事》《书的梦》以及大量的读书笔记等。之所以会发生这样的变化，首先是他经历了 1956 年到 1966 年的大病（神经衰弱）和十年“文革”的大起大落，他自称为“十年荒于疾病，十年废于遭逢”；其次是在这二十年间，他读了大量古代典籍，深受影响。

年轻时，孙犁主要读新书；从大病以后，新书就读得少了。他买旧书，读旧书，并且认为，读中国古书是利于养生的。“文革”后期，孙犁在家无事，利用所得废纸，一本一本整理、包装被“抄走”后又发还的旧书，一边整理，一边阅读，以消磨时日，排遣积郁。在整理、阅读的基础上，自 1980 年起，他开始写《耕堂读书记》。这些文章不乏真知灼见，观点一针见血，时有借古说今，且兼具文字之美，在中国当代文学中独树一帜。

《芸斋小说》三十五篇，多记“文革”中事。晚年，他送人书，一本《风云初记》，一本《芸斋小说》。他认为，这两部小说中记录了他一生中最重要的两个时期。

孙犁晚年的文章特别讲求章法，讲究起、承、转、合。语言的锤炼，是孙犁晚年作品的巨大魅力之所在。他为自己找到了一种恰当、美妙的叙述方式。他以叙述的方式描写，以叙述的方式议论，以叙述的方式抒情，总是那样从容、矜持、高雅，表现出很高的修养。很多人读孙犁的作品，都是首先被他的语言所吸引。

《故事与书》全部选自孙犁晚年出版的十种集子，大致分为往事回忆、芸斋小说、关于读书和文事、读书笔记四部分，约可展现孙犁后期创作的特点和魅力。

·凭画，可以识人·

《凭画识人——人物漫画集》出版，范用先生一定很高兴吧，因为他是“漫画之大情人也”（廖冰兄语），从 20 世纪 30 年代开始整整爱了漫画七十多年。七十多年前的范用一般买不起美术书刊，偶尔得之，视若珍宝。后来他购买收集了多种漫画期刊，如《上海漫画》《时代漫画》等，无论新旧，都整理得干净整齐。

几十年间随着时代变迁，范先生忙于各种出版事务，几乎无暇顾及个人爱好。但因工作之便，他结识了许多漫画家，如丁聪、叶浅予、华君武、黄苗子、方成、韩羽等。离休后，他先是编了丁聪《古趣一百图》，并亲自装帧设计，过了一把瘾；然后编了《阿Q正传漫画》和“外国漫画家丛刊”（十种），仍亲自操刀设计……他还将漫画家们为他画的漫像编了一本《漫画范用》，送了许多朋友。他热情鼓吹漫画书的出版，不吝把自己珍藏的资料交多家出版社无偿使用，我和山东画报出版社就是最大受益者。正是在他的支持下，我们出版了一系列老漫画单行本和《老漫画》系列读物。每次送给他样书，他都笑逐颜开——那种发自内心的笑。我知道，范先生对我做的这件事情是满意的，甚至是得意的——因为他在其中起了关键作用。

《凭画识人》所收的漫画，是范先生从自己多年剪贴的保存的资料中选出来的，共三百多幅，分为四部分：一是华君武等漫画家个人作品集；二是鲁迅、高尔基等中外名流的多种漫画像集锦；三是《文坛茶话图》（鲁少飞作）等单幅专题漫画；四是漫画家的漫像和“文革”中被极度丑化的人物漫像。这些作品的创作年代前后跨越六七十年。编者认为：“人物漫画的诀窍是夸张人物的外形特征，好的漫画则能突出人物的性格和内心世界，达到惟妙惟肖的程度，令观画者一眼看到人的本质。所以，凭画，可以识人。”本书的书名就是这样来的。

张炜童年在海边果园里生活，长大后做过工人。大学毕业后，到省城做了四年历史档案资料编研工作，以后一直是专业作家，是中国作家协会副主席、万松浦书院院长。他是一位擅长鸿篇巨制的写手，已出版长篇小说《古船》《九月寓言》《柏慧》《家族》《外省书》《刺猬歌》等十余部，其中《古船》和《九月寓言》给他带来巨大声誉，被翻译到许多国家出版。他的中短篇小说也很精彩，如《秋天的愤怒》《蘑菇七种》《冬景》《海边的雪》等。在写小说的同时，还写有大量散文和诗。他的个性里很有诗人气质，所以他的散文诗意浓郁。其实，他的许多小说也有诗性特点。

张炜的早期作品常写两性之间朦胧的感情，显得纤巧婉美；中期转向对中国农村的历史和现实的思考，揭示底层百姓的人性，日益走向深厚沉郁；此后则更多地探究当代中国文化的命运和出路，包括传统文化的现代化改造问题和知识分子的精神自救问题，回归大地、“融入野地”是他设计的一条理想之路。他的故事总是与自然环境融汇一起。张炜的作品里表现出强烈的人道主义精神，分为三个不同阶段：初，是对人道主义精神的歌颂（如《声音》）；第二阶段，是对恶人恶势力非人道主义行为的反抗和鞭挞（如《秋天的愤怒》）；第三阶段，则是对整个人类、整个社会中所存在的一切非人道主义因素的揭露和批判。《梦中苦辩》中对杀狗者的诘问是何等痛心疾首，淋漓尽致！

张炜的主要作品，几乎都是写芦青河入海口两岸，那生他养他的地方。准确些说，其中写得最多的，还是芦青河边的果园、老林子。童年的生活对一个作家的影响之巨，在张炜身上得到了再一次证明。除了果园、老林子，他最爱写海边的生活。其实在他心目中，自童年起，芦青河和大海、果园和海滩便是一体的。

《绿色遥思》选自张炜的各种作品集，其中既有发生在那方神奇之地上的神奇故事的讲述，也有对人性的尖锐思考，还有对中国文人的和民间的古老传统的温情和忧虑——其实大多情况下，这三个方面在张炜笔下是纠缠在一起的，无法分开。

·凝　望·

凝望，出神地凝望，忘记了世界，忘记了一切。一些捉摸不定的东西被作家捉摸着，色彩流变，梦萦神牵……联想，无穷的、自由的、放纵的联想，作家心中是一个多么广阔的世界，任何一个细节——发带、眼神、动作，都会连带出一整个生气勃勃的人生或宇宙。这些故事来自何处？这些想象来自何处？从这里面似乎可以窥到艺术创作的秘密。

还记得多年前张炜写《古船》的时候，在部队招待所那间小小的、僻静的小屋里，墙上钉着一幅幅画片，有古旧的船和港湾，有田野和人物。他说："这些图片能给我灵感。"的确，《古船》写成后，作为书稿最早的阅读者之一，我首先从中看到了画意。遗憾的是，虽然《古船》得到评论界极大的关注，却没有任何人注意到这一点。从那以后过了许多年，有一天张炜跟我说，打算写一本图文并茂的书，把长久以来他和朋友们喜欢的画片，作为书的一部分，并根据这些画片，写一写令他心动、感动的东西。这不是一本别致的书吗？

我也是一个喜欢攒画片的人，尤其在十年动乱之年，彩色印刷品少得可怜，偶尔得到几幅美丽的画片，真是视若珍宝啊！现在的人无法想象那种感觉——仅有的几十幅画片，那么直观地把我带到一个个神奇的世界，使我闭塞的心灵得到滋润。我用两个结实的牛皮纸大信封装着这些画片，经常取出来欣赏。我换了好几个城市定居，始终把它们带在身边。后来，印刷品多起来了，而且在不长的时间里就泛滥起来，美丽的画片到处都是，有许多刚出版就被扔进垃圾堆。但我初衷不改，在卖旧杂志时，总要把好的画片剪下来收存。我感叹，如今的青少年好东西见得太多，反而失去了许多乐趣。我想，张炜一定也有与我相似的经历。我们那代人中，凡是热爱艺术的人，想必都会在心里藏有一幅幅美丽的画片吧！

我把收存的画片请张炜过目，他从里面选了很少的几幅。我发现他选的画片有些怪：有的很平凡，似乎没有多少美感，而且人物居多，还有一些动物——狗、羊、马、狐……看来虽然我们总的爱好和旨趣相近，但在感受具体事物方面还是大相径庭的。等我看到他写出的文字，那一篇篇源自画片又游离画面的精短文章，就更明白了这一点。我看到了一个更为个性化因而更为真实的张炜，比如他追求些什么、向往些什么，他留恋些什么、珍爱些什么，他的过去乃至他的将来……

现在《凝望》出版了。它当然不是张炜的重头之作，毋宁说他是张炜职业写作的业余之作，是几年时间里写作和阅读空隙里的遐想和游思，但职业写作无形中加重了这本业余之作的背景分量。起码，像这样直接袒露一个作家精神世界的书，还比较少。

·心　仪·

有一段时间，我认为张炜不该发表这样一组评说外国作家的文章——文友在一起漫谈是一回事，发表是另一回事，这太冒险了，因为很难说得准确、周密、权威，因为毕竟不是专门研究者……但还未来得及将这意见说给他，我就喜欢上了这些文字，并感到他写得太短了！有些段落极为精彩：

写作对于他而言，更像是不可缺少的日常劳作，可以长时间地坚持下来。他的作品很内在，因而也更能经受时间的挥发。他很孤独，所以他从写作中汲取的快乐是至为重要的。这也是一切真正的艺术家的共同特征。为了抵挡人生的永恒的烦恼，他在一个角落里咀嚼、倾诉，喃喃之声后来惊动了世界。

——《福克纳》

像托尔斯泰一样，他是文学世界中难以超越的高峰。一个真正的巨人最好能像他一样，那么真挚、纯洁、深邃，又是那么充满了矛盾、犹疑和晦涩。

——《陀思妥耶夫斯基》

我们在现代作家的机智和领悟面前发出惊叹时，最好忘掉托尔斯泰。因为一想到他，现代作家的那些光华就要受到不可思议的损失。在他面前，聪明和睿智都显得不太必要，也似乎有些多余了。

——《托尔斯泰》

他下笔如有神授，一泄千里也毫无疏失。

——《普希金》

时光之水流过他的心头，再一次流出就成了芬芳的液体。

——《泰戈尔》

我想，文学中最重要的东西，说到底还是真诚。在这本书中，张炜的不准确、不周密甚至偏激都是可能的，但他真诚地说出了自己的感悟，怀着强烈的艺术之爱，使用了优美独特的语言。而且，不准确、不周密，未必不正确，经常是，感悟比分析更为接近真理——更为普遍的真理。同样，艺术的真诚，有时能超越语言和形式，而给人以神示。所以，我认为，张炜的这本书，可以看作中国当代一位重要作家对二百年来世界一些大作家（尤其是现代派作家）和重要作品的独具只眼的评述，也是中国当前三四十岁重要作家第一次写出这样的作品。不可忽视这本书的价值，因为近二十年，正是外国文学以前所未有的潮势冲击中国文坛，并产生了深远影响的年代。

从《心仪》这本书，我们还可以联想到作家张炜的两个重要方面，一是读书，二是写作。作为知识，来源于人的社会实践的，叫见识；来源于书本的，叫学识。常见生活中有这样一些人，他们没读过什么书，却不乏聪明、机智和实际工作能力，但若让他们干大事业，尤其是需要他们从宏观上把握社会大势，参透人生哲理时，他们就会显得盲目甚至有害了。相比之下，在有能力自立于社会的人那里，学识更为重要，而作为一个作家，就目前的中国而言，我想，读书才是他生活中第一位的事情。张炜十分投入、快乐地读了这样多的外国文学作品，这本身就证明了他迫切学习人类文明、优秀文化的心情和他在写作中会汲取什么样的营养。没人否认过张炜是一位深深置身于中国故土的现实主义作家，同样，他在写作方式的探索开拓和思想情感深度的挖掘方面，也是中国文坛所公认的先锋人物。这一切，都可以从这本书中找到线索。

·纳托的二泉映月·

纳托的诗，我看不懂，但喜欢；纳托的画，我看不懂，但喜欢；纳托的雕塑，我看不懂，但喜欢；纳托的摄影，我能看懂，但总觉得有种说不出的东西轻微但执拗地拨动着我的心。

这种感觉挺奇妙。

大概十五年了吧，我到三联书店的第三年，编辑张琳提出一个选题，作者是陌生的。我看后问她，这是什么？她答不上来，只说喜欢。好吧，因为是张琳，也因为当时三联比较简单，所以几个关口都通过了。张琳历来对每部书稿、对每位作者都是倾尽全力的，这部稿子则让她倾力又倾心，折腾了很长时间（她生怕读者不能理解）。阿智（陆智昌）那时也许不是很忙吧，他的设计心静如水，使似乎缥缈的内容有了一个踏实的存在。让人叹服的是，作者的诗常常只有一两个字、三四个字（比如《思念爱人的心》：对着黑夜 / 写信），画和雕塑也是极简，放在一页纸上，却足以让整页气韵饱满，并不觉得空。只是设计封面时遇到困难，换了好几种方案，甚至已经订购了一批麻布，做了好多种样子，最后都否定了。为此耽误了差不多半年（类似的故事在阿智的设计生涯中时有发生）才出书，就是那本《一天·诗人·天空——诗歌、雕塑与绘画》。从此我认识了纳托——一个总是悄声而来悄声而去的女子，一个职业二胡演奏家。

生活总是平凡的，生活中又总有奇迹。纳托就是一个奇迹。一个诞生在焦裕禄工作过的河南兰考的孩子，家里穷得养不起，十三岁就带一把二胡独闯北京想进音乐学院，天天在校园里拉琴，晚上随便找个地方睡觉。路过的老师们同情这个倔强的女孩儿，也认同她的才能，带她吃饭，帮她去校长家说情，最终阴差阳错进了铁路文工团，小小年龄就成了吃公家饭的人。应该是红火过，但随着文工团式微，日渐闲散。十五六岁她就开始写诗，后来玩泥巴，后来画画。她赶上了一个有趣的时代，这个时代的文化开放，她能随便读到瓦雷里、魏尔伦的诗，能看到罗丹、马约尔的雕塑，凡·高、高更的画——这些在我十五六岁时可都是禁书啊！她似乎特别喜欢茨维塔耶娃……她一个拉二胡的，地道中国本土，却闷头于西方现代艺术，其中似乎没有任何隔阂。当然，这只是外人的纠结，她自己可能压根就没考虑过这个问题。而且从精神和气质层面，她在创作中所表达的东西，不正是二泉映月吗——那种静夜里的倾诉，那种漫长白日里的微梦，那种独自一人的感动和感伤，还有轻微黯然的得意。不过，她并非孤芳自赏的才女，她需要别人的分享——正如她的二胡需要听众一样，所以有了这本新书《纳托》。书中是她十多年来的新作，仍是画、雕塑和摄影，仍然的极简和极致，但明显看出抒情之外增添了理性，冥想之中加入了烟火，而新写的诗，字数和行数都多了一些。除了这些一目了然的变化，内里却仍是欲辩忘言的困境。

我想，谁都会说这是一本小众的书，但细想一下，似又不该将大众排斥在外，因为书中表达的悠然情感，对美的由衷向往，乃至复杂的心绪，是我们每个人都有的，只是我们一时还没，或者无法静下心来意识到。正像凡·高当年是何等的自我，似乎只为发泄自己内心的快乐和痛苦，没人关注和理解，可是如今全世界都在欣赏他，研究他，连我们的孩子也要从小学习凡·高，视之为人的基本素养。

张琳像一缕琴音渐渐远去很久很久了。我不知道这本仍旧由阿智设计的书她是否能看到。少了张琳的《纳托》会少了什么吗？我不知道。

·《美术向导》：奇妙的缘分·

早在2012年，我有一次给尹吉男打电话，希望他给人民美术出版社主持一个刊物。我当时的想法其实和现在这个刊物情况是不一样的，我当时想编一本艺术界、文化界缺乏的、真正的批评刊物，因为我有一种感觉，中国不出大作家，不出大画家，很大的原因是没有大批评家。我们都知道俄罗斯19世纪那几位大批评家，别林斯基、车尔尼雪夫斯基、杜勃罗留波夫、斯塔索夫，他们对当时俄罗斯文学艺术达到高峰起了关键的作用；再比如说有一百多年历史的《纽约时报·书评周刊》，它对美国的文学发展起了不可或缺的作用。我们的批评太不够了……当时尹吉男没有说不行。过了一段时间，我又请原三联书店总经理董秀玉一起和他谈。

其实我当时就是想学董秀玉当年办《读书》的办法，把人民美术出版社的品牌和文化界的优势资源如著名的文化人结合起来，不但办刊物，将来杂志内容积累起来，还可以出书，书刊互动。这是《读书》的经验。我在三联书店工作时也知道尹吉男为三联主持了一套书——“开放的艺术史丛书”，影响巨大，最早就是董秀玉做起来的。所以我也希望人民美术出版社的书刊互动达到这样一个状况，通过上述办法，办一个崭新的刊物，加上出书，给艺术界带来一些活力，也为艺术界的有识之士提供一个开放的又有权威性的，有趣的又有影响力的舞台。

我当时想得很简单，我只管后期编辑、制作、出版发行，其他全都交给尹吉男。所以现在做成这样，虽然和我开始想的不一样，但是很受业界欢迎。

其实把这个想法交给尹吉男，也是交给他一个很大的压力，因为这个时代做刊物也不是很容易的，做艺术刊物更不容易。但尹吉男有他的绝招，一开始他请很多人都参加讨论，李零、林梅村、葛兆光等等，后来请李军做副主编，请西川参加“三人谈”。第一期有徐冰、刘小东的稿件，第二期有李零、隋建国、倪怡德的稿件，以后柯律格、苏新平、朝戈……都是很新鲜很有趣的文章和图片，分量也足。

《美术向导》创办于1986年，过去主要是面向画家和美术学院的考生。这次改刊是不是实现了尹吉男的想法，我不敢下结论，但第一期印出来的那天，我没办任何手续，就带了十本杂志到三联韬奋书店交给了业务主管，就摆上了书架，摆在收银台上，书店很快就打电话添货。这个书店有一个畅销书榜，但是不上杂志，只上图书，不然的话，《美术向导》就上榜了。我预感到这个书店的读者都会认可《美术向导》。1996年底，我在山东画报出版社做《老照片》的时候，这个书店刚刚落成，试营业期间，《老照片》就进来了。第一辑零售了一万多册，创下单个书店单本书不借助任何外力的零售纪录。不知道这个纪录现在是否还被保持着。当时这个书店的总经理有一个点子，他说只要还有销售，就要把第一期《老照片》一直摆在收银台上，看一看，到底能卖多少。这也是这个店能进来多少个不重复的读者的试验表——这一万多人肯定不是重复的读者。过去有人说《老照片》是图片类的《读书》，现在有人看了新版《美术向导》，说它是美术类的《读书》，我觉得这值得骄傲，因为《读书》被称作知识分子的精神家园。

我一直认为，没有《读书》，就没有三联书店近四十年的影响。我和三联韬奋书店感情很深，我是在这里认识了董秀玉，因为她的原因，我到了三联书店，通过三联书店认识了尹吉男，认识了很多学者，于是有了新版《美术向导》，有了今天的“十人谈”。这难道不是一种奇妙的缘分吗？

鲁迅的梦

少年时代读鲁迅杂文，总觉鲁迅有一副冷面孔；后来得到一本《朝花夕拾》，才知道他老人家小时候也很顽皮，上课的时候还偷偷描《荡寇志》和《西游记》上的绣像；待读到《野草》中的《风筝》时，则发现他简直有些多愁善感了。鲁迅对绘画的热爱一直不减，这从他写的许多谈绘画的文章中都可以看出，虽然那年代（20 世纪 70 年代）我无法看到他所提到的图画，但亦能觉出他有一种艺术家的浪漫情怀。于是，一个丰满的、有血有肉、有情有义的鲁迅渐渐吸引了我。

我曾因鲁迅出版《北平笺谱》一事而感动。1946 年版《鲁迅书简》中，1933 年 2 月至 1936 年 9 月 29 日（鲁迅去世前二十天）与郑振铎的四十九封通信，几乎全部是讨论《北平笺谱》出版、再版事宜的，从内容的编排，纸张、开本的选择乃至定价、发行诸方面，皆有详细的意见。那种认真和追求完美的劲头，表明他对艺术的深爱。这种爱似乎是与生俱来，完全与他的人格和修养融为一体。他还将《北平笺谱》寄巴黎、纽约的图书馆各一部，并寄赠给俄国画家。他在给亚历克舍夫的信中写道：“……它们是中国古代版画最后的样品。”

许寿裳在《亡友鲁迅印象记》中说：“鲁迅的爱好艺术，自幼已然，爱看戏，爱描画；中年则研究汉代画像；晚年则提倡版画……他曾告诉我：汉画像的图案，美妙无伦，为日本艺术家所采取。即使一鳞半爪，已被西洋名家交口赞许，说日本的图案如何了不得，了不得，而不知其渊源固出于我国的汉画呢。”鲁迅生前“颇欲择其（汉画像）有关风俗者，印成一套”，可惜未能如愿。

鲁迅一生交往了许多画家，早年如陈师曾（陈寅恪之兄），惜早逝；中年如陶元庆、司徒乔；晚年则有好多青年版画家。其中与陶元庆的友谊尤深。陶元庆比鲁迅小一旬，相识时，鲁迅四十四岁，陶元庆三十二岁。鲁迅特别喜欢陶的画，认为“在那黯然埋藏着的作品中，却满显出作者个人的主观和情绪，尤可以看见他对于笔触、色彩和趣味，是怎样的尽力与经心。而且，作者是夙擅中国画的，于是固有的东方情调，又自然而然地从作品中渗出，融成特别的丰神了……”

陶元庆因病于1929年去世，年仅三十九岁。鲁迅出钱请许钦文在西湖边为他买了冢地，许还筹款建“元庆纪念堂”，保存陶的遗作。抗战中，所有作品被洗劫一空，后来连坟墓也不见了。此时，鲁迅也早已去世。

近几年，有关鲁迅的藏画（包括印刷品）的书屡有出版，如《鲁迅藏中国现代木刻全集》，再如法国画家陀莱（现译多雷）的几本插图集，让我大饱眼福。最近又有一本《跟鲁迅评图品画》(外国卷)上市，其中搜罗了鲁迅一生中评点、推介的六十多位外国画家的数百幅作品，并将分散在各种文章、书信中的鲁迅的评点文字摘录出来，辑成一册，使我对鲁迅的美术活动有了一个完整的认识。其中许多画家和作品，我至今都不熟悉。当然也有不少画作触动了我，引起我的回忆。我才知道，许多外国名作，是鲁迅第一个介绍到中国的，它们已滋养了好几代人的心灵，比如哈曼·普耳的《拉勃莱》插图中下雨的那幅；比如《夏娃日记》的插图、蒙克的版画等。粗看起来，鲁迅介绍外国绘画，好像很随意，所谓“近代世界各种主要画种、画派、画家几乎都涉猎到了”，其实，稍微琢磨一下，就发现鲁迅在介绍这些绘画时，虽然十分看重技巧，但最重视的还是作品的内容。他特别关注那些表现人间疾苦、社会底层人生存状况的画，如杜米埃、戈雅、米勒、珂勒惠支、梅斐尔德、麦绥莱勒等人的作品；其次，他特别推崇俄苏的作品，如《死魂灵百图》《铁流》插图、《母亲》插图、《城与年》插图、《静静的顿河》插图等；再就是一些思想深刻风格强烈的画家的作品，如高更、凡·高、丢勒、比亚兹莱。即使是风景和动物题材，他所取的也都是优美、清新的作品，而不取怪诞和颓废。有个例子特别能说明问题：二十三岁的司徒乔画了一幅《四个警察和一个孕妇》，是描绘除夕夜警察驱打讨饭者的，鲁迅从展览会上买了这幅图，一直挂在书桌旁的墙壁上。

再一个例子是对珂勒惠支的推介。珂勒惠支的作品“以深广的慈母之爱，为一切被侮辱和损害者悲哀，抗议，愤怒，斗争；所取的题材大抵是困苦，饥饿，流离，疾病，死亡。然而也有呼号，挣扎，联合和奋起”。1931年柔石等左联五位作家被害，鲁迅偶见德国书店目录上印有珂勒惠支的版画《牺牲》，便将它寄给刊物发表，以表示对遇害者的纪念。

此后鲁迅大量介绍珂勒惠支的作品，并曾请她为柔石刻一幅像，未果。鲁迅在生命的最后一年编辑出版了《凯绥·珂勒惠支版画选集》。我想，鲁迅对绘画作品的选择与他的杂文在精神上是一致的，这也正是一般美术爱好者、推介者不及鲁迅的地方。从《跟鲁迅评图品画》可以看出，鲁迅引介的外国绘画，十有七八是版画，其原因，记得鲁迅自己说过，一是中国印刷技术还无法印好彩画；二是版画印刷价格低廉，大众买得起；三是版画有战斗性，与杂文类似，便于复制和传播。其实，除以上原因外，版画因其极为简单，从而具有更概括、更鲜明的特点，具有独特的艺术性，所以，在各种绘画形式中，鲁迅最爱版画，这爱好从他少年时代描摹古代版画、青年时代收藏碑拓和汉画像时就形成了。因了他的爱好，以及传播文化和革命的目的，竟成就了中国现代版画兴起的大事业，鲁迅于中国美术的贡献可谓大矣！

从书中还可以看出，鲁迅的美术活动主要集中在他的晚年，或者说，愈到晚年他对推介绘画作品一事愈热心，几乎达到痴迷的程度。鲁迅编辑出版的最重要的几部画集和举办的最重要

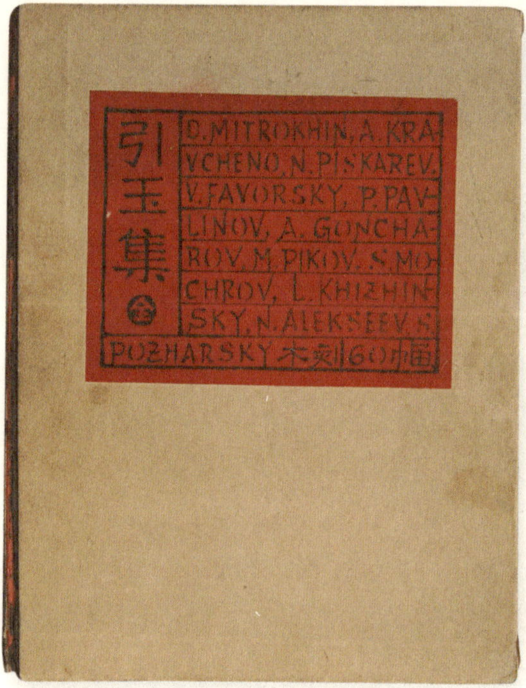

鲁迅晚年编辑、设计、出版
的外国版画集

的两次美术展览，都是他生命的最后三年间的事情。据该书后记所言，还有十多部画集鲁迅已经编定或已在编辑中，后因其过早逝世未能与读者见面。可以说，美术是鲁迅最后的梦，也是他一辈子的梦。

我有幸于1999年重新出版了鲁迅推介的麦绥莱勒木刻连环画故事《一个人受难》；我多年搜购旧版《译文》杂志，为的是喜爱其编排美观大方，并附有许多精妙版画。最近才知道，《译文》的封面是鲁迅设计的，多用插图也是鲁迅主编第一期时拟定的宗旨。

2004年7月23日

齐白石的道行

齐白石从不讳言自己是木匠出身，这出身其实给了他许多好处。甚至可以说，他之所以能够独步画坛，成为世界文化名人，与他曾是一个放牛娃、乡村木匠有很大关系。他的艺术是扎根泥土、扎根民间的。其诗画的泥土气自不待言，他的篆刻更能看出细工木匠的刀功。还在做木匠时，他所雕刻的人物、风景、花鸟已是取材于身边生活了，如白菜和虾蟹，那夸张的造型和大胆的构图都对后来的创作有直接的影响。

齐白石最得益之处，是为人的老实厚道。在现代画家中，他的人生道路是最顺畅的：学雕花木工，遇到名师周之美；学书画，拜到大家胡沁园；学诗文，又得到名士王闿运的悉心指点……需开眼界时，认识了官宦收藏家郭葆生、樊樊山，得观徐渭、八大、金农等人真迹；苦于徘徊不前时，新交画家陈师曾，得到指点和提携，从而一跃登上艺术高峰……这些当时文化界的顶尖人物，为什么都对他那么关照？除了看出他有才华以外，主要是因为他是个好学不倦，没有半点虚荣心，而且感恩图报、忠心耿耿的人。五十五岁以前，他对前人的艺术和身边的生活十分迷恋，他的心灵似一个广场，可以容纳无穷的美和知，很少想到个人风格或坚持自己的什么东西；五十五岁以后，在陈师曾的提点下，他才注意锤炼和形成独特的风格。尽管如此，他仍不是一个偏执的人，无论对作品对人，总能看到对方的优长之处；在评价别人的作品，尤其在为后起画家题字时，常常用一些夸张的溢美之词，但他不是虚伪，而是真心称赞。

以上种种，在《白石老人自述》中都有所描写。一般人可能没有读过齐白石的文章，不知道他的文章和他的诗画一样妙趣横生。这本书的绝大部分文字虽然是他口述，由门人张次溪记录下来的，但一个栩栩如生的齐白石已经跃然纸上。文中到处是未加修饰的细节和主人公发自内心的感想，唯其未加修饰和发自内心，才感人至深，恰恰显示了文学的真谛。胡适曾评价齐白石的文章："朴实的真美最有力量，最能感动人……他没有受过中国文人学做文章的训练，他没有做过八股文，也没有做过古文骈文，所以他的散文记事，用的字，造的句，往往是旧式古文骈文的作者不敢做或不能做的！"国立清华大学第一任校长罗家伦也说："这是一篇很好的自传，很好的理由是朴实无华，而且充满了作者的乡土气味……我常觉得最动人的文学是最真诚的文学，不掩饰，不玩弄笔调，以诚挚的心情，说质朴的事实，哪能使人不感动？"

钟叔河 1986 年策划出版的
《白石老人自述》（岳麓书社）

说到这里，不妨从书中选一段与朋友分享。恩师胡沁园去世后，齐白石写道：“他老人家不但是我的恩师，也可以说是我生平第一知己。我今日略有成就，饮水思源都出于他老人家的一手栽培。一别千古我怎能抑制得住满腔的悲思呢？我参酌旧稿，画了二十多幅画，都是他老人家生前赏识过的，我亲自动手裱好，装在亲自糊扎的纸箱内，在他灵前焚化，同时又作了七言绝诗十四首，又作了一篇祭文，一副挽联……”无论是这段记录还是记录下来的行为，都朴实动人。这一年，齐白石五十一岁。

我在 1987 年购得一本岳麓书社出版的《白石老人自述》，

我于2000年策划出版的《白石老人自述·插图珍藏本》（山东画报出版社）

是钟叔河主编的“凤凰丛书”中的一种，薄薄一册，读后十分喜欢。山东画报出版社成立以后，我与齐白石的儿子齐良迟商量，将《白石老人自述》配上齐白石的画作，重新出版，做成全新的图文书。我选了将近二百幅画，其中特别注意选齐白石的山水和人物，一改过去偏重他的花鸟画的做法，另外还收入了几件齐白石做细工木匠时的木雕作品。全书四色印刷，异型16开。书上市后，颇受好评。

佚名照

每个人都有一部自己的照相史——读《佚名照》，心里忽地蹦出这样一句话。

如今所存自己最早的相片，是1962年九岁时，在家乡青岛龙口路和广西路拐角处的“凤珠照相馆”拍的。我穿了一件白底黑点的外衣，领口翻出毛衣领，有点像女孩儿的装扮，胸前别了一枚毛主席像章（这让我惊讶，那时就有毛主席像章了），圆圆的脸上如同《佚名照》中所说那样“笑一笑”，露出了没长好的门牙。这家小小的凤珠照相馆绝对是我们那一带居民20世纪50年代至80年代影像的记录者。我家的各种相片——百岁照、周岁照、家庭照、证件照、同学照、好友照、入队照、入团照、入伍照，以及各种名目的日常照几乎都是在那里拍的，连我大姐和姐夫的结婚照也是，而且看上去很不错。至今清楚记得“凤珠照相馆”五个字是隶书繁体红色，从上至下写在门的玻璃上。门边橱窗里摆放着从1寸到12寸的样片，以及年轻女子、中年男子的肖像和军人像（附近有海军、陆军军官宿

活字国际策划出版的《佚名照》
（上海人民出版社·文景，2020）

舍）；另一扇面向广西路的橱窗，经常摆电影演员剧照，如《海鹰》的主角王心刚和王晓棠；剧照下面陈列着相机和胶卷——照相馆还兼卖照相器材和修理相机。屋里有布幔和两三套布景，布景与《佚名照》里展示的大同小异。

除了室内照相，在风景点拍照也是由照相馆派出的服务网点进行的。比如我在中山公园的一张留影，用光和构图相当专业，上有“青岛天真照相馆”的标记。我那时正学油画，非常喜欢照相（被拍照），喜欢收集各种影像资料，不但整理了自家的旧相册，还保存了达尔文、杰克·伦敦、高尔基、鲁迅等名人肖像照，乃至马恩列斯毛等“伟人照”。1972 年，一位同学家里弄到一台海鸥牌 120 相机，让他学习拍照以便找工作。我买了两个黑白胶卷请他实习。他一共为我拍了 24 张 6×6（厘米）的底片，送到凤珠照相馆冲印出来。这批相片有几张保留至今，它们记载了我的画家梦、作家梦（摆的姿势和道具都是与作家、画家有关的）。那是我脱离照相馆，自主拍照的开端。

人有爱好，并能在生活和工作中使用、发挥这爱好，是愉快的事。后来我多年从事与影像有关的工作，直到编辑出版《老照片》，算是大大过了一把瘾；因之结交了许多摄影人，更是三生有幸。

其中，晋永权是我知道得比较早、相识却比较晚的一位特别的影像专家。2006 年，我在三联书店工作，他的《出三峡记》在我店出版。书中以文字和影像并行的形式，力图通过记录和展示一个个三峡移民和家庭相同又不同的经历，把整个大迁徙立体地呈现出来。为此，他前后 5 年 16 次赴湖北、重庆采访拍摄。书的封面是一位光脊梁的汉子，背对观众，伏在逆流而上的船的船帮上，望着远去的三峡。这封面令人难忘。书还在制作中，大家已经热切地期望一本年度好书的诞生。这类好书是可遇不可求的。

从此我记住了晋永权。说他特别，是因为从书中看，他与我以往了解的大多数摄影人不同。比如，面对影像（包括自己的作品），喜欢胡思乱想，还有些多愁善感。他不是技术型的摄影匠，也不是以忠实记录社会和历史为最高追求的摄影家，而是一位身在摄影，又在摄影之外的研究者；他总是跨界，把影像学与哲学、伦理学、人类学、历史学等联系起来分析、考证，发掘出与影像有关却又超出影像的新角度、新思维。有时不免突兀，却总能触动读者。对摄影和写作，他自信，又不自信。即如《出三峡记》，下了很大功夫的一本书，完稿后他想到的却是："拍照能够干什么，能够见证这记忆的深沟吗？这种记录到底是真相还是谬误，诚实还是欺骗，纯粹的想象重构，还是辛苦得来的可靠洞见呢？""被书写出来的文字，哪怕是原话照录的文字，一旦脱离开言说者这一母体，她瞬间就成了语言的孤儿，被不同背景不同心态的读者赋予了不同的内涵。"

几年之后，晋永权推出了新作《红旗照相馆》，书名红底黄字，上面一行小字写着：一部中国摄影的断代史，一位摄影人的沉思录。我买了一本。在自序里，他对报社里的老报人和家乡姑奶奶都把自己看成"照相的"而困惑和不甘，但又明白，这种看法是一种无法摆脱的"历史规定性"在起作用，并由此上溯至20世纪50年代中国摄影界的一场争辩，争辩的话题发端于"组织加工与摆布问题"，止步于"新闻摄影到底是什么"。书中的作品和观点涉及很多老一辈摄影人。在后记里，他又一次谈到"一部书稿从写作完成之时起便有了自己的命运。作为文本，她将遭遇读者的多重解读"，"这里所做的解读也是不完整的，更不可能是结论性的"——仍旧是自信之外的自虑、自谦。我喜欢他的这种个性。

从 2006 年，到 2009 年，再到 2018 年，与《出三峡记》《红旗照相馆》密切相关的晋永权的朋友和同事中，起码有八九位也是我的同事或朋友；而我所熟识的很多摄影人，其实他更为熟识，但我俩硬是没见过面。直到中国摄影书榜评选和这部《佚名照》，一次偶然也不算偶然的机会，我们相识了。他比我想象的年轻不少，但已非常老到，思想活跃、思路广阔而又心思缜密，可以同时做几件事情而有条不紊（最近刚策展了《我和我的祖国》全国摄影展）。《佚名照》这样一部宏大的著作竟然是在做报社摄影部主任、摄影出版社副总编辑和摄影杂志主编的业余时间完成的。这部书稿的材料，是他二十年来购买于旧书、旧货市场的数千张不知像主的相片，其最大特点就是驳杂、无序，累积、编织起来已属不易，还要通过它们去研究中国摄影史中从来没人关注的部分——平民百姓的日常拍照行为（不是我们一向关注的摄影家和摄影“作品”）。这是一项开荒性工作。

名与实似乎是晋永权一直特别关心的问题。在《出三峡记》中他就说过：“名字的事让我想了很久。名字重要吗？你从没有听过的那个名字真能给你带来什么信息吗？不能。在熟悉、关注你的人那里，名字是被赋予了诸多内涵的标识，这个标识之所以被记住，往往是因为她也是记住你名字的人自身的参照系；

而在与你无关的人那里，名字就是一个毫无意义的符号，与其他那些无意义的符号一样，与你无法形成参照，因而难以进入你的记忆识别程序。”

而这一次，他以从未下过的苦功，来解读数千张“佚名照”。饶有意味的是，他认为，正因没有被拍摄者、拍摄者和持有者的名字，也没有相片内容的明确信息，所以才能进入一种别样的解读：

> 佚名照摆脱了当事者，从而为基于影像本身分析、判断，结合历史文化背景和大量个案的集中归类进行整体观照提供了可能。

他的这一说法给我以启发。过去我曾强调，老照片如果没有人物、时间、地点、事件等信息，就只是一些形象资料，没有多少价值和意义——《老照片》的主旨就是讲述相片背后的故事。现在看来，我偏颇了。

那么，整体观照，观照什么？他论断：看似杂乱无序的日常生活照片，实则有着异乎寻常的理性秩序，它们无不是建构的产物，无不遵从于历史与现实的规定性，只是“百姓日用而不知”罢了……他坦承：这本书是十年前那本书（《红旗照相馆》）的姊妹篇，探讨的话题十分不同，又十分相关，对照阅读可对理解 20 世纪 50 年代至 80 年代这一历史时期，摄影（照相）与中国社会、政治生活乃至文化心理的形成的关系，提供一个独特的角度。

的确，在《佚名照》中我看到了从农村到城市，从体力劳动者到文化人，从平民到军人，从男人到女人，从孩童到老人，从 20 世纪 50 年代到 80 年代……完全不同的芸芸众生，在面对照相机时，却表现出非常一致的东西：时代之色，时代之光，以及表演性、模仿性、符号性。表现什么？追慕什么？什么符号？单用语词说不清楚，晋永权通过对成百上千的相片分类和比对（互图性）得出多层次、有见地的答案，堪称一部中国百姓照相史稿。

离开家乡多年，我不知道凤珠照相馆是何时消失的。这不奇怪，拍照如今比写字还要普及，数字成像改变了视觉世界，也彻底改变了中国人的影像生活。但是那个年代留下的相片仍让我珍惜。再度翻看自己的老相册，我发现，虽然这些相片有名有姓，信息确凿，却与《佚名照》中无名无姓无明确信息的相片如出一辙：近似的感情，近似的表情，近似的姿态，近似的环境，近似的尺幅——往日的昂扬和梦想都写在脸上、记录在案。也许，这就是我喜欢《佚名照》，对书中那一张张相片特别有感觉的原因？如此看来，佚名和有名并非关键，关键在于如何看、会不会看，在于眼光的高度、广度与角度……是的，角度！

2020 年 1 月　北京十里堡

才女文章副刊情

周毅的散文，有点传统话本味道，文中时有“这点且先按下”“这里我且当个文抄公”的句子。她是那种不落俗套而又不愿意显摆的人，文章读来或多或少总有股清新。我之所谓“清新”，就是不与时同，怀旧、求新都算。这传统话本味道算是“怀旧之清新”吧。

周毅惠赠我的前两本书，题曰“作业本之一”“作业本之二”，最近这本《风雨雪雾回故乡：印象与提问》则题曰：“一个记者的有限努力。”都很低调。她的作品不多，这本书里，已有几篇与前两书重复，但我重读，并无重复之感——这不简单。我也是写作者，能体会出，以她的才情，以她的身份，每篇文章都是下足气力，绝非泛泛所作。但她又能细针密缝，使大剪裁弥于无形，反而显了女作家的轻灵气。所以，这些文章是可以多看几遍的。

写黄永玉那篇，一万多字，分了九章。多是短句：

二十二个小时的火车，过常德、石门、张家界，到吉首。

周毅

《风雨雪雾回故乡：印象与提问》
（上海科学技术文献出版社，2016）

下来等去凤凰的便车。还有五十里路。

这是开头。结尾：

山风悠悠，好似听到了南华山的心跳。它的儿子归来，它应该为他心跳吧！

读它的人一下子就被拉进一种难言的情境里。

《自序》里说："书里采访的多位人物——有文化人，也有劳动者，他们无意中都成为伫立在我回家之路上的路标。"这些文化人，多是顶尖人物，杨绛、黄永玉、牛汉、冯骥才、韩少功、陈丹青、库哈斯……和大人物对话，不那么容易；把对大人物的采访，写成文字，也冒风险。他们会逼出采访者的人格、修养、才华。周毅是否因此得到修炼？反正，一百岁的杨绛喜欢她；九十岁的黄永玉也对她另眼相看。于是，她对杨绛有长篇独家访谈，对黄永玉小说《无愁河的浪荡汉子》则写出一部著作（《沿着无愁河到凤凰》，署名芳菲）。

也许，除了她的才情和不落俗套，还因为她是"笔会"主编。

曾与人议，做文化，一张报纸也好，一家出版社也好，或者一个人，能取得什么成绩，那起点、位置很重要，比如《人民日报·大地》副刊，《新民晚报·夜光杯》副刊，《天津日报·文艺周刊》……"笔会"更是，因居于大上海而占尽先机。

有历史也很重要。一个品牌，今天办，明天停；名称和队伍，今天变，明天又变，怎么可能有影响力？历史是一天天、一期期积累起来的，是一篇篇好文章的接力，要延续不衰，就需要好编辑，尤其是主事者。在网络上查百度百科：“‘笔会’副刊创办于《文汇报》复刊后的1946年7月，最早的编辑是柯灵和唐弢，最初为刊头题词的是钱钟书，在最初的版面上刊发文章的是郑振铎和王统照。现刊头题词是集鲁迅先生的字而成。”短短几十个字的简介，几乎全是人名。都是大文人，而柯灵和唐弢首先是编辑，其后才是文人。反之，正因为他们是文人，所以才成为称职的副刊编辑。这些大文人有一个共同点，就是靠好文章说话——美妙的，深刻的，不同凡响的，文字漂亮的，趣味高雅、书卷气浓厚的好文章啊……

周毅身上浸润着这种“大文人精神”。她十数年搜求《文汇报》和“笔会”史料，本书“辑四”部分，就是这方面的成果。如是，“笔会”品牌的接续可谓顺理成章。比如发现李娟、推出李娟，比如独家发表杨绛百岁以后的文章，比如举办各种高端论坛：谈建筑，谈老照片，也谈网游……一代有一代的话题，一代有一代的文化，只有“好文章”是不变的。

周毅被称为“才女”远非一日。像她这样的才女，投身报纸副刊的，据我所知，还有几位。我想，好的副刊需要这样的才女，而在当下，副刊也是她们寄托运命、施展才情的最好舞台之一吧！

2017年1月　北京嘉铭桐诚

“口袋书”之爱

许多读书人喜爱“口袋书”，包括我自己，但从未认真想过为什么。几十年与书打交道，我收存的口袋书少说也有二百来本。近日得暇，翻看一过，有些惊讶，其中经我手编辑出版的就有五十多本：“二十世纪华人名人小传记丛书”，冰心、叶至善、李杭育等的散文随笔集……这些小书出版于 1998 年至 2000 年。那几年有阵“口袋书热”，可惜没成气候，冷下去了。其实，早在 20 世纪五六十年代，百花文艺出版社就开始出版口袋书，如叶圣陶《小记十篇》、巴金《倾吐不尽的感情》、孙犁《津门小集》、碧野《月亮湖》、叶君健《两京散记》等。即使是“文革”中的 1975 年，也出版了《深山明珠》《驼铃千里》等口袋书。“文革”过后，百花社坚持这一传统，孜孜矻矻到今。以我的收藏看，百花版口袋书堪称中国最成规模、最有特色、延续最久、读书人最爱。

所谓“口袋书”，并无明确界定，大抵指开本小于 32 开，印张少，分量轻，便于携带的图书。中国古代曾有“巾箱本”“袖珍本”，是可以塞在放置头巾的小箱里或揣在袖子里的书本。1927年，日本岩波书店顺应关东大地震以后，读者对低价图书的需求，首创一种内容包罗万象，开本仅为一般32开书籍一半的“岩波文库”（105毫米 ×148毫米），引起市场热潮，随之改造社文库、新潮文库等跟风出版。二战后，日本经济衰败，精神挫伤，“文库本”更受欢迎。岩波文库绵延不断，角川文库、教养文库、市民文库相继推出，读者渐渐养成了购买、阅读文库本的习惯和爱好，连讲谈社、小学馆、集英社这样的大型出版社也参与进来。“文库本”遂成为小开本、成系列图书的专称，其实就是我们所说的口袋书。如今日本书店里，文库本常常占据一整层楼的位置。由此观之，日本口袋书之流行，一是因为经济衰退、战争失败、精神需求旺盛的遭际，二是读者阅读、购买、收藏习惯的逐步养成。二者缺一不可。而中国，没有这种历史遭际，形不成口袋书的大潮和规模，也就不奇怪了。

既未形成风潮，出版日少，口袋书反而金贵。我记得范用先生在世时，就喜欢小开本图书，他主持出版并亲手设计的三联书店“读书文丛”“今诗话丛书”以及杨绛《干校六记》等，都是窄本小书，当时跟风的不少（如人民日报出版社的“百家丛书”）。范先生还藏有1936年版的麦绥莱勒《木刻连环图画故事》四种，由鲁迅、郁达夫等写序，开本115毫米 ×150毫米，与日本文库本相差无几。人民文学出版社1987年出版一套十二本“外国名诗”，收有波德莱尔、纪伯伦、泰戈尔、聂鲁达等人的作品，尺寸只有95毫米×130毫米，真的可以随手装进衣袋。其装帧设计者张守义，作者画像出自柳成荫——都是书装界的大家。

百花版口袋书尺寸110毫米×160毫米，是以690毫米×960毫米的小整张裁切的32开本。开本虽小，装潢却大气：封面绘画，多用木刻或线画，朴素、强烈、灵动；书名和作者署名，或是手写的美术字，或是作者手迹，亲切有感；颜色不过两三种，简洁、清雅。风格相类，具体却各不同。内文也不苟且：有环衬，有扉页，扉页背面是版权和内容提要；五号宋体字，每页二十二行，每行二十一字；序言、后记和附录则用五号仿宋；目录上空五行起；正文单篇起，亦留足天头，而且常有题图在篇名之上；篇尾有空时，则插以图案……可谓精心安排，一丝不苟，全无轻视之念。范用先生曾说：“封面是华丽绚烂好还是朴素淡雅好，得看什么书。文化和学术图书，一般用两色，最多三色为宜。多了，五颜六色，会给人闹哄哄浮躁之感……书籍要整体设计，不仅封面，包括护封、扉页、书脊、底封乃至版式、标题、尾花，都要通盘考虑。”以这段话对照百花社的口袋书，庶几近之。

日本口袋书除了开本小、价格廉之外，在内容上与普通开本图书并无不同。中国的口袋书，尤其是百花版，则以散文随笔为主，多是作家学者长篇大著之余，灵感的闪光，情趣的捕

《那时书妆："百花小开本"散文书衣》（百花文艺出版社，2016）

捉，睿智的手录，读者可以任性打开一页阅读，可于闲暇时玩味，与作者通感或共鸣。如季羡林《天竺心影》、黄永玉《太阳下的风景》、宗璞《丁香结》、贾平凹《月迹》等。我读晚年孙犁作品，就是从百花口袋版《尺泽集》开始的。1982 年我在黄河岸边一座边远的小城里教书，课余给学生读这本集子里《报纸的故事》《亡人逸事》《鸡缸》。此后我陆续购存孙犁的《晚华集》《秀露集》《澹定集》《远道集》《陋巷集》等，都是百花版的口袋书。1998 年，我和孙犁研究会秘书长刘宗武先生，为孙犁晚年的十本书，起了一个总名叫作《耕堂劫后十种》，出了一整套口袋书，专程去天津交到孙先生手上。这个缘分，要感谢百花文艺出版社。说到底，书的内容还是第一位的。以上面提到的百花社口袋本为例，即可看出他们那种寻访遗落的金子般的热情和辛劳。我想，书友们对这些小书的喜爱，是从里到外的爱，是从内容到形式的爱，是对书的完整生命的爱。

据说，百花社六十多年来出版的口袋书已有数百种；据说，有人专门收藏百花版口袋书。可如今出版界，书越出越大，越出越厚，16 开本已占主流；印装工艺越来越复杂，印色之外再加烫金烫银、压凹起凸、覆膜覆油、模切镂空；书店里、网络上价高打折书比比皆是，小巧、朴素、价廉、品高的口袋书少有人问津……时风如此，无从抗拒。而从未辉煌过的口袋书仍旧默默存在着，被一些人热爱着，如同洒落的金沙，不知哪一天被老沙梅聚拢起来，打造成一朵金蔷薇。

2016 年春节　北京

图的泛滥

1992年4月，我在香港买了两本彩色图文书，是香港商务印书馆出版的《边城》（沈从文）和《野性的呼唤》（杰克·伦敦），铜版纸印刷，十分精美。我想，不知道内地出版社什么时候才能出版这样华美的书——或者说，不知内地读者什么时候才能买得起这样贵的书。那时，我正主持《山东画报》，曾与山东人民印刷厂多次商讨、反复试验以胶印技术在胶版纸上印刷黑白照片，以便降低成本和价格。此前，只要印图片，须用传统凹印工艺和铜版纸或高级胶版纸，价格昂贵。

1993年底我受命创办山东画报出版社，前一年半全社倾尽全力出版了中国第一部以图说史的著作:《图片中国百年史》。这部书用128克铜版纸印刷，大8开，每部重9公斤，定价1480元。出版后获得1994年度的“五个一工程”奖，销售也出乎意料地好，但作为编者，我们仍感到许多遗憾和不满足：一是许多有意味的照片，因限于篇幅和体例未能收入；二是收入的一些照片，未能得到充分的文字阐释。1995年10月，我提出编辑出版普及性图文读物《老照片》的设想。在印制方面我的想法是，以胶版纸胶印，32 开，4 印张，定价 6～8 元。当时胶印技术已经比较成熟。有了这种成熟，才能使用胶版纸，才能降低书价，尤其是，才能图文混排（过去印刷照片用铜版纸，文字用普通纸，所以图和文只能分离）。读者定位则瞄准《读书》的受众，即“文化大众”。内容设计也参考《读书》，但比《读书》通俗，图文并茂。后来我概括其为“高品位的通俗读物”。

1996 年底，《老照片》第一辑出版，首印 1 万册，但很快加印，又加印，印至 30 万册才罢手。可以说，这是中国第一本胶版纸印制、价格低廉而印制精美的“图文书”。

时光转眼过去了十年。《老照片》已经出版第五十辑了！十年间，各种图片好像是一座被发现的金矿，又像一个被释放的魔鬼，闪光诱人的矿石不断被开采出来，浩如烟海的图片像变戏法一样迅速充斥了整个中国出版，强烈刺激着读者的神经。与此同时，一种出版和阅读“图文书”的习惯养成了，流行了，泛滥了。有的出版者由兴奋认真到随意为之，甚至恶意操作，广大读者则从大饱眼福到视觉疲劳、无所适从。一个创意，一件好事这样快就呈现出大量负面效应，真可称为一种“文化奇观”……

对此，我在 1999 年 6 月出版的《老照片》第十辑的“书末感言”《美好的沉重》中就曾表达过一丝担忧：

让人沉重的还在于《老照片》出版以来所经历的风风雨雨：被盗版，被仿作，被抢注，以及所形成的一股“风”……有人据此断言中国出版进入了“读图时代”。对这一切，该喜该忧？功耶过耶？尽可由人评说……

如今，图文书的出版突飞猛进，几乎到了“无图不书”“为图而书”的地步。且不论多年前《世界美术名作二十讲》《罗丹艺术论》《说园》《白石老人自述》这些本来就与图密切相关的书重版做成“插图珍藏本”，后来连冯友兰的《中国哲学简史》、朱自清的《经典常谈》之类的学术文化书，也被做成“插图珍藏本”，一些文学名著更是以“插图本”招徕读者。有一本《犹太智慧羊皮卷——塔木德》，据称成书于3—5世纪，内容为犹太人日常生活的律信，书中印有图片一二百幅，涉及数十位西方画家的作品：伦勃朗的《夜巡》、委拉斯凯兹的《纺纱女》、苏里科夫的《缅希柯夫在贝列佐夫镇》、列宾的《伏尔加河上的纤夫》以及印象派画家德加的《舞女》……天知道这些画与书的内容有什么关系！书店里还有袁枚的《随园食单》（插图本），书中印有大量古代文物照片，朝代可追溯到先秦，而文字内容却是14—18世纪的三百多种菜单。又，李泽厚先生曾说，编辑自作主张的“彩色插图本”《美的历程》中数十幅图片，只有几幅配得正确，其余全是“乱配图”。

乱配图的结果首先是破坏了文字内容，加之大多数出版社的美编缺乏设计图文书的基本常识，经常是“以图害文”，把文章插得七零八落，文气全无。乱配图的第二个结果是大大增加了读者的负担。《乳房的历史》号称“全彩插图本”，所用图片五花八门，举凡雕塑、油画、照片（如影星梦露的裸照），凡与乳房有关者，任意录用，完全不是什么“历史”，而是“乳房大观”。文字仅四五万字，定价68元。值得注意的是，这类书打着“文化”的旗号，印制精美，貌似高雅，具有很大的欺骗性，从而产生出第三个结果——败坏出版风气，扰乱图书市场。

由此观之，我此前的担忧不是毫无道理。作为图文书的肇始者之一，我向同仁们建议：遏制图的泛滥，一定要审慎用图，或者，多出一些干干净净的文字书吧！

视线延伸处

今年 3 月，在北京万圣书园购得一册《大清帝国城市印象——19 世纪英国铜版画》；6 月，又得岳麓书社的《记忆版图》。《记忆版图》中所选 30 幅铜版画，《大清帝国城市印象》中收有 28 幅。查版权页，前者出版于 2002 年 12 月，后者出版于 2003 年 1 月，选题的撞车，显然在无意间。

我一向留意铜版画的收集，这嗜好始于"文革"中闲居家中，阅读外国小说之时。小说中的插图，多是铜版画，如《大卫·考坡菲》《巴黎圣母院》《邦斯舅舅》以及儒勒·凡尔纳的科学幻想小说集等。20 世纪 90 年代，复印技术比较普遍了，我一旦见到好的铜版画，就复印保存起来，逐渐有了规模。2001 年秋，在德国的法兰克福书展上，我以 200 马克之资，购得一册伦勃朗的版画集（8 开 43 幅），据称其中有十多幅作品是新发现的；今年 8 月，在北京潘家园旧书市场，以 10 元人民币购得一册德国 1955 年出版的丢勒的铜版画集（8 开 10 幅）——这两册画集，算是我收藏中的"上品"了。这种复制

《记忆版图》
（岳麓书社，2003）

《大清帝国城市印象》
（上海古籍出版社，2002）

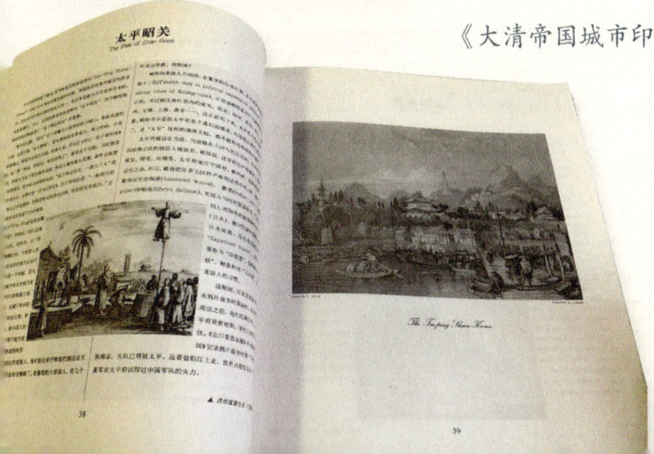

《大清帝国城市印象》内页

品被我称作“收藏”，大概会贻笑大方吧。然而，铜版画的好处就在这里：复制品和原作并无太大差异，或者说，其原作就是复制品、印制品。这是铜版画的创作方式所决定的。从这一点说，铜版画与照相术相同。其实，在照相术发明之前，铜版画承担着类似后来照片所承担的功能，即记录、传播社会和自然的历史。也许，正因为其易于复制和传播，所以历来为艺术史家小觑，似乎不登大雅之堂，只能作为插图和说明性作品，或作为油画、水彩画、素描的复制手段由工匠操之。我所得到的这两册描绘19世纪中国景象的铜版画集，就是根据托玛斯·阿罗姆创作的水彩画和素描刻制的，它们丰富了我的收藏，令我欣喜。

托玛斯·阿罗姆生于1804年，卒于1872年。他的本行是建筑设计师，曾参与设计了英国议会大厦，并创建了英国皇家建筑师协会。著名的英国圣彼得教堂、海伯利教堂也是他设计的。作为一名建筑设计师，他擅长水彩画，出版过画集。根据《大清帝国城市印象》原版书初版时间推算，他创作这些画作时应在三十岁左右。阿罗姆没有到过中国，这些画是借用威廉·亚历山大（1767—1816年）的中国写生画创作的。亚历山大是1793年英国马嘎尔尼访华使团中的绘图师。当时使团画师的作用如同现今的随团摄影记者。据说，亚历山大是第一个进入中国内地的英国画家。回英国后，他整理出使画稿，创作了许多有关中国的画作，令欧洲人大开眼界。许多西方人是看了亚历山大的画才知道中国的长城、紫禁城的。

其实，何止那时的欧洲人看了大开眼界，今日的中国人如我辈者，亦大开眼界，200年前祖宗的事情，从文字上，我们所知不少，而实际的情状，即可视的形象，却一向只能凭想象。唯这些铜版画，因取自当时实际，且清晰确切，可供人咂摸，悟出许多文字不能提供的信息——这正是图片独有的功能。这些铜版画中所现的1840年以前的中国（两书图版相加，不重复者共130幅），仍称得上是安定繁华、歌舞升平。运河中帆樯林立，岸边戏台上正上演着《赵氏孤儿》；官员府内晚宴正在进行，觥筹交错；灯笼店、帽子店陈设何其辉煌，商家宅邸规模何其浩大！水榭楼阁、雕梁画栋……而在城镇里弄，饲蚕和纺织的妇女姿态闲适优雅，头饰、衣饰繁复奢华；叫卖西瓜的、观斗鹌鹑的、玩杂耍魔术的、黄河边拉纤的、当街堂鞭笞荆罚的，不一而足。

“阿罗姆的画，成了我们的历史。”当然，这是欧洲人眼中的中国，其中免不了欧洲人的趣味、欧洲人的角度，乃至欧洲人的猎奇心理。唯其如此，才保留下来许多民间风俗的场景，才使这个“历史”跨出了帝王史、政治史的樊篱，从而丰富生动，有了烟火气。有趣的是，这些画作中的风景、建筑都画得准确精到，但一画到人物五官就有些含糊唐突。这说明，画家仍把握不住中国人的脸部结构特征——真是难为英国艺术家了。据《记忆版图》所记，直到1900年前后，经过一百年的摸索，中国人的轮廓在西方人眼中才清晰起来。

《大清帝国城市印象》所据原本，是英国 1843 年出版的，原名《中国：那个古代帝国的风景、建筑和社会习俗》，并注明“由托玛斯·阿罗姆先生根据原始的并可靠的素描稿重新画出，另由赖特先生从历史角度作描述性的注释”;《记忆版图》中的有些作品，来源于德文报刊。两书的编者都十分用心，如英国原版一样，另请专家学者对图版进行了考证、解说，但方式又有不同。《大清帝国城市印象》的文字是针对每一幅图版的“历史解释”，注重知识的谨严;《记忆版图》则是借图说事，是由图引发的思考，行文随意，常常枝蔓开去，时有警语和妙言，其文字所占比例远远超出图版，从首篇《戏正开锣》和末篇《戏还在唱》可以看出，撰文者是有意作文章的。所以，将两书对照着读，会更有趣味。比如《布达拉宫》一幅，《大清帝国城市印象》解释其为乾隆为取得西藏、蒙古喇嘛教徒的支持，在承德避暑山庄按照拉萨布达拉宫修建的庙宇，人称“小布达拉宫”；而《记忆版图》则称其为“福康安大军在拉萨布达拉宫前追剿廓尔喀残部的情景，画面构成或许更多的出于画家的想象”。从考证的角度说，我们当然相信前者所言不虚，而后者借此讲了一段福康安远征西藏的史实，以及英国人和英属孟加拉对西藏的觊觎，让我们联想到那个英国使团来华时代的“国际形势”。同样的情况还有《帽子店》一幅，前者称为“广州帽庄”，后者则称为“北京城内一家帽店”，并由此讲到有名的“马聚源”帽店的历史。

我还颇有兴味地对照读了《官府宴请》。《大清帝国城市印象》称这是在杭州举行的一次宴请，介绍了中国官宴和正餐的样式和标准；《记忆版图》则借此讲了“条约前后的两场筵席”。“条约”，当指《穿鼻条约》《广州和约》或《南京条约》。文中写到广州的中国官员两次请洋人吃饭微妙的心理变化，并议论：“势大的客人总是掩不住心中的傲慢，特别是，当他的需索无法被满足的时候。”这与此幅描绘官宴的铜版画可以说相去甚远，但这恰恰是《记忆版图》行文的风格：在图与文之间留下空间，由读者自己去连接。类似的情况还有“文明使野蛮充满创意”“上有旨，令尔多受些罪”等篇什，均可读。

前几日整理旧物，顺便检点我的“收藏”，翻出一册名为《开放的中华》的英文书的复印件，其中的铜版画插图多达二百多幅。记得当时初得它时我曾多么高兴，现在与新得到的两册书一比，高下立现——其笔法粗陋不堪。我想，此必工匠所为。然而，这位工匠（也许不仅一人）绘制中国图像的热心和耐心还是可感的。

20 世纪末，我们曾借老照片回望 1900 年以后的中国历史；今天，我们又借老铜版画遥望 1800 至 1840 年间的中国历史，它将我们的视线足足延长了一百年。望有心者开掘发现更多的老铜版画，以满足人们日益增长的对历史的好奇心。

2003 年夏　北京

生动年代的模样

不知怎的想起了梁启超的《中国历史研究法》，找出来翻了翻。梁公云：“中国历史可读耶？二十四史、两《通鉴》、九通、五纪事本末，乃至其他别史、杂史等，都计不下数万卷，幼童习焉，白首而不能殚……中国历史可不读耶？然则此数万卷者，以之覆瓿，以之当薪，举凡数千年来我祖宗活动之迹足征于文献者，认为一无价值，而永屏诸人类文化产物之圈外，非惟吾侪为人子孙者所不忍，抑亦全人类所不许也。既不可不读而又不可读，其必有若而人焉，竭其心力以求善读之，然后出其所读者以供人之读。”浏览罢“生活在遥远的年代”丛书，我想，这就是梁任公所说的，通过编纂者的努力，把复杂枯燥的历史还原为明了生动场景的“出其所读者以供人之读”的著作了。正如编者在书前所写：时代·生活图书公司的同仁们饱览了学者、旅行家、博物馆和大学的藏品，不但给每一本书都配了丰富的艺术品插图，以期编写的故事能够惟妙惟肖地再现逝去的生活，还绘制了各种各样的地图、城市和建筑的复原图，以期重建故事发生于其中的整个世界。

从书共十八本，从公元前3050年的古埃及，到1918年灭亡的奥匈帝国，跨越整整五千年。然而，这并非一部纵向连续叙述的历史读物，而是截取了世界历史上富有生活气息的十八个“横断面”，加以简洁而充分的展示。值得注意的是，这些富有生活气息的“横断面”，往往也是某一历史分支中社会形态较为成熟、商业较为发达、文化较为繁荣的年代。比如英格兰的伊丽莎白王朝（也是莎士比亚时代），日本的平安时期（紫式部写就《源氏物语》），俄国的罗曼诺夫王朝（《欧根·奥涅金》《战争与和平》中有不同的描述）等。由此可看出编纂者从“生活”切入历史的机智和苦心。从书中我们看出，“生活”作为一种视角，的确是大有文章可作的。战争，有战争生活；宗教，有宗教生活；不仅讲述人在战争中、宗教中，而且讲述人如何在战争中、宗教中。战士如何宿营、如何训练，僧侣的起居乃至丧事，等等。也就是说，所有的历史事件，均可以“生活方式”观察之，讲述之。这无疑给阅读带来了乐趣。

我特别注意到从书编纂者在内容的选择上高屋建瓴、大胆取舍的做法。当然，这是建立在“善读”的基础上的，也反映着作者的观点。且看以下卷册中的章目——《民主的曙光·古雅典》：第一章，一户雅典人家的丑闻；第二章，希腊的学堂；第三章，短刀和犁铧……《骑士时代·中世纪的欧洲》：第一章，为上帝服务；第二章，忠诚的骑士；第三章，依附于庄

“生活在遥远的年代”丛书初版（山东画报出版社、中国建筑工业出版社，2001）

园的农民；第四章，城市与商人……《欧罗巴的浪漫时代·欧洲》：第一章，乱世激情；第二章，交响乐和童话故事；第三章，诗人之灵魂……在1500—1675年的北欧卷中，三章正文，第一章中整章讲述了马丁·路德的生平，第三章的大半笔墨则用到了伦勃朗的身上。宗教改革和艺术革新是否能够代表那个多姿多彩的时代，我不能确定，但通过这样翔实、具体的讲述（长达六七万字），我确实对那个时代有了切实、难忘的印象，“感受到那遥远的年代的生活是个什么样子”。为了加深这种印象和感受，每本书中除正文外，还穿插了若干专题，有时多达二十多个。上述北欧卷中，有关文艺复兴大师丢勒的专题有五个，涉及丢勒的生平、丢勒的版画和自画像、丢勒与宗教改革、丢勒的历史地位等。其他还有“侍弄土地”“海里来的财富”“早期的博物馆”“丰盛的餐桌”“庆祝孩子的节日”等专题。这些专题的描述更为细微，是一种局部的放大。总观这套丛书的编纂结构，开卷的《概览》是一篇有深度的史论，配以大事年表，让读者首先对所述时代的概貌了然在胸；正文叙述力求引人入胜，与专题参差穿插，宏微互见，形成阅读的层次感和立体空间。

以上所谈是丛书叙述的角度、内容及其结构，还应谈一下丛书叙述的方式：图文并茂，通俗易懂。图文并茂早已成为当代阅读的风尚，谈不上什么独到之处。然而假若细观一下图书市场，往往是，“图文”是并有了，“茂”却谈不上；或者虽然图文并茂了，可是图与文却各行其是，互相不能成为一体——显然是编者“拉郎配”的结果。图文书作为一种新的文本形式，是值得研究的。即以图与文的关系而言，图中一目了然的东西，不必说了，文字应表现图背后的故事。实际上，图所含的信息量，往往远远大于文字所能表现的，而且具有不确定性特点，即不同读者会读出不同内容和感想，此时文字点到为止最好，不然便是画蛇添足了。图在表现社会生活方面作用尤其重要，对这一点，编纂者是深得其中之三昧的。比如在讲述伦勃朗一章首页那幅“一位17世纪荷兰妇女在家里弹奏古钢琴”的油画中，镶金边的镜子、黑白大理石铺的地面、东方的地毯、厚重的床帷、铜吊灯架，透视过去阳光灿烂的宽大房间——这一切都反映着阿姆斯特丹的富庶与艺术的繁荣。伦勃朗就生活于这个城市同样的居所里，它引起读者的联想和向往。

这样的图书，我们过去称为“插图本”。这一名称，对图暗含贬义——先有了文章，然后配上插图。插图，“插”而已。我认为，“插图本”若改为“图文本”，则更为准确些。

在文字方面，作为历史著作，这套丛书的表述方式似乎有点出格：每册总有一二位虚构的人物故事，或将真实人物的经历故事化，借以反映时代生活的特征。《古雅典》第一章《一户雅典人家的丑闻》是这样开头的：“雅典公民菲利托斯安逸的生活出乎意料地被打乱了。这时，全城的人们早已进入了梦乡……”接下去，通过这位青年公民的故事，讲解了古雅典的民俗风情、道德伦理和法律制度。这种写法，无疑与丛书的主旨有关：它是编给普通读者看的，它的最高追求是通俗易懂。把通俗易懂作为最高追求，我认为尤其值得赞赏。这是一项有风险的事业，稍不慎，就会流入浅薄，被人轻慢。在学界，不知从何时起，写让大多数人读不懂的文章，成了一件雅事。他们用一些独特的、似乎很高妙的、在圈子内十分通行的语句写作，赢得了不少读不大懂的人的称道。据说在大学里，写“生活在遥远的年代”这种书是不能作为学术成果的。实际上，深入浅出，通俗而不浅薄是更难的学问。这虽然已是一般的常识，却惜乎未成时代风尚。我不敢说，“生活在遥远的年代”丛书达到了这一境界，但其热情勇敢的境界追求和执着认真的编纂作风，却是一目了然的。

其实，与“生活在遥远的年代”类似的历史读物已有不少，远的不说，近的就有同是山东画报出版社出版的《剑桥插图中国史》和上海书店出版社出版的“发现之旅”丛书，甚至有的篇目、编纂方式都相同，而此前葛兆光先生对《剑桥插图中国史》的评价中，也提到“正文之内与正文之外”的内容结构方式、插图的价值、个性的眼光、“比我们的历史书更注意社会生活史”等方面，我认为都别具只眼。比较这几部书的异同是一件有趣的工作。它们都是从西方引进的，说明西方有学术通俗化的潮流；它们赢得了中国的读者，证明了这一潮流的合理性。国内此类书尚不多见。有志于此的同道，莫忘梁任公所言：竭其心力以求善读之，然后出其所读者以供人之读。

2002 年 3 月　泉城

结识智者的快乐

1

我从小喜欢收藏文化名人的肖像，如鲁迅、海涅、高尔基、托尔斯泰等。这爱好一直未减。后来，我得到一册卡希的摄影集，其中海明威、爱因斯坦、西贝柳斯、萧伯纳、川端康成、毕加索……都是20世纪最重要的人物。我翻看多次，并复制放大，镶于镜框，悬诸壁上。这些肖像照，使我把读过的作品、听过的音乐与它们的作者联结起来，丰富了想象，而且在不知不觉中影响着我，熏陶着我——似乎是，我结交了这样一些了不起的朋友。

《世纪学人百年影像》使我又一次体验到结识智者的快乐。

这是一本古朴精雅的画册，煌煌五百多页，重约三四公斤。翻开一看，盛成、罗尔纲、姜亮夫、吕叔湘、施蛰存、白寿彝、王朝闻、杨绛、启功、戈宝权、陈原、蒋孔阳、范用、李泽厚……都在其中了。他们各自风度着，沧桑着，安详着，在黑白与光

《世纪学人百年影像》（侯艺兵摄影、编著，山东画报出版社，2001）

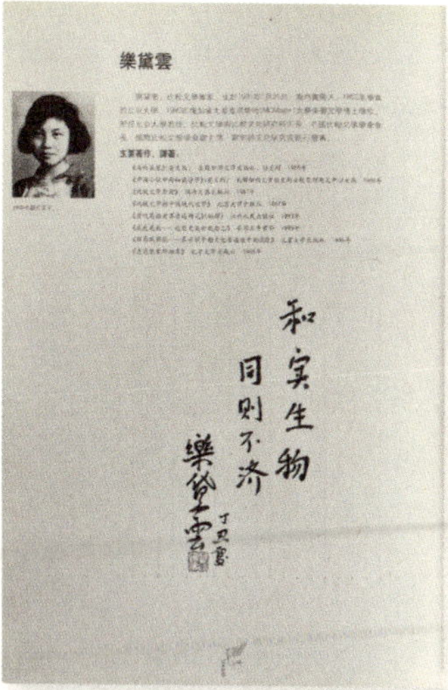

内页

影中生动着。每张相片的辅页上，还收入了同一人年轻时的小照，两照时间的跨度，有的超过了七十年。半个多世纪的历史，浓缩在两张脸上，看上去大有意味。如果再对照同样收在辅页中像主手书的人生格言，就更费琢磨了。

经济学家陈岱孙1926年在美国哈佛大学取得哲学博士学位前后的照片与1995年摄于北京大学燕南园的照片，神情几乎一点未变：同样的倔强和执着。1932年独立执编当时上海唯一文学刊物《现代》，编发了鲁迅先生《论“第三种人”》《为了忘却的记念》等名文的施蛰存，1995年的照片上眼睛依然年轻明亮。已经九十三岁高龄，满头白发的古典文学研究家钱仲联先生，前几天刚刚发表了一篇文章。他年轻时（1933年）的照片酷似年轻的茅盾，文雅而瘦弱；如今的他却像一位久经战事的军人，深沉厚重，正如他题写的朱熹之句：“旧学商量加邃密，新知培养转深沉。”1996年的萧乾张着两只大手，充满生命的活力，看着照片，无法想象他已离开了……整个画面回响着萧乾的笑声，它似乎在告诉我们，什么才叫“音容永存”。虽然在三十多年前，我就读过袁可嘉译的《彭斯诗钞》，那首《我的心呀在高原》，仅仅一个题目，就令我无限遐想还有些怅惘，但见到袁先生的照片，这还是头一遭。说实在的，和我的想象大相径庭：原以为是个帅小伙，没想到他年轻时脸的上半部严厉、下半部憨厚，而如今的他（八十岁）则是满脸憨厚，看不出丝毫浪漫！还有贾植芳，他译的

《契诃夫手记》我也是在1960年代读的，那时他虽然早已被打成“胡风分子”，但他译的书还能流传。他二十岁时的照片真像一个屠格涅夫笔下的革命者！我当年一直以为他是位女性。比较文学专家乐黛云十八岁时的照片美丽、单纯，眼神如梦；六十六岁时的照片上她虽然满面笑容，眼睛中却射出锐利的光，没有丝毫的幻想……

读着这本画册，我想起苏联作家巴乌斯托夫斯基读契诃夫从中学时代一直到逝世期间的照片时的感受：“我从没有看到比这更有教益的事了。看着照片上契诃夫走过的人生道路，从一个无所用心的普通百姓，从一个没有完全摆脱俗气的玩世不恭的人，到心灵优美、情操高尚而稳重的人的变化过程，再鲜明不过地展现在你的眼前。”

2

中国古代有祭祀圣贤的传统，除在圣贤所在地建有庙堂之外，还在曲阜孔庙中集中供奉，类似西方的“先贤祠”。

此举自公元72年开始，至20世纪初，所供奉者达一百数十人，每人都有塑像，除孔、颜、曾、子思、孟供于正殿外，其他供于两侧长庑之内，如董仲舒、诸葛亮、韩愈、范仲淹、欧阳修、司马光、朱熹、二程、王安石、文天祥、方孝孺、王守仁、黄宗羲、王夫之等均在其中。后来，在许多年代里，中国人反传统，强调“厚今薄古”，经历了战乱和“文革”，先贤们除个别被“现代化”以外，几乎统统被扫进了历史的“垃圾堆”，这种尊重先贤的传统也丧失殆尽——其实，这种“反传统”，也是一种传统，秦代有“焚书坑儒”，汉代有“罢黜百家、独尊儒术”，进了孔庙的贤、儒，也经常出出进进，如荀子，宋代入庙，明代出庙，而王安石曾被奉为仅次于孔子、颜子、孟子的大儒，居第四位，进了大成殿，可是过了一百三十年，又被逐出孔庙。

两千多年的历史告诉我们，什么时候“唯我独尊”，什么时候动乱就将至了，“文化大革命”就是证明。虽然说“历史是人民创造的”这句话有失笼统，但历史绝不是哪个人、哪几个人创造的，正确的说法应当是，从人民中诞生的智者群体在历史的发展中起了主要作用，而这个群体是继承性的，吸收了所有历史上智慧者的养分，如此，历史才能发展，社会才能进步。从这个意义上讲，《世纪学人百年影像》为我们这个时代的智者造像，就是记载历史，就是推动社会进步，就是接续人类文化的根，就是建一座书中的圣贤祠（书中所收二百六十二人，已有六十余人逝世），功莫大焉！

3

画册作者侯艺兵谈到拍摄感想时说：“曾有人问，你追求什么样的摄影风格，我回答说没有风格。当一个人和一个群体对视时，你没有资格炫耀个性……在拍摄现场，我从不摆布，连反光板都不用，在我心目中采访学者，'抢救'是第一位，创作永远是第二位。当一个久卧病榻的老人在镜头前睁开眼睛，那是天赐机缘，你按下快门就是成功……我也曾收集一些国内外肖像作品借鉴，但很快就放弃了，太容易把人引入艺术歧途。有时候要学会拒绝，甚至拒绝专业杂志，拒绝各种比赛的诱惑，力求不受干扰。太多的图像容易让人眼花缭乱！"

他说不追求个性，其实，切忌走上"艺术歧途"，还拍摄对象自在面目，这正是他的个性追求。

如同文学、电影等一样，摄影的"好日子"也早就过去了。记得在整个80年代，摄影界朋友们，无论老中青，每天想的都是艺术创作，摄影比赛，拿大奖，登刊物，出影集……一幅照片可以定终身，一举成名。与"星星画展"和"朦胧诗"同时，有人提出了摄影要"表现自我"。其后，仍然与文学美术同步，出现了"寻根摄影"。摄影家们"对少数的宗教祭祀、原始劳作、生活方式等都怀着一种莫大的惊讶与崇敬"，"许多现实生活中带有野俗、粗陋、愚昧、蛮荒色彩的物象，在作者的感情倾注中都演化为一种审美形态"——仍是"表现自我"的一种延伸。再后来，摄影的热潮渐渐退去，消遣性、猎奇性、商业性作品占了主流，少数执意追求艺术的人，则放大了"自我"，走向抽象主义、行为主义摄影，开辟出另一片天地。

我不知道侯艺兵是否也曾随波逐流，走过了那个“摄影时代”。其实，摄影的特性，就在于它是世界上最为客观的艺术，在本质上是“现实主义”甚或是“自然主义”的。很显然，任何造型艺术，都可以描绘想象中的对象，比如描绘一位古代人物，唯独摄影不行。摄影的魅力在于它“是一种捕捉时间的艺术”，它要遵循一种“观看的伦理学”，就是说，“摄影者不能把自我意识强行加入对象里”。“摄影就是这么咔嚓一声，是你心有所感的那种最精纯的一刻。”假若摄影可以像绘画那样随心所欲，与绘画的界限越来越模糊，那就很危险了，因为“当一种艺术开始模仿另一种艺术时，它就开始没落了”。从这个意义上讲，侯艺兵在拍摄这部影集时所用的手法是正确的，他的艺术追求是纯正的。更难得的是，在市场经济和商品经济的大潮下，他避免了艺术的庸俗化倾向。他摒弃个性的艺术观，与20世纪法国摄影大师爱德瓦·布巴的艺术观相暗合：“我认为我们喜爱的作品都是摄影师将自己隐去时拍出的。”另一位法国女摄影家的话更耐人寻味：“我相信肤浅也可以是一件重要的事，可用以抗拒严肃。”

我臆测，侯艺兵是否出于本能（这样说是否贬低了他？）走上了这样一条有价值的摄影之路。在此之前，他已拍摄完成了《院士风采》《中国工程院院士》两本画册，中国当代的自然科学、社会科学界的名宿，他几乎都见过了。有这种福气和毅力的人，恐怕难找出第二个。在与名家的交往中，潜移默化，他找到了艺术的真谛。本书中古典文学研究家王叔岷题写的座右铭似可概括这一过程：

本真淳以应变幻，由笃实而达空灵。

2001 年 12 月　泉城

书梦重温
SHUMENG CHONGWEN

图书在版编目（CIP）数据

书梦重温 / 汪家明著. --桂林 ：广西师范大学出版社，2023.10
ISBN 978-7-5598-6325-6

Ⅰ. ①书… Ⅱ. ①汪… Ⅲ. ①读后感—作品集—中国—当代 Ⅳ. ①I267

中国国家版本馆 CIP 数据核字（2023）第 159726 号

广西师范大学出版社出版发行
广西桂林市五里店路 9 号　邮政编码：541004
网址：http://www.bbtpress.com
出版人：黄轩庄
全国新华书店经销
天津图文方嘉印刷有限公司印刷
天津宝坻经济开发区宝中道 30 号　邮政编码：301800
开本：787 mm × 1 092 mm　1/32
印张：10.5　字数：160 千
2023 年 10 月第 1 版　2023 年 10 月第 1 次印刷
印数：0 001~5 000 册　定价：88.00 元